L’envers d’une vie

DU MÊME AUTEUR

Fixés sous verre, Plon, 2003.
Derrière le paravent, Plon, 2005.
La Femme blessée, Plon, 2009.

Caroline Pascal

L'envers d'une vie

roman

PLON

www.plon.fr

ISBN : 978-2-259-21938-9

« On ne sait jamais ce que le passé nous réserve. »

Françoise Sagan.

XII

MARS 2011

Anne Delaunay de Coutainville,
sa fille,
Antoine et Sybille, Florent Faivre,
ses beaux-fils et belle-fille,
Arthur, Louise, Jules, Pierre, Aimée,
ses petits-enfants,
En union avec Thérèse (†), son épouse,

ont la douleur de vous faire
part du rappel à Dieu de

Paul-Armand de Coutainville,
officier de l'ordre national du Mérite,
chevalier de l'ordre de Malte,

survenu le 19 mars 2011,
dans sa 71e année.

La cérémonie religieuse sera célébrée
le jeudi 23 mars 2011 à 10 h 30,
en la cathédrale Saint-Louis de Versailles,
suivie de l'inhumation au cimetière
de Valenseulles (Calvados).

Cet avis tient lieu de faire-part.

— Quel exemple, ce Coutainville ! Quel courage ! Personne n'a su qu'il était bouffé par cette saloperie…

— Sa fille peut-être, et encore !

— Le pauvre n'aura pas survécu très longtemps à Thérèse, en tout cas…

— Il ne s'était jamais vraiment remis de sa mort, de toute façon…

— A peine soixante-dix ans, c'est pas bien vieux quand même pour partir…

— Tu me diras, la vie ne l'a pas épargné…

— Et cette laideur, faut bien reconnaître que…

— Oui, sûrement pas facile tous les jours…

— Et pourtant pas du genre à pleurer sur son sort…

— C'est le moins qu'on puisse dire…

— Grand chrétien…

— Un exemple, je vous dis !

— La cathédrale était bondée, ça ne trompe pas.

— Dites donc, si on descendait trois marches ? On va choper la mort sur ce parvis ; d'un malheur, faudrait pas en faire deux…

— Vous allez à Valenseulles, vous ?

— Non, fait trop mauvais…

XI

2002-2011

25 août 2002

Il était attablé devant un café avenue Poincaré. Il avait posé son téléphone sur la table et, sur la chaise d'à côté, un énorme bouquet de lys blancs dont le parfum semblait indisposer sa voisine. Retranchée dans un tailleur clair, cachée derrière ses lunettes fumées, la permanente du matin bien serrée, elle reniflait ostensiblement en se tournant vers les fleurs. « L'odeur des lys ne vous gêne pas au moins, madame ? C'est celle de la France éternelle, ne vous en déplaise… » Il était resté assis longtemps, suffisamment pour que la bourgeoise pincée du XVIe finisse son Perrier rondelle, râle contre son maladroit de mari, descende l'avenue et s'engouffre chez Franck et Fils pour retrouver ses parfums de synthèse. Elle avait été remplacée par un couple – pas rasé, jean siglé – aux enfants aussi beaux que mal élevés. La petite appréciait les lys au contraire et venait fourrer son nez dedans jusqu'à se couvrir de pistil orange. L'aîné ne décollait pas de sa console qui bipait à chaque exploit. Ni les taches indélébiles ni la stridence intermittente ne semblaient troubler les parents, égarés devant leur ballon de blanc dans un sommeil irrécupérable.

Il avait fini par se lever et faire le tour du quartier plusieurs fois, encombré du bouquet. Les vendeuses de la rue de Passy, sorties fumer sur le trottoir, le regardaient passer avec sa pochette en soie et ses lys immaculés, frappées par le contraste entre sa mise soignée et la disgrâce de ses traits. Ses pas le ramenaient rue Nicolo, mais il attendait l'appel de sa fille pour pénétrer dans le hall de la clinique. N'y tenant plus, il composa le numéro du standard ; on lui passa l'infirmière ; vous êtes le père ? La maman va bien, l'enfant aussi, ils ne vont pas tarder à remonter du bloc, les grands-parents sont dans la chambre, venez, venez donc vous joindre à eux, ce ne sera plus long. En raccrochant, il trébucha contre le trottoir, manqua de tomber et se retint au réverbère. La mère allait bien, l'enfant aussi, un garçon, une fille, il n'avait même pas eu la présence d'esprit de poser la question. Et il était là, condamné à rester dehors, à attendre que France et son joueur de polo veuillent bien s'en aller. Aucune envie de la croiser, rien de pire que voir son ex-femme triomphante tirer la couverture à elle, oubliant sans scrupule les efforts consentis par les autres pour en arriver là avec Anne. Et il la connaissait, France, elle s'attarderait un long moment. Elle voudrait voir le bébé, le prendre dans ses bras, verser une larme, commenter les ressemblances, border Anne ; ça n'en finirait pas. Et lui continuerait d'errer dans le quartier avec ses lys assoiffés, exclu de cette naissance comme de celle de sa fille quarante ans plus tôt. D'autant qu'il lui faudrait bientôt regagner Versailles, il ne pouvait pas laisser Thérèse trop longtemps. Quelle lubie avait donc eue Anne de vouloir accoucher à la Muette, tout aurait été tellement plus facile si elle était allée aux Franciscaines. Il serait resté auprès de Thérèse, il aurait juste eu à faire un saut quand France aurait enfin foutu le camp…

Paul-Armand s'assit aux abords de la clinique sur un banc écaillé. Si c'était un garçon, il faudrait convaincre Anne de l'appeler Amaury, Aymeric, Alain, André, peu importe, mais un prénom commençant par A. Chez les Coutainville, c'était la tradition pour les fils aînés. Sa mère à lui ne s'y était pliée qu'à moitié, mais elle avait des circonstances atténuantes. Or, ce serait un Coutainville, ce petit ; sa fille en avait décidé ainsi contre l'avis de tous, et de Thérèse notamment. Elle était venue, belle comme un cœur, éclairer de sa joie rayonnante le salon tristounet de Versailles. Février s'éternisait dans la pénombre de la chambre, l'hiver s'était installé dans les entrailles de Thérèse qui fondait en grelottant. Chaque jour, elle tenait moins longtemps assise dans son fauteuil ; chaque jour, les bruits de la rue pourtant étouffés par la neige lui devenaient plus insupportables. Eclats de voix, rires d'enfants, portières qui claquent, camionnettes de livraison lui rappelaient la vie qui filait entre ses doigts, présageaient d'un printemps qui ne reviendrait que pour les autres. Elle laissait la nuit de la maladie s'étirer sur ses os glacés, allonger ses muscles dénudés. Privée de sève, vidée de sa chair, réduite à un fagot de bois sec, elle attendait l'ultime flambée qui l'emporterait dans un crépitement de cellules malignes. Il redoutait l'étincelle, tendre veilleur dans sa bergère, au plus près d'elle. Ce jour-là, elle était plutôt mieux, presque gaie. Elle avait quitté sa chambre, il l'avait installée au salon que traversait un rayon de soleil blême, réchauffant à peine les portraits d'ancêtres raides sous leur vernis. Ils commentaient ensemble, avec la voix de la fatigue, une actualité qui ne les concernait plus que de loin. Il lui lisait les titres qui suffisaient à créer l'illusion d'une réalité et ne s'arrêtait que sur le carnet mondain où ils retrouvaient des noms et des adresses familières. Elle souriait sous son turban à l'annonce d'une naissance, d'un mariage ou de fiançailles, piquait du nez quand elle entendait « Ni fleurs ni couronnes. Les dons seront versés à la recherche… ». Une autre l'avait précédée de peu dans l'embrasement du départ. Curieusement, il avait tout gardé en mémoire, la pâle lueur de ce lendemain de neige, le goût suave de la verveine qui refroidissait dans les tasses en Chine bleue, le décès du général Théophile, grand-croix de la Légion d'honneur, annoncé par ses enfants. L'aube du nouveau siècle exécutait les fantômes du passé.

Anne avait sonné en début d'après-midi. D'ordinaire, elle était au château à cette heure-là et ne passait parfois les voir que le soir. Il n'aimait pas ses irruptions à l'improviste, il en avait gardé une appréhension, accentuée ce jour-là par l'anomalie qu'il avait lue dans son regard en lui ouvrant. Ils n'avaient pas mis longtemps à savoir. Elle avait juste pris la peine et le temps d'interroger Thérèse sur sa santé, s'inquiétant de son sommeil, de ses douleurs, de ses analyses. A propos d'analyses, elle sortait de chez l'échographe ; il lui avait confirmé la grossesse. C'était tout jeune, elle ne l'annoncerait pas encore, attendrait d'être sûre que tout se passe bien, elle avait quand même quarante ans et c'était le premier, on ne savait jamais ce qui pouvait arriver, mais à eux, elle ne pouvait pas le cacher, elle était tellement heureuse. La nouvelle était tombée alors que la pendule sonnait trois heures. Il y avait eu un blanc pendant les trois coups, un blanc de bonheur, de soulagement, d'étonnement, allez savoir ; on revenait de si loin. Tout ne s'arrêterait pas là, s'était-il dit alors que le temps se remettait à dodeliner. Il serait grand-père, lui qu'on avait voulu empêcher d'être père. C'en était fini de la malédiction du commandant Théophile… Bien entendu, il n'avait rien expliqué de tout cela, avait juste serré sa fille dans ses bras. Thérèse aussi l'avait embrassée, avec une joie douloureuse, tant de choses nouvelles se vivraient désormais sans elle. On s'était rassis et on avait parlé. Tout allait bien pour l'instant, elle n'était pas trop fatiguée, pas malade, non, elle n'avait pas pris beaucoup de poids. Et puis on avait envisagé le mariage, simple, intime, rapide, compte tenu des circonstances. On ferait un déjeuner ici, pour Thérèse, on commanderait tout, bien sûr, pour qu'elles n'aient rien à faire toutes les deux, dans leur état... Le mariage ? Eh bien, oui, elle avait mis la charrue avant les bœufs, fêté Pâques avant les Rameaux, soit, aujourd'hui et à son âge, c'était difficile de lui en vouloir, mais, maintenant qu'elle était enceinte, il fallait enfin mettre un semblant d'ordre dans sa vie. Pourquoi ne leur avait-elle jamais présenté, d'ailleurs, leur futur gendre ? Ils se seraient réjouis. Mais ils n'y étaient pas du tout, il n'y avait pas de père. Comment ça, pas de père ? Ça n'avait pas de sens. Enfin si, bien sûr, il n'était pas conçu du Saint-Esprit, cet enfant, mais elle n'avait aucune intention de vivre avec celui qui le lui avait fait. Elle se demandait même si elle allait le prévenir. Alors là, il avait bondi. Tu ne peux pas lui faire ça ! Il faut qu'il sache. S'il a envie, lui, d'avoir un enfant. S'il veut le reconnaître, s'en occuper, l'aimer. Stop, papa, tu n'y es pas du tout. Je ne pense pas qu'il souhaite un enfant, il en a déjà, il est marié et ne quittera pas sa femme. Il ne s'encombrera pas d'une famille de la main gauche, je le sais parfaitement. Tu devrais comprendre ça, toi, non ? Tu n'en sais rien du tout, tu n'as pas le droit de lui cacher. Qui est-ce, ce moins-que-rien ? Cela peut tout changer, l'arrivée d'un enfant, il peut décider de divorcer, de t'épouser. Si tu ne le lui dis pas, moi j'irai le voir, dis-moi son nom. Mais enfin, papa, qu'est-ce que tout ça veut dire, je vais avoir quarante ans, je sais ce que je dois faire, et très bien aussi à qui j'ai affaire. Et d'abord, si je ne souhaite pas, moi, qu'il reconnaisse mon enfant... Il n'aura pas de père ? Et alors ! Ce sera peut-être plus clair pour lui que pour moi qui en ai eu deux... Il s'était levé, énervé, on n'a qu'un père, pas deux, c'est des conneries tout ça. Et quand on a la chance d'en avoir un, on le garde. De toute façon, le problème n'est pas là, c'est juste que ça ne se fait pas. Ils avaient fait la leçon longtemps. Thérèse elle-même était allée chercher au plus profond de son éducation quelques forces à jeter dans la bataille, au nom des principes, du qu'en-dira-t-on, des valeurs, de la famille, plus combative encore que son mari. La nuit tombait quand celui-ci avait fini par capituler ; dans le fond, ce serait un Coutainville et c'était la seule chose qui comptait. Une juste revanche... Mais enfin, Paul, te rends-tu compte de ce que tu es en train d'accepter ? Une fille-mère dans la famille. Elle nous aura décidément tout fait. Encore un bel exemple pour Antoine et Florent. Et toi, évidemment, tu vas de nouveau céder... Et nos amis, comment leur expliqueras-tu ? Enfin, après tout, si ça ne gêne personne, je ne vois pas pourquoi moi qui ne serai rien pour cet enfant, je m'en rendrais malade, je le suis suffisamment et, de toute façon, je n'aurai pas à vivre cette honte./Thérèse, comment peux-tu dire une chose pareille ?/Mais si, vous le verrez naître cet enfant./Vous savez bien que non, et l'un et l'autre, je me demande d'ailleurs si j'en ai bien envie. Je n'ai pas été élevée, moi, pour expliquer à mes voisins, à la femme de ménage, à la boulangère du quartier que le petit-fils de mon mari n'a pas de père… Je ne saurai pas faire.

Durant les mois qui avaient suivi, Thérèse s'était nourrie de sa contrariété au point de se remplumer un peu, de retrouver une pointe de gourmandise dans le regard. Dès qu'elle pouvait, elle relançait le débat. Quand même, Paul, tu ne peux pas laisser faire ça. Il faut lui mettre des limites, à Anne ; c'est sans doute ce qui lui a toujours manqué. Qu'aurait pensé ta mère ?… Paul-Armand avait d'abord tenté de désamorcer la discussion, ramenant sa femme vers des sujets plus ronds, sans risques. Il avait ensuite tenté de détourner la conversation en jetant de l'huile sur le feu de débats habituellement piquants, Le Pen au second tour des présidentielles, ragots du voisinage, homélie du père Delacre. Mais rien n'y faisait, elle revenait vers l'épine dorsale de sa colère et se redressait dans son fauteuil pour le convaincre de faire renoncer sa fille. Anne prit l'habitude de ne pas traîner auprès de Thérèse ; elle passait l'embrasser dans sa chambre, mais ne laissait plus aux braises du courroux le temps de rougir, convaincue qu'avec le temps elles deviendraient moins ardentes. Elle connaissait sa belle-mère, savait qu'après le feu de la colère suivrait la chaleur de la tendresse. Elle gagnait la cuisine, rejoignant son père qui, avec elle, n'était plus jamais revenu sur le sujet. Tous deux couvaient sans heurts l'enfant à venir et Paul-Armand gardait pour lui les flèches décochées par Thérèse le reste du temps. Jusqu'au jour où il regretta de ne plus l'entendre s'emporter. Voûtée dans la bergère, puis résignée à rester dans son lit, elle avait renoncé à se battre. Alors, c'est lui qui avait essayé de rallumer son indignation en frottant méthodiquement quelques arguments ; il espérait la voir se relever, planter son coude dans son oreiller trop mou pour lui rappeler ses devoirs de chef de famille. En vain. Anne avait pu de nouveau s'arrêter au chevet du lit ; ils avaient pu envisager la naissance dans un long murmure devant une Thérèse somnolente, brisée. L'avenir pouvait bien abriter un enfant naturel, ni l'avenir ni l'enfant n'existeraient pour elle. En poireautant sur son banc, Paul-Armand aurait presque pleuroté s'il n'avait pas reçu le coup de fil d'Anne : tu peux venir, Baloo, maman est partie.

Août-septembre 2002

Il monta dans la chambre, gauche et intimidé ; pas un endroit pour les hommes, les cliniques. Gêné par l'odeur de propre et le silence dense parfois crevé par un cri de nouveau-né, il ne savait que faire des lys, n'osait approcher sa fille tout juste meurtrie par la maternité, ne pouvait regarder l'enfant, appréhendant d'y trouver son reflet. Une Martiniquaise en Crocs entra tout sourire dans la chambre et fit rouler dans son accent sans aspérités la gravité du moment. Si elles sont pas magnifiques, ces fleurs ! Elles sentent presque aussi bon que chez nous ! Il va me les donner, le nouveau papi, je vais les mettre dans l'eau et il va pouvoir prendre son petit-fils dans les bras. Regardez comme il est beau, ce petit ! Tout le portrait de sa mère ! Allez, ma petite dame, je vous mets là les comprimés pour la nuit et je vous laisse, je vous revois demain ; c'est ma collègue qui vous rapportera le vase. S'il y a un souci, vous sonnez. Le médecin vous verra avant de finir sa journée. Rassuré par le passage du cyclone, il se dirigea vers le berceau transparent et, sans le prendre, regarda dormir l'enfant aux traits réguliers. *Tout le portrait de sa mère*, l'Antillaise expérimentée n'avait pas manqué de remarquer l'absence de géniteur. *Glissez, mortels, n'appuyez pas*... Mais l'essentiel était là : ce petit Coutainville n'avait pas hérité de ses traits ingrats. Il était beau, beau comme un nouveau-né peut l'être hors du regard de sa mère. Il effleura son poing serré, sa joue chaude et humide et, sans réfléchir, en guise de reconnaissance, en signe de protection, il marqua de la croix le front de son petit-fils. Il se tourna vers sa fille et, la voix un peu tremblante : tu vas l'appeler comment ? Tu sais que dans la famille... Il s'appelle Arthur. Arthur Delaunay de Coutainville. Arthur de Coutainville aurait suffi. Papa, ne continue pas, pas avec lui. Epargne-lui tout ça. Tu as raison; qu'en a pensé ta mère? De quoi, du nom? De l'enfant? De l'enfant, bien sûr. Je croyais que ce que pensait maman ne t'intéressait pas. Sinon, tu sais, tu pouvais lui demander directement ici tout à l'heure, elle était là. D'accord, d'accord, n'en parlons plus. Je peux m'asseoir? Comment te sens-tu? Ils chuchotèrent une petite heure, les yeux rivés sur le berceau, coulés dans un bonheur compact à peine troublé par les mouvements réflexes d'Arthur, apprivoisant en douceur la vie nouvelle. Quand il quitta la chambre, à l'arrivée du médecin, il se prolongeait d'une génération et le sentait jusqu'au creux de ses os. Désormais, il aurait mal à l'oreille quand le petit aurait une otite, mal au ventre quand il passerait son examen de solfège, mal tout court quand l'enfant souffrirait.

Paul-Armand rentra à Versailles. Au contraire de ce que février laissait craindre, Thérèse avait vu fleurir le cerisier du jardin, et même faner les roses brûlées par un été trop sec. Elle n'en finissait pas de faner elle-même, résignée certains jours, combattante le lendemain. Elle s'était peu à peu dépouillée de l'accessoire, de son rang de fausses perles sociales, pour ne plus habiller son âme que de l'éclat d'un cristal transparent. Oubliant ses griefs contre Anne, alors que le mois d'août paressait dans l'attente, installée chaque jour sur une chaise longue dans le jardin, elle avait posé sa main sur le ventre qui ondulait sous la brise. Aîné d'une génération nouvelle qu'elle ne verrait pas, ce petit qui tapait du pied pour venir l'avait retenue de partir. A son retour, il lui raconta longuement combien il était beau, combien Anne était bien. Derrière ses yeux mi-clos, concentrée sur ce qu'il lui disait, trop fatiguée pour manifester plus, elle souriait.

Les quelques semaines qui suivirent furent celles d'une agonie apaisée. Les deux fils de Thérèse étaient présents comme ils pouvaient. Antoine était d'abord venu accompagné de Sybille, mais, très vite, il avait estimé devoir épargner à la jeune femme enceinte la vision de la douleur. A moins que ce ne soit celle de sa propre douleur. Il arrivait en moto, restait dans la chambre quelques minutes, gardant son casque à la main, pressé de fuir. Espérant désespérément perdre son chagrin dans la vitesse du retour. Florent prenait son TGV le week-end et posait son baise-en-ville dans sa chambre de jeune homme. Il passait l'après-midi à scruter derrière le masque en train de se figer les traits vivants de son enfance. Il dînait d'un feuilleté et d'un verre de vin avec Paul-Armand dans le salon, devant une télé qui parlait tout bas, la porte ouverte vers la chambre ; il apportait un plateau à Thérèse qui ne touchait à rien, puis dormait mal dans le lit trop court. Trop court comme la vie de sa mère. Anne passait tous les soirs avec l'enfant, espérant avec ce rendez-vous quotidien étirer le fil de l'existence de sa belle-mère. Elle ne pouvait se résoudre à ce que l'élastique claque ; elle la maintiendrait en vie comme Thérèse l'avait sauvée de la mort. Paul-Armand ne laissait plus celle-ci, passant à côté d'elle ces heures qui s'égrenaient, de jour comme de nuit, au son d'un râle de plus en plus faible. Il ne vivait plus, le cœur suspendu, à l'affût d'un soudain silence. Redoutant de ne pas être avec elle au moment où elle franchirait le pont, il se tenait là sans relâche, triste éclusier. C'est à peine s'il prenait le temps de voir le nouveau-né s'arrondir, se déployer et s'ouvrir à la vie. Et pourtant c'était son seul réconfort, ce souffle nouveau qui, dans une sorte d'hallucination épuisée, lui semblait tirer son inspiration de l'ultime expiration de sa femme. Un mardi, Thérèse avait longé les rives de la conscience toute la journée, ballottée par la vague finale, ramenée par le flux vers le quai d'une pensée claire pour repartir avec le reflux vers les profondeurs d'un lourd sommeil. Quand Anne était arrivée, elle était dans un court moment de clairvoyance et lui avait demandé d'allonger l'enfant près d'elle. Quelques minutes et à quelques centimètres l'une de l'autre, les deux extrémités de la vie s'étaient regardées dans les yeux, l'une ne voyant pas bien encore, l'autre ne voyant presque plus. Thérèse sourit puis ferma les siens. Anne en larmes reprit Arthur ; une nouvelle fois, elle se savait pardonnée et l'enfant, lui, était reconnu. Paul-Armand se mordit les lèvres et la raccompagna sans un mot, de peur que sa voix ne se casse. Dans la nuit, il appela le médecin, sa femme souffrait et respirait de plus en plus mal. Une ambulance vint la chercher, elle rejoignit l'hôpital. Ils restèrent deux jours coupés du monde, elle avait largué les amarres mais le cœur tanguait toujours. Anne vint l'embrasser une dernière fois ; Antoine refusa de venir voir ce corps flottant qui ne le reconnaîtrait plus ; Florent arriverait trop tard. Avec sa charlotte et ses chaussons, au milieu des infirmières furtives, toujours aussi mal à l'aise dans cette odeur de propre et ce silence dense percé cette fois-ci par la pulsation de l'électrocardiogramme, privé de sommeil, il se faisait oublier, passager clandestin dans cet entre-deux-mondes. Quand plus rien ne retentit, quand un trait se dessina sur les écrans, quand s'éteignit le voyant rouge attaché au doigt de Thérèse, il resta hagard, trahi une nouvelle fois. Il était plus âgé, il aurait dû la précéder, et pourtant il était là, de nouveau sonné par la mort, toujours violente. Il faut sortir de la chambre, monsieur, venez avec nous, c'est fini. Vous voulez qu'on appelle quelqu'un ? Vos enfants, il faut les prévenir. Il y a quelques tracasseries administratives dont il va falloir s'occuper maintenant. Personne ne peut venir vous aider ? Vous êtes exténué. Venez donc vous asseoir. Un petit café ? L'amertume de la capsule, l'affabilité de la blouse blanche, survivre…

Septembre 2002-mars 2011

Paul-Armand mit plusieurs mois et bien des cafés à renouer avec le monde. Les premiers jours, les enfants craignirent même pour sa santé. Amaigri, épuisé, abattu, il était l'ombre de lui-même, triste Orphée revenu seul dans sa froide maison de la rue du Hazard. Il errait d'une pièce à l'autre, se refusait à vider la chambre des vêtements, des flacons de médicaments, multipliait les photos dans le salon. Il ne parvenait pas à se faire à l'absence et Versailles sonnait creux sans Thérèse. Ce fut pire encore à Valenseulles où il tenta de se réfugier une semaine ; tout avait la pâleur de la photo passée : la dernière fois qu'on avait planté un fruitier, taillé les rosiers, longé la boucle de la Seulles… La solitude de ces crépuscules de campagne lui parut aussi sombre que dans son enfance. Il retirait alors son brassard d'orphelin comme aujourd'hui il retirait sa cravate de veuf, avec le même sentiment d'abandon, la même impression que sa vie était tendue de deuil. Il avait longtemps cru que Thérèse l'aimait plus qu'il ne l'aimait, longtemps cru qu'il n'avait aimé qu'une femme, la première, France. Il s'était sans doute longtemps trompé. Leurs deux âmes étaient unies, leurs deux chairs étaient liées, et quand bien même il lui avait beaucoup menti, désormais, il n'était plus qu'une moitié de lui-même.

Les trois enfants décidèrent de venir un samedi faire le tri d'autorité dans la maison afin de remettre la passé à sa place. Ils avaient choisi l'un de ces beaux jours qu'octobre offre encore dans un sursaut d'été, étrangement doux, avant de laisser place à une Toussaint aussi triste que ses chrysanthèmes en pots. Pendant qu'ils s'échinaient entre fous rires et sanglots, Anne demanda à son père de sortir Arthur dans le jardin puisqu'il faisait si bon. Il le prit dans les bras ; c'était la première fois, lui semblait-il. S'il l'avait tenu dans les semaines qui précédaient, il n'en avait gardé aucun souvenir, exilé qu'il était dans son chagrin. L'enfant commençait à sourire, il sentait ce poids chaud contre lui et lui revint alors comme un boomerang cette satisfaction animale d'avoir une descendance. Le petit, de son regard concentré de nouveau-né, le ramenait vers la vie comme sa fille quarante ans plus tôt et, cette fois-ci, on ne le lui enlèverait pas.

De ce jour, il organisa sa solitude autour d'Arthur et la nicha dans l'église. Mis au rancart depuis un an, le jour même de ses soixante ans, il n'avait pas eu le loisir de se planifier une jolie retraite de *senior* : croisière, marche rapide, dents saines et sexualité souriante. Il avait eu à tenir la main de celle qui craignait de s'enfoncer toute seule dans les ténèbres. D'avoir ainsi approché la frontière absolue rendait dérisoire toute tentative de jeunisme. Il s'inventa donc une routine, et une vraie routine de vieux, pour cette dernière étape de sa vie, il ne serait pas le reflet argenté du troisième âge triomphant. Chaque matin, dans le demi-jour hivernal ou la clarté du printemps, le veuf racé promenait son visage sans grâce sur le chemin de la cathédrale. Derrière un pilier de la nef, il suivait la messe de neuf heures au milieu de bigotes rassurées par le rite, de pécheresses absoutes par la croix, de mères en deuil consolées par le Fils. Assurance, miséricorde, compassion, c'est aussi ce qu'il vint chercher dans ce rendez-vous matinal et, même quand le temps émousserait son chagrin, l'habitude continuerait de lui procurer le réconfort serein de la chapelle des éplorés. Il y partagerait jusqu'au bout cet abandon confiant, seul baume contre les douleurs et contre les remords, contre le crime du Djebel... Plus d'hypocrisie, plus de parade, plus d'armure ; dans le secret de l'église, au crépuscule de sa vie, il renouait avec l'espérance d'un amour inconditionnel, avec la Toute Indulgence qui lui avait été promise un malheureux soir d'enfance.

Le reste de la matinée, il rejoignait le presbytère où il s'occupait des uns, des autres, faisait un peu d'accueil, un peu de trésorerie, mettait la lettre de la cathédrale sous pli. L'après-midi, c'était sa vie qu'il mettait sous pli, puis il écoutait un concert classique, regardait une émission intelligente, faisait un tour de la pièce d'eau des Suisses avec René Dutertre. Régulièrement, il poussait jusqu'à la rue Berthier pour voir les Guichard. Entre deux avions, Vincent s'était mis au jardinage, Florence à la peinture. Ils regardaient les photos de leur dernier voyage, images brouillées de pays qui finissaient par tous se ressembler, parcourus l'appareil en bandoulière et en troupeau, preuves d'une curiosité insatiable, d'une jeunesse inusable. En les voyant penchés sur l'album, Vincent et lui, conversant aimablement autour d'un thé rapporté du Japon, on n'imaginait pas un instant qu'autrefois ces deux-là avaient voulu changer le monde, l'un par défaut de père, l'autre par excès… Désormais, Paul-Armand avait trouvé l'apaisement et consacrait son temps, son énergie à estomper ses traits trop anguleux creusés par une vie d'écarts pour dessiner un autoportrait enfin présentable. Vieux bourgeois versaillais dont plus personne ne doutait qu'il ne fût né derrière les contreforts de Notre-Dame. Au-delà de l'image, c'était là une manière d'attendre la sortie de la crèche, puis de l'école. Quand l'heure approchait, son cœur vieilli retrouvait un battement plus authentique et il partait chercher Arthur. Un peu mal à l'aise sur le trottoir à attendre l'ouverture des portes au milieu des jeunes mères qui tricotaient la rumeur, il le ramenait vite à la maison, lui préparait un goûter désuet, composé de pain frais, de sirop d'orgeat, et l'aidait pour ses devoirs. Il lui apprit à lire, surveilla ses lignes de voyelles, posa ses additions. Le petit lui faisait du bien ; il réapprit à marcher, parler, lire avec lui. Alors que la rue du Hazard n'était plus qu'un caveau solitaire, pour son petit-fils, il trempa le doigt dans le Nutella, rebrancha le train électrique et parcourut une province d'enfant, avec sa gare en brique, ses arbres coniques, ses quais déserts, dans un ronflement métallique. Ils déraillèrent mille fois dans un éclat de rire partagé. Le mardi, ils traversaient le quartier main dans la main pour gagner le conservatoire ; le mercredi, il prenait la voiture pour conduire l'enfant au stade. Puis ils attendaient Anne, en jouant aux dames, en lisant une histoire et, parfois, en jetant un œil sur la télé – quelques infos sur les vieilles chaînes, quelques débats sur les nouvelles, entrecoupés par cette image incongrue d'un canard en plumes bleues divaguant, pataud, sur le quai de Puteaux. Etrange millénaire qui s'ouvrait sur un flot d'infos continu et une marée de jeunes présentateurs faussement détendus dans leurs costumes cintrés… Anne récupérait Arthur tellement vite, tout à la joie de retrouver leur intimité, qu'il sentait le froid de la maison lui tomber brutalement sur les épaules. C'est pour éviter la solitude glacée du soir qu'il se mit à accompagner les maraudes. Dans la nuit, avec d'autres, il allait réconforter plus malheureux, plus seul, plus oublié. Assez vite, il fut reçu dans l'Ordre, porté par ses quêtes dans le froid des carrefours versaillais autant que par ses quartiers de noblesse normande. La coule de Maltais lui permettait de noyer son visage ingrat parmi les profils de médailles en mantille et les ambassadeurs en rouge d'opérette, lors de lentes cérémonies hors du temps urgent de l'ère Sarkozy. Certains dimanches, il réunissait Anne, Arthur et les fils de Thérèse. Chez l'aîné, une petite Louise naquit qui ne connaîtrait pas sa grand-mère. Il fit office de grand-père comme il avait fait office de père pour Antoine et Florent. La famille s'agrandit encore et il aimait à jouer les patriarches d'une descendance rapportée. L'été s'étirait à Valenseulles où il réunissait tout le monde, initiant les uns à la crapette rapide, irritant les autres avec des horaires stricts, faisant croire à ses petits-enfants qu'ils étaient là dans la maison de leurs ancêtres. Quand Anne, agacée par ses bobards, claquait la porte en emmenant Arthur, qu'Antoine partait avec sa marmaille occuper le terrain de la belle-famille, que Florent lâchait le pinceau pour la cravate et que la maison retrouvait les craquements du vide, il arpentait la plage avec René, laissant dans le sable, sous leurs pas lourds, les traces de deux vies avouées, à demi pardonnées. Il pleurait sa femme quand René pleurait son neveu, sans une larme, sans un mot, sans un sursaut, tout juste dans un soupir que le vent emportait. Pas du genre à s'épancher, ils n'évoquaient même pas les morts qui marchaient à leurs côtés, se contentaient de s'épauler, abrités sous leur douleur imperméable, comme deux vieux fossiles, connaissant tout l'un de l'autre, même le pire. Certains jours, il s'asseyait seul, au soleil miraculeux des fins d'été normandes, près de la tombe de Thérèse dans le cimetière de Valenseulles, et il s'excusait encore de ses erreurs, de ses faiblesses, de ses mensonges.

Cela dura huit ans, huit ans de figuration, de rédemption, de réconciliation avec lui-même. Dans le quartier, on avait oublié la laideur de ses traits, on louait la grandeur du personnage, on troqua le regard goguenard contre l'éloge exalté, la rumeur publique ne faisant jamais dans la demi-mesure. Et puis, il y eut ce jour de septembre 2010 où le médecin lui annonça que le sablier filait. Il allait mourir, mourir très vite à son tour. Le mal de dos, l'été, ce n'était ni l'âge ni la Seulles ; la toux, pas une sale bronchite récalcitrante… Cancer du poumon, forme diffuse, disséminée, éparpillée, le professeur Bernard avait eu un adjectif qu'il n'avait pas retenu. Mauvaise en tout cas. Aucune chance. Il avait tout refusé, chimio, rayons, chirurgie…, signé toutes les décharges. Pas de ça pour lui, il avait vu Thérèse se consumer. Il voulait mourir vivant, pas s'éteindre comme un vieux cierge, cireux et imberbe. Pas voir la flamme trembler, puis s'évanouir en fine fumée noire. Pas attendre le bassin, l'infirmière, le lit médicalisé, la chute de la fièvre, la remontée des plaquettes, la morphine. Pas surprendre la compassion et l'angoisse dans le regard des bien-portants. Pas s'avancer dans la rue avec la crécelle des pestiférés pour permettre aux moins courageux de changer de trottoir. Encore moins déceler le frisson du mensonge dans les voix faussement enjouées, craindre les chuchotements dans son dos… Toute sa vie, il avait cru entendre murmurer par de bonnes âmes « qu'il est laid, mon Dieu, comme il doit souffrir »; il n'allait pas imaginer maintenant les entendre susurrer « reprenez-le, mon Dieu, qu'il cesse de souffrir ». Il ne dirait rien, resterait debout et attendrait son heure. Il ne regretterait rien d'ailleurs, rien qu'Arthur qu'il ne verrait pas grandir et prolonger le nom… Et Anne, Anne qui passait le soir, attrapait une tomate dans le frigo, croquait dedans assise sur un tabouret de cuisine, lui demandait si ça allait avant de repartir en courant vers une soirée de gala. Un soir où il aurait frôlé son front dans un dernier baiser pressé, il se coucherait heureux pour rendre son âme à Dieu. Il s'éteindrait un chapelet entre les doigts, et, après avoir demandé pardon, il ne garderait en mémoire que le rond de son bras quand elle remettait une mèche de son chignon devant la glace de l'entrée. Le reste ne méritait pas qu'on s'y accroche.

Il continua d'abord, l'air crâne, à aller chercher Arthur au milieu des mères caquetantes, à porter une soupe à ceux qui n'avaient rien, même pas un bon cancer. Jusqu'au moment où il craignit de laisser voir celui qu'il hébergeait en secret. Il éloigna d'abord Arthur, voulant lui éviter de le voir tourné vers le mur en chien de fusil, préférant renoncer à sa présence plutôt que d'être diminué devant lui, mourir loin, comme au champ d'honneur, plutôt que de risquer de crever dans ses bras d'enfant. Il prétexta une simple fatigue, une forme de lassitude. Rien ne se voyait encore, mais lui savait qu'elle approchait, la camarde, il la reconnaissait, il était né avec, elle lui avait servi de père. Il l'avait redoutée, bravée, servie honteusement dans le désert, elle lui avait arraché sa mère, ils avaient eu un long bras de fer autour de Thérèse. Il connaissait ses ruses et ses méprises, ses triomphes et ses reculades. Cette fois-ci, il ne lutterait pas, il savait trop qu'on ne gagnait que du temps et, à son âge, le temps ne valait rien. Ensuite, quand il sentit ses traits se tirer, son teint se parcheminer, il déserta les maraudes, renonça à la messe du matin pour ne croiser personne, résolu à affronter ce dernier tête-à-tête sans témoins. Il ne fit exception que pour les visites de René qui respectait son silence, d'Anne qui refusait de voir la maladie creuser la laideur, incapable de s'inquiéter pour un autre qu'elle. Il cessa de voir Vincent dont il redoutait l'œil expert de médecin. Il ne prolongea pas indéfiniment le combat d'une vie enfin rachetée. Il s'éteignit un soir avant le passage de sa fille, devant les images d'un monde qu'il avait déjà quitté pour un autre où il serait délivré de la sienne. Il lui avait laissé une seule prière : *Anne, mon enfant, je t'en prie, ne me laisse pas enterrer sous le nom de Delaunay. Je suis un Coutainville. Delaunay, c'est juste bon pour le passe-*

port. Jamais je n'aurais dû accepter qu'on me colle son nom, cela fait partie des supercheries de la vie… Alors promets-le-moi : que dans les semaines ou dans les mois qui viennent, retentissent les orgues de la cathédrale pour Paul-Armand de Coutainville et rien d'autre…

X

1989-2002

12 janvier 1989

Ils étaient invités à descendre au Foyer à dix-huit heures précises. Tout le jeu consistait à s'y rendre dans les derniers, sans pour autant commettre l'impair d'y arriver après le ministre. Depuis près de vingt ans, il avait acquis une grande habileté dans l'art de paraître dérangé au milieu de préoccupations essentielles. Il savait traverser une antichambre occupée par des visiteurs occasionnels, parapheurs sous le bras et barre au front, gonflé d'une suffisance lointaine. Pas un sourire, pas un regard à ces pékins impressionnés, juste le craquement du parquet moquetté sous son pas affairé pour tromper leur attente. De même qu'il avait appris à ne pas se précipiter dans l'ascenseur pour les cérémonies officielles. Etre en avance alors que le buffet était encore désert et la salle toujours vide, un aveu d'impatience de petit nouveau, un souvenir humiliant de débutant.

Des ministres, il en avait vu se succéder beaucoup et l'actuel, il aurait bien l'occasion de le rencontrer en comité restreint pour prendre des décisions qui engageraient nécessairement l'avenir. Il n'attendait plus ces grands raouts où chacun espérait recevoir l'aumône d'un sourire, d'une poignée de main, d'un mot condescendant, preuve d'une reconnaissance mâchouillée ensuite toute l'année pour se donner l'énergie de continuer à ne rien faire d'urgent, pour garder l'impression réconfortante de servir.

Ce jour-là, c'était les vœux au personnel. Il avait fourni chiffres et éléments de langage. Il rejoignit le Foyer, une ou deux minutes avant l'heure, plongé encore dans la lecture d'un dossier tombé à pic pour se donner une belle contenance de décideur, éternel complexe du fonctionnaire. Sur le seuil, il ferma la chemise bleue d'un coup sec, retira ses lunettes, les coinça dans la pochette de sa veste, pour chercher au loin des visages connus. Il repéra le coin de la salle où l'essentiel de la sous-direction s'était regroupée. On lui fit un signe respectueux de la main et il se dirigea vers le groupe en serrant les mains et en raillant ces cérémonies superflues. Le ministre suivit de peu, serrant les mêmes mains, sans les commentaires ironiques. Accueil cordial, même des plus récalcitrants ; il serait bien temps de renouer avec un syndicalisme de couloir après les petits-fours. La trêve des confiseurs était respectée par tout le monde et il flottait même dans l'air ministériel une excitation enfantine, une fringale d'amnistie sucrée. Le ministre se planta face à son public, sans estrade, sans pupitre, juste entouré du premier cercle, son cabinet, ses quelques directeurs et autres chefs de corps, une armée de féodaux mobilisés, tout sourire. Il prit la parole simplement, sans notes, pour délivrer à son administration, aux siens, un discours fervent, en cette période d'état de grâce où les promesses de lendemains heureux continuaient de fleurir comme des chardons pour l'âne. Les éléments de langage étaient là, les chiffres aussi. Paul échangea un clin d'œil avec son équipe. Léger remous dans la salle, une liaison malvenue, quelques ricanements étouffés, on répète la faute, on la corrige, on se gargarise tout bas. Mais le ministre est habile, il a senti sa langue fourcher, perçu les regards goguenards, il glisse une deuxième fois la formule rectifiée, l'air de rien. On apprécie, on opine du bonnet, on reconnaît l'animal politique. Fin du discours, *j'adresse mes vœux les plus chaleureux à chacun, à chacune d'entre vous, et vous invite à les partager avec les vôtres ; vœux de bonheur personnel, de santé bien sûr – c'est l'essentiel –, mais aussi de solidarité et d'enthousiasme pour bâtir ensemble cette société nouvelle qui, demain, donnera sa chance à chacun de nos enfants* – applaudissements convaincus, le public est acquis à la gauche rocardienne revenue au pouvoir –, *et je vous propose maintenant de vous approcher du buffet avec moi…* Nouvelle salve ; il a su se racheter une conduite, le ministre, après sa « liaison dangereuse ». Le bon mot court dans les rangs. On aurait des choses à raconter ce soir en famille. Des choses vues et entendues. Un léger faux pas qui fait authentique, qui rend le ministre perfectible, ça rassure. Mouvement de troupe vers le buffet.

Paul, retrouvant son éducation, joua des coudes devant la nappe blanche pour tendre une flûte vers les femmes de son service, repéra la somptueuse Marie-Jeanne arrivée avec la nouvelle année, aussi noire que l'encre de seiche. Quand elle était entrée dans son bureau le 3 janvier à la sous-direction, tous les poncifs coloniaux lui étaient revenus, nourris de quelques souvenirs des bordels de Marseille ou d'Alger remontés brutalement à la surface après des années d'une calme traversée conjugale : Vénus callipyge, souple liane, experte enjôleuse, de ces femmes qui câlinent le soldat sans ménager leur peine au cœur de l'effroi, de ces putes qui ne regardent pas les traits sous le képi du pouvoir. Elle s'était présentée, il s'était ressaisi. Le temps du jeune sous-officier coupable était révolu, tout comme l'époque où, faisant payer à France son abandon, il allait chercher les filles au cœur de Paris, là où elles ne s'arrêtaient pas à la laideur d'un visage et l'évaluaient à l'épaisseur du portefeuille. A ce moment-là, des filles qui avaient taillé aussi court dans leurs principes que dans l'étoffe de leur jupe, il y en avait à la pelle. Même sans aller dans les claques, il en avait toujours trouvé qui, après quelques coupes, lui trouvaient une gueule d'ange sous sa particule. Depuis, Armand de Coutainville, l'affranchi de la nuit, s'était rangé derrière Paul Delaunay, le fonctionnaire zélé. Mari fidèle et père dévoué depuis plus de dix ans, le presque quinquagénaire qui, de promotion en promotion, avait ajouté un gilet sous son veston, la bleue sur son revers et des responsabilités sur sa carte de visite, n'avait plus la tête à la gaudriole. Il faisait claquer ses fers sur les pavés de Versailles, promenait ses dimanches au bras de Thérèse, arborait sur sa cheminée l'aquarelle de Valenseulles, se repaissait de passé et d'histoire pour digérer l'héritage, tentait de raccrocher au treillage une Anne qui poussait en tous sens, servait de tuteur à ses beaux-fils. Il avait laissé pourrir dans la pénombre du confessionnal un tas fumant d'ivraie décomposée. Il était ressorti propre comme un sou neuf, presque beau, en tout cas fiable. On comptait sur lui à la maison, on s'appuyait sur lui au bureau. Il était devenu indispensable et approchait les premiers cercles du pouvoir. C'est ainsi pour le moins qu'il expliquait à Thérèse ses horaires élastiques, ses journées de douze heures, ses semaines de soixante, des parapheurs à signer, des rendez-vous à caser, des dossiers à monter, compléter, finir, transmettre… Il pouvait arriver qu'un temps mort se glisse subrepticement dans l'agenda, mais il était imprévisible autant qu'inopportun. Paul le masquait, le déguisait, le maquillait jusqu'à se convaincre lui-même qu'il était débordé et pouvoir, en toute bonne foi, faire traîner la journée en longueur. Il filait ensuite à quelque dîner pour peaufiner ses réseaux. Thérèse savait qu'il ne fallait pas l'attendre ; elle ne s'inquiéterait pas plus quand il passerait ses soirées avec Marie-Jeanne…

Hiver 89

Les deux hommes couraient tous les samedis matin autour du Grand Canal. Rien de tel pour secouer l'âge qui commençait à s'incruster, pour se donner l'illusion de repousser leur prochaine cinquantaine aux confins du parc. Outre le souci de cracher leurs poumons d'anciens fumeurs, ils trouvaient dans cette course hebdomadaire le temps de faire un point d'étape. Ce matin d'hiver, la brume planait comme un doute sur le canal. Quelques étirements sous les cris de mouettes égarées.

— Elle t'a ensorcelé, cette femme, on dirait ?

— Pas du tout. Pourquoi tu dis ça ?

— Tu ne te rends pas compte que tu ne parles que d'elle depuis début janvier ?

— C'est normal ; voir une femme splendide, intelligente, débarquer dans le service, ça change de l'ordinaire…

— Eh, Polar, n'essaie pas de m'enfumer. Pas moi. Attends, je refais mon lacet… Tu pourrais prévenir quand tu repars.

Surgissant comme un spectre de leur lointaine pension, le surnom avait troublé Paul. *Polar*, réduction de Paul-Armand, mais surtout réminiscence du premier de classe, sanglotant le soir dans le dortoir, réveillé la nuit par ses draps mouillés, peaufinant ses versions latines pour être le meilleur, pour faire oublier le reste, pour plaire à ce beau-père qui avait eu la bonté d'adopter le pou qu'il était. Plusieurs années pendant lesquelles il avait endossé le rôle de l'écorché, rictus courageux accroché à la mâchoire, tête de Turc d'internes cruels et ingrats, jusqu'à cette amitié avec René, contraint lui aussi de porter une croix moins visible mais plus inavouable. Entremêlant leurs blessures, échangeant leurs drames, ils avaient aiguisé leur esprit pour briller, séduire et conquérir. A la vie à la mort depuis un soir de 59, chacun connaissait la faille de l'autre et repérait l'imperceptible couleur du mastic qui lui avait servi à la combler. Jusqu'au bout, ils sauraient déceler ces légers séismes, à peine sensibles dans leur vie apparemment immobile, qui pourtant revenaient creuser la lézarde initiale. Jusqu'au bout, ils s'aideraient sans jugement, en peu de mots, à replâtrer la façade qui s'effritait. Quelques foulées plus loin, Paul avait retrouvé un battement de cœur à peine accéléré par la course et lâché dans l'herbe la dépouille de Polar.

— Je ne sais pas ce que tu imagines, mais tu rêves, mon vieux. Il n'y a rien entre Marie-Jeanne et moi, et il n'y aura jamais rien.

— Méfie-toi, Paul, elle t'admire, c'est dangereux.

— C'est fini, ce temps-là, rassure-toi. Je ne cherche plus systématiquement le miroir qui me fait croire chaque matin que je suis le plus beau. J'ai passé l'âge.

— On n'a jamais vraiment passé l'âge…

— Tu te trompes, je t'assure.

— Dieu t'entende…

— Je suis guéri. Thérèse m'apporte tout ce dont j'ai besoin aujourd'hui. Je n'ai nulle envie d'aller voir ailleurs.

— Je veux bien le croire et m'en réjouir même – elle ne mérite pas autre chose, cette chère Thérèse. Je te mets en garde, c'est tout.

— Tu es pénible ce matin. Cours donc et tais-toi. Je te dis que je prends simplement plaisir à travailler avec elle, point trait.

— Oui, mais moi je sais que le plaisir d'être ensemble, ça suffit parfois à ouvrir d'autres horizons… Et ensuite on regrette…

— Tu veux bien arrêter de jouer les Cassandres ? Tout ne finit pas toujours en catastrophe…

— Non, mais je suis bien placé pour savoir qu'il vaut mieux être alerté… Avant de causer des dégâts irréparables.

— Irréparables, tout de suite les grands mots… Allez, laisse courir, c'est le cas de le dire… On s'essouffle à discuter pour rien. Je sais ce que je fais, je ne suis plus un gamin.

— Que tu crois…

— Et puis, c'est quand même bizarre de toujours penser que les femmes sont prêtes à se faire sauter à la première occasion. C'est bien un truc de pédé, ça !

— Ça va, Paul…

— Je veux juste dire que c'est une fille bien, Marie-Jeanne, elle sait que je suis marié, elle ne pense pas une seconde à avoir une aventure avec moi.

— Mais toi si.

— Moi non plus, je te dis. C'est agaçant à la fin. Allez, on accélère, on se fait une petite pointe jusqu'à la grille de la Flotille ?

— Tu vois bien, tu veux être en forme lundi, avoir l'air d'avoir dix ans de moins… Je suis sûr que j'ai raison. Attends-moi…

1989-1990

L'arrondi des formes de l'une avait eu raison des scrupules trop carrés de l'autre. Pour autant, s'il s'apprêtait à mentir à Thérèse, il n'avait pas menti à René. Une vraie complicité intellectuelle s'était bien installée après le premier choc instinctif; une fois passé la réaction archaïque du troufion subjugué, Paul avait pris l'habitude de travailler avec Marie-Jeanne, de lui demander son avis chaque fois qu'il hésitait. Ils avaient multiplié les déjeuners en tête à tête, seuls au milieu des collègues dans l'aquarium du rez-de-chaussée qui leur servait de cantine. Les plateaux remplis, leur badge du ministère sur la serviette en papier, ils allaient s'installer près du ficus aussi peu naturel que l'air climatisé pour goûter la lourde cuisine en sauce. Les collègues passaient derrière la vitre sans prendre garde à eux. Au début, ils avaient parlé boulot, dossiers, urgences, déplacements; puis ils s'étaient raconté leurs histoires, enfances, douleurs, réussites; enfin, ils avaient abordé le présent, soucis, regrets, espoirs. Les collègues avaient commencé à lancer un regard intrigué vers leur table. Ensuite, ils avaient organisé ensemble leurs visites sur le terrain. Pour les besoins du service, il était important d'aller juger sur pièces. Paul n'avait jamais tellement aimé les déplacements, il se dévouait maintenant pour toutes les missions qui se présentaient. Les collègues avaient fini par ricaner et eux par baiser.

Dans des hôtels de province, parfois autorisés à profiter de l'exotisme d'un pays limitrophe, d'une plate Belgique ou d'une terne Allemagne, ils passaient ensemble une nuit tarifée par l'Etat et volée à Thérèse. Auprès de Marie-Jeanne, Paul savourait une liberté qu'il avait subie à vingt-cinq ans, car, au lieu de ce goût de vodka amère que lui avait donné l'abandon de France, elle avait cette fois-ci la douceur d'un rhum caramélisé. Au lieu d'une ivresse noyée chaque nuit dans des bras différents, il retrouvait à des dates planifiées l'aventure régulière, l'exceptionnel ordinaire. Jamais la déception d'une rencontre sans lendemain, jamais le risque d'un piège de professionnelle. Il se coulait entre des cuisses familières avec le sentiment de la transgression apprivoisée. Il enfreignait une loi qu'aucun père ne lui avait transmise avec le sentiment d'impunité consenti par l'habitude.

Une fois par semaine, il était le héros attendu, grandi par l'urgence et idéalisé par l'absence. Dans la journée, il menait en chef la visite qu'ils avaient retenue comme prétexte. En fin d'après-midi, il faisait découvrir à Marie-Jeanne un patrimoine qu'il avait feuilleté dans les guides. Quand les autorités locales ne les retenaient pas, ils dînaient tous les deux à la meilleure table de la capitale de région, sur une nappe amidonnée, entourés de chirurgiens et d'avocats eux-mêmes accompagnés de femmes trop jeunes pour être tout à fait légitimes. On leur apportait des plats sous cloche en argent avec des noms à rallonge déclinés maladroitement par des apprentis serveurs. Ils dégustaient dans des assiettes dressées avec application une cuisine tuée par trop de saveurs associées, qu'il massacrait lui-même en l'arrosant de Coca sous l'œil rébarbatif du sommelier mais fidèle à sa promesse d'un jour lointain. Le soir, ils regagnaient l'hôtel pour une nuit épicée. Marie-Jeanne ne semblait pas désirer autre chose que ce simulacre de train-train bourgeois hebdomadaire, s'accommodant sans doute le reste du temps de son célibat parisien. Paul, quant à lui, apaisait ses scrupules en mettant un point d'honneur à ne pas appeler Thérèse lors de ses escapades. Elles étaient annoncées, expliquées, justifiées ; l'emploi du temps serait très serré et il n'aurait pas un instant de liberté pour la joindre tendre et tranquille. Mieux valait qu'elle l'attende le lendemain pour qu'il lui raconte. Dans son train de banlieue, il reconstruisait un récit qui ne laissait plus trace d'incartade. Il s'était installé dans le mensonge et, ma foi, ne se sentait pas si mal d'être ainsi pour une fois aimé en double, lui qui l'avait si peu ou si mal été. Il allait jusqu'à considérer que c'était un juste retour des choses, peut-être même une forme d'indulgence de la vie : il pouvait bien avoir un comportement un peu moche, alors qu'il assumait d'avoir la gueule de l'emploi depuis presque cinquante ans. C'est ainsi qu'il s'expliquait en tout cas que ce soit si facile à vivre, que ni Thérèse ni sa conscience ne lui demandent plus de comptes.

Leur histoire allait durer deux ans, pas leur prudence. Ils ne se contentèrent plus des virées en province et multiplièrent les soirées parisiennes en tête à tête. Ce qui n'était au départ qu'une agréable récréation, qu'une jonglerie désinvolte, devint vite une exigence pour l'un et l'autre. Marie-Jeanne avait bien compris que Paul ne se séparerait pas de Thérèse ; elle s'était acclimatée à ce rôle de madame seconde, à ces habitudes de demi-vie clandestine. D'abord étonnée qu'il ait pu s'intéresser à elle, puis émue qu'il ait fait une telle entorse à ses principes en prenant puis gardant une maîtresse, et une maîtresse noire, enfin profondément attachée à cet amour de contrebande, elle avait mis toute son intelligence, toute sa sensualité à se rendre indispensable et à élargir leur espace commun. Finement, elle demandait toujours un peu plus, mais ne demandait jamais tout, respectant les limites implicites posées par Paul. La double vie de celui-ci était le secret de polichinelle au ministère et Thérèse elle-même finit par se douter de quelque chose. René, à qui elle s'en était ouverte, s'en fit l'écho lors de leur tour hebdomadaire du canal.

— Tu l'as rassurée ? Tu lui as bien dit qu'il n'y avait rien ?

— Bien sûr, je suis une tombe, tu le sais, mais tu ne peux pas continuer à vivre comme ça.

— Pourquoi pas ? Ni l'une ni l'autre n'a eu à en souffrir jusqu'ici. J'apporte à chacune ce qu'elle demande.

— Si Thérèse n'est plus dupe, elle va finir par en souffrir.

— Je vais faire un peu plus attention quelque temps, histoire d'endormir ses soupçons.

— Je ne te connaissais pas ce cynisme, Polar.

— Ce n'est pas du cynisme, c'est pour elle. Je ne veux pas la faire souffrir.

— Le plus facile pour ça, tu sais, c'est quand même de rompre avec Marie-Jeanne…

— Je m'en sens incapable pour l'instant, René. J'ai besoin d'elle. Comme de Thérèse.

— Mais il faudra bien que tu choisisses. Cette situation ne pourra pas durer mille ans.

— Peut-être. Sûrement même. Mais, pour l'instant, ça me va bien d'être aimé par deux femmes. Belle revanche sur Polar justement, non ? Tu devrais comprendre ça, toi.

— Pas le plaisir d'être aimé par deux femmes, non… Malheureusement. Une seule m'aurait suffi…

— Ne fais pas l'imbécile, ce n'est évidemment pas ce que je voulais dire. Je parlais d'être aimé, même trop aimé… J'y renoncerai sans doute un jour, mais plus tard ; pour l'instant, je profite…

— Quand, Paul ?

— Tu m'emmerdes, René, tu verras bien. Arrête de me faire la leçon. Est-ce que je me suis permis de te la faire, moi, une seule fois ?

2 octobre 1990

Un mardi d'automne, alors qu'elle s'apprêtait à traverser un boulevard de feuilles mortes, Anne surprit son père au sortir d'un restaurant. La manière dont il tenait Marie-Jeanne par la taille ne prêtait pas à confusion sur leurs liens professionnels… Paul retira sa main en vitesse comme un gamin pris les doigts dans la confiture ; il sentit un coup au creux de l'estomac qui le priva de respiration ; il toussota, dissimulant sa honte derrière son poing poli. Le regard d'incompréhension, de déception, de rébellion de sa fille le poursuivrait tout l'après-midi dans les couloirs du ministère. Il espéra d'abord que la gêne disparaîtrait, que l'enflure lui coupant le souffle dégonflerait dans la journée, comme si la piqûre de rappel à son devoir pouvait n'avoir que de très courts effets secondaires. Marie-Jeanne ne s'était aperçue de rien. Avant de lui avouer qu'ils étaient découverts, il voulait avoir digéré la nouvelle, réfléchi à ses conséquences, envisagé la suite.

Sa fille était la dernière par qui il aurait voulu être surpris le caleçon sur les genoux. Il s'était habitué aux reproches de moins en moins voilés de René. Il s'était adapté aux soupçons de plus en plus précis de Thérèse. Il s'était fait aux remarques de plus en plus cuisantes de ses collègues. Il s'était même arrangé avec sa conscience de plus en plus sourcilleuse. Mais Anne, Anne qu'il avait sauvée de la déroute en montrant une conduite irréprochable, Anne qu'il avait remise d'aplomb, bien calée sur ses deux pieds, alors même qu'en vieille commode de famille, mangée par les vers, imprégnée d'humidité, elle ne tenait plus que sur deux briques dépareillées. Anne qui l'avait ramené à la vie quand lui-même n'était qu'un spectre hanté par la culpabilité. Voilà qu'aujourd'hui, d'un regard incrédule, elle le rappelait à l'ordre. Elle l'avait pris une nouvelle fois en flagrant délit de bassesse et, comme autrefois, allait le contraindre au courage, l'obliger à choisir. Mais laquelle, bon Dieu ? Jamais il ne pourrait abandonner Thérèse. Celle-ci était parvenue, à force de constance, de tendresse, de fermeté, à lui faire presque oublier France. Sans passion peut-être, mais avec droiture, elle s'était tout entière donnée à lui, tout entière consacrée à le restaurer, alors qu'il était à nu, griffé, éraflé, cogné, toute la fragile marqueterie dessinée en principe par l'enfance pour protéger des coups ayant sauté sans même attendre sur la première mine en Algérie. Elle lui avait rendu cette estime de soi qu'il avait dilapidée parmi les filles sans lendemain après que France l'eut piétinée avec allégresse sur le sable de la Martinique. Avec elle, il s'était révélé capable de sauver Anne, d'élever Antoine et Florent. Il était toujours laid, mais il pouvait de nouveau se regarder dans la glace. Il ne voulait pas non plus renoncer à Marie-Jeanne, à son odeur de musc et à ses caresses débridées. Il était sans illusion sur lui-même ; ce qui l'attirait en elle, c'était sans doute d'abord l'érotisme et l'exotisme, la curiosité du Vieux Continent pour la femme des origines, pire, le sentiment de toute-puissance du colon sur son esclave, toutes ces tartes à la crème tournée qu'il s'était lui-même servies sans indulgence quand il avait senti le désir transpirer sous son blazer à boutons dorés. Il savait pourtant intimement qu'il ne s'agissait pas seulement de bas instincts répréhensibles, passagers ; ça aurait été plus simple. Il l'aurait baisée, une fois, deux fois, peut-être plus, le temps d'une jolie aventure au goût de soleil, et puis il l'aurait plantée en lui abandonnant sur l'oreiller un joli pendentif en diamant. Il aurait chanté fort le kyrie au premier rang de la cathédrale en se frappant la poitrine, et puis il aurait tourné la page. C'était ce qu'avait espéré René ; *ça te passera avant que ça me reprenne*, n'avait-il cessé de répéter en tournant autour du canal. Lui savait bien que ce n'était pas une passade justement. Et pour une bonne raison ; c'est qu'elle avait presque su, comme seule sa mère avant elle, lui faire oublier sa laideur. Dans ses yeux, comme dans ceux de sa mère, il ne voyait pas cette pitié parfois à peine perceptible mais toujours présente dans le regard des autres, il ne lisait que de l'admiration. Avec elle, il était comme un gosse, et la quitter, c'était perdre sa mère une seconde fois, c'était de nouveau aller reconnaître son corps défiguré incarcéré dans l'Alfa Romeo.

Même pas la peine d'y penser ; enfoncé dans son siège de bureau, faussement concentré sur un dossier pour que personne n'ose pousser la porte de son alvéole en verre, il sentit remonter dans sa gorge l'âcre vomissement qui avait suivi la découverte des Delaunay tués net. Il ne dirait rien à Marie-Jeanne, il affronterait la réaction d'Anne. S'il fallait, même, il lui expliquerait. Elle avait presque trente ans ; il y avait des choses qu'elle devait pouvoir entendre maintenant. Il avait tout fait pour la remettre debout ; c'était désormais à elle d'accepter sa béquille.

6 octobre 1990

— Pour finir, je n'ai même pas eu à lui parler.

— Elle ne t'a demandé aucune explication ?

— Aucune.

— Et tu es sûr qu'elle t'avait vu ?

— Sûr et certain.

— Curieux qu'elle ne t'ait rien dit. Pas son genre. D'habitude, elle n'a pas sa langue dans sa poche.

— Elle-même a dû se dire que ça ne la regardait pas.

— C'est un avertissement en tout cas…

— Je sais.

— Quand je te disais que tu ne pouvais pas éterniser cette situation…

— Je sais.

— Que tu allais faire souffrir tout le monde…

— Je sais.

— Ça va te péter à la figure, Polar.

— Je sais.

— Je sais, je sais… C'est tout ce que tu trouves à dire ?

— Tu attends quoi ? On a déjà eu cette conversation cent fois.

— Oui, mais, maintenant, je ne suis plus le seul au courant. Tu supporteras la gueule de ta fille ? Parce qu'elle va te faire la gueule, c'est inévitable. Ou alors je ne la connais pas…

— Je supporte bien tes leçons continuelles.

— C'est pas pareil. Tu vas les trouver confortables, les déjeuners du dimanche, quand, autour de la table, l'une saura et pas l'autre ?

— Arrête, j'ai un point de côté, faut que je souffle…

— Respire, mon vieux, respire profondément. Le point de côté, c'est rien d'autre que la culpabilité. Parce que tu sais que j'ai raison…

Février 91

Paul laissa traîner quelques mois d'indécision comme une vieille facture impayée. L'air de rien, il continuait de se rassurer auprès de Marie-Jeanne. L'air supérieur, il continuait de régenter sa maisonnée. L'air penaud, il évitait de croiser Anne. Il allait célébrer ses cinquante ans en grande pompe : fête surprise à Versailles, nuit câline à Limoges, et l'aplomb du demi-siècle atténuait les crampes du remords. Pour l'instant, il ne s'en tirait pas si mal. La vie, qui ne devait quand même pas être bien fière du sort qu'elle lui avait toujours réservé, essayait peut-être de se faire pardonner. A part la condamnation tacite des Guichard trop proches de Thérèse pour ne pas flairer un sale coup, elle lui facilitait plutôt les choses cette fois-ci, en rendant Anne muette et Thérèse aveugle ; ça n'avait pas toujours été le cas ; autant en profiter, la faire un peu mariner, cette vie qui ne l'avait pas ménagé. Pourtant, impatiente, elle le bouscula de nouveau. A Limoges, Marie-Jeanne n'avait pas l'air dans son assiette… C'est ainsi en tout cas qu'il essaya de la dérider quand il lui trouva les traits tirés et le visage fermé. Rien n'y fit, ni ses boutades faciles, ni le musée de la Porcelaine, ni le dîner à L'Amphitryon ne lui redonnèrent le sourire. C'est tard dans la nuit qu'elle lui annonça sa grossesse.

Enceinte de lui… Le coup était sournois. Pas de la part de Marie-Jeanne, la pauvre. Elle avait tant hésité à lui dire, ne voulait rien lui imposer, elle en était malade, ne voulait pas compliquer sa vie, savait bien que ce n'était déjà pas simple, elle avait d'abord envisagé de le faire sauter, cet enfant, sans qu'il l'apprenne, comme si de rien n'était. Et puis elle avait réfléchi, ce serait sans doute le seul qu'elle pourrait avoir, après ce serait trop tard, elle voyait bien qu'elle n'aurait pas d'autre homme que lui, pas d'autre vie que celle qu'il pouvait lui offrir aujourd'hui. Alors tant pis, elle l'élèverait en marge, toute seule, elle comprendrait même qu'il ne veuille pas le reconnaître, qu'il ne puisse pas être le père d'un petit métis, qu'il la quitte. Même ce scénario, elle l'avait imaginé ; elle était prête au pire ; elle sacrifierait leur amour pour ce bébé qu'elle portait. Surtout qu'il n'imagine pas un instant qu'elle lui mettait le couteau sous la gorge, qu'elle lui avait fait un enfant dans le dos. Elle n'avait rien voulu de tout ça, rien cherché. Elle s'attendait à ce que ce soit leur dernière nuit, elle s'y était préparée, elle ne lui en voudrait pas. Enfin, elle s'était tue. L'enfant avait attendu l'obscurité pour surgir, comme si la nuit protégeait sa mère de la colère, du mépris, de l'abandon, comme si le noir était leur destin. Mais Paul ne ressentit aucune colère, aucun mépris ; il songea à l'abandon, comme à une pirouette ironique de son propre destin. De bâtard en bâtard, la vie ne cessait de le renvoyer à sa propre naissance, à l'incertitude des origines, au rejet des Coutainville. Les yeux grands ouverts dans le silence de la chambre d'hôtel, la main posée sur le ventre fertile de Marie-Jeanne, il savait qu'il était piégé. Il faudrait qu'il assume, qu'il reconnaisse, qu'il choisisse. Il faudrait qu'il fasse une place, qu'il donne un père à cet enfant envoyé comme une récompense ou comme une compensation, il n'en savait rien, mais en tout cas comme une obligation. *Il n'aurait pas d'enfant sans penser à ceux qu'il avait tués*, la lointaine prédiction du commandant Théophile résonnait toujours...

— Tu vas tout foutre en l'air pour ce gamin alors qu'il y a encore deux semaines tu ne pouvais pas imaginer de quitter Thérèse ?

— Je ne peux pas faire autrement, René, la vie a choisi pour moi.

— Pas de grands mots, s'il te plaît. C'est toi qui choisis, pas la vie.

— Je ne pouvais pas imaginer ça.

— Un peu quand même. C'était de l'ordre du possible, en tout cas. Quand tu couches avec une femme, tu sais que c'est un truc qui peut arriver...

— Me prends pas pour un con.

— Je te prends pas pour un con, Polar, je te prends pour un inconscient.

— Tu ne peux pas dire ça, ça fait des mois que je m'interroge…

— Pardon, ça fait des mois que tu fais l'autruche au contraire.

— De toute façon, maintenant, je suis au pied du mur ; dès que j'aurai parlé…

— Tu ne seras pas obligé de changer de vie non plus…

— Tu te fous de moi, je dois le reconnaître, cet enfant. Je serais qui, moi, si mon père ne m'avait pas reconnu ?

— Un type qui se serait sans doute fait moins de nœuds… Sois honnête, ça t'a surtout apporté des emmerdements.

— Pas sûr. Je serais un Delaunay, rien d'autre… alors qu'il y a au moins une certitude, c'est que lui, ce n'était pas mon père…

— Quoi qu'il en soit, tu peux le reconnaître, c'est tout à ton honneur, mais tu n'es pas obligé de vivre avec eux.

— Comme pour Anne. Tu as vu où ça l'a menée ! Merci bien… C'est un signe, René, c'est la première fois que ça m'est donné…

— Pas obligé d'épouser Marie-Jeanne non plus.

— Je ne veux pas faire de ce petit un bâtard. Je sais ce que c'est, je ne peux pas vouloir ça pour lui.

— OK, alors j'ai une question que je suis le seul à pouvoir te poser…

— Je sais ce que tu vas me dire. Ne te fatigue pas. Oui, je suis prêt à avoir un fils – ou une fille – noir. Ce sera mon sang, même s'il est mêlé, et cette fois-ci j'en serai sûr.

— Avoir, reconnaître, assumer, élever, partager la vie de…

— Ça va, ça va, ce sera sans doute compliqué, je sais bien. Mais, de toute façon, je ne me fais aucune illusion : deux fois divorcé, je serai d'office au ban de tout notre charitable petit monde…

— Et ça ne te fait pas plus d'effet ? Je ne peux pas le croire…

— Je quitterai Versailles, où je ne suis qu'une greffe de toute façon. Versailles, la rue du Hazard, c'est Thérèse. Je n'ai rien choisi, moi, de tout ça. Je vivrai avec Marie-Jeanne et le petit à Paris où personne ne me connaît, où les gens s'en foutent. Qui ça gêne aujourd'hui, franchement ?

— Arrête de faire l'ado, Paul, c'est grotesque ; tu ne réponds pas à ma question… Tu vas supporter d'être rejeté par notre milieu ? Alors que, comme moi, tu as tout fait pour y garder les deux pieds bien plantés.

— Justement, c'était peut-être une erreur. Je finis par me demander si elle ne m'a pas étouffé, Thérèse, avec ses bridges, ses messes et ses dîners… C'est elle qu'on reçoit, moi, on me tolère. Si je disparais, on m'oubliera, voire on soufflera. Envolé, le divorcé ! Est-ce que tu n'aurais pas été plus heureux, toi aussi, si tu n'y avais pas donné tant d'importance ?

Quelques jours plus tard, alors que Paul s'était résolu à découvrir son infidélité à Thérèse, à prendre ses valises pour rejoindre Marie-Jeanne dans le XIe – un arrondissement où il ne risquait pas de rencontrer une connaissance –, à affronter le regard et les mots des siens, alors qu'il avait répété plusieurs fois devant le miroir de sa salle de bains le rôle de salaud qu'il allait lui falloir jouer pour obtenir enfin le titre héréditaire de père, la vie prit un malin plaisir à changer encore de braquet. Marie-Jeanne vint s'asseoir dans son bureau, les bras chargés de dossiers destinés à transformer le monde. Au milieu trônait l'image qui restaurerait celui de Paul. Une image grise, indéfinie, sans contours précis, à laquelle il ne comprit rien d'abord. Il leva les yeux vers Marie-Jeanne qui baissait les siens de peur qu'en passant dans le couloir quelque collègue n'aperçoive ses larmes. Elle prononça alors cette phrase claire comme de l'eau de roche : *c'est mort.* Elle savait que l'échographie ne signait pas seulement l'acte de décès de leur enfant, mais aussi celui de leur histoire. La soudaine bravoure de son amant ne survivrait pas à la perte de son petit. Il ne quitterait pas Thérèse seulement pour elle ; c'était sur la promesse d'avoir un enfant à lui, un vrai, confirmé, authentifié, qu'il avait cru pouvoir renoncer à Versailles, à son petit monde, à Anne, à ses beaux-enfants… Et il ne courrait pas le risque de se retrouver à nouveau devant le choix. Ils se sépareraient en douceur dans quelque temps, quand son utérus à elle serait cicatrisé, à nouveau fécond. Il lui laisserait la chance d'une autre vie, pleine, cesserait de lui imposer celle-ci, estropiée. Elle était encore jeune et ne méritait pas ce sacrifice. C'était lui le plus âgé des deux, il lui revenait d'être raisonnable. C'était lui le responsable aussi, il ne devait pas la priver du bonheur d'un foyer, d'une famille. Il retrouverait les mots que René lui lançait dans la foulée de leurs samedis sportifs, les conseils que lui prodiguait le père Delacre avec l'indulgente sévérité du confesseur. Elle demanderait une mutation pour s'éloigner, prendre du champ. Il penserait à elle souvent, puis de moins en moins, ce serait une jolie page tournée, un rêve avorté. Puis, comme avant, il déclinerait les missions, rentrerait tous les soirs à Versailles, même un peu tard, pour classer ses timbres et lire la *Gazette de l'Hôtel Drouot*. Il réajusterait son costume trois-pièces, resserrerait son nœud de cravate, s'attacherait de nouveau à jouer le chef de bureau et de famille. Il renouerait avec sa laideur, éternelle compagne qui ne tolérerait jamais d'infidélité. Il lut alors le compte-rendu : *œuf clair*. Pas beaucoup plus de sens pour lui. Elle lui expliqua : *pas de cœur qui bat; rien, pas d'enfant; fausse couche dans quelques jours*. Il resta silencieux. Le commandant Théophile avait raison, il n'aurait pas d'enfant.

1991-2001

Les dernières années de sa carrière, il les passa à compter les jours jusqu'au départ. Dans un premier temps, il avait cherché à oublier Marie-Jeanne dans le boulot. C'est ce que lui conseillait René de plus en plus essoufflé, prétextant dès que possible une halte pour regarder les cygnes évoluer sur le canal avec un air suffisant. Pour lui, au contraire, l'épisode avait été une cure de jouvence ; il n'était ni lassé, ni épuisé, ni vieillissant, juste sevré. Arbre entaillé, il fallait que la sève s'écoule, il choisit le bureau. Thérèse ne le vit pas rentrer plus tôt mais – sixième sens ou assurance secrète de René –, elle ne s'en inquiéta plus et retrouva sa confiance antérieure. Anne elle-même oublia sans doute son indiscrétion d'automne, ne lui en parla jamais et continua de venir le dimanche à Versailles, l'été à Valenseulles, en quête de sujets de conflit, de débuts d'esclandre qui finissaient dans un claquement de porte jusqu'à la prochaine fois. Elle préférait se repaître d'une moisson de broutilles plutôt que de récolter la brouille. Et puis ne s'était-elle pas promis un jour de ne jamais séparer son père et Thérèse ? Les garçons ne surent jamais rien ; du moins voulut-il s'en convaincre.

Au ministère, il subit regards interrogatifs et sourires moqueurs des plus jaloux, insinuations désolées et accolades de condoléances des plus empathiques. Assez vite, on oublia. Marie-Jeanne avait changé de service, ne suscitait plus ni envie ni jugement. Leur histoire avait fait des ronds dans l'eau quelques semaines et puis le calme plat était revenu. Lui-même se demandait parfois comment il avait pu imaginer que les choses finiraient autrement ; faux espoir, fausse joie, fausse couche... Comme toujours, il s'était pris pour un autre ; Paul Delaunay n'avait que ce qu'il méritait. Il renonça à l'apparente liberté que lui avait donnée ce traître de nom, leurre, illusion, tromperie, imposture, comme tout ce qui lui avait toujours été attaché. Il le savait bien, et pourtant il s'était laissé prendre une nouvelle fois. Enfant, déjà, il avait cru au miracle, mais c'était bon pour les gogos. Il avait encore été naïf, crétin, comme si ce Delaunay pouvait un jour lui filer autre chose qu'une claque. Par paresse, par facilité, parce que, à huit ans, on lui avait collé ce sparadrap, pour ne pas blesser sa mère ou pour oublier son père, il ne s'en était jamais débarrassé. Maintenant, terminé, finies les tergiversations ; au moins, les choses étaient claires, il le ferait disparaître progressivement, n'utiliserait plus que Coutainville, même au ministère et malgré de nouveaux ricanements. Après Don Juan, ce serait le Bourgeois Gentilhomme ; après le coureur de jupons, l'inventeur de particule. Entré dans la carrière sous le nom de Delaunay, il avait gardé Coutainville dans le fourreau de sa mémoire. Il n'avait jamais osé le dégainer autrement que comme pseudo de nuit quand il était jeune homme, ou dans la lumière de Versailles depuis son mariage, là où il n'était pas nécessaire d'en ternir l'éclat aristocratique. Dans son service, on ne lui connaissait pas ce petit *de*, on le prit pour une nouvelle coquetterie, on le considéra comme une nouvelle aventure. C'était tout l'inverse. En épousant Thérèse, il avait restauré sa particule ; en l'arborant dans les couloirs du ministère, il effaçait la traîtrise. Pour lui, il s'agissait de muter, comme Marie-Jeanne, en renonçant à une part de lui, trompeuse, en même temps qu'à sa maîtresse… La rivière, une dernière fois tumultueuse, retrouvait son lit, conjugal… On s'échangea en ricanant ses nouvelles cartes de visite dont il avait dû diminuer la police pour aligner de tout son long *Paul-Armand Delaunay de Coutainville.* Quelques ronds dans l'eau de nouveau autour du cygne suffisant et puis assez vite, là encore, calme plat…

Sabre au clair, pénis en berne, il porta des réformes qu'il vit retirer, suggéra des changements radicaux dont ne furent retenues que des évolutions imperceptibles, rédigea des textes révolutionnaires pour modifier finalement des alinéas. Hérault d'une restauration conservatrice, il défendit autorité, valeurs et tradition. Après la sortie de route avec Marie-Jeanne, il multiplia les sorties en réunion au nom de l'ordre moral. Mais transformer le ministère ne suffisait pas à occuper ses journées, il convertit la frustration du soir en espérance du matin et se leva pour réformer l'Etat, redresser la France. Il méprisait le vieux Président rongé qui soignait son cancer à l'ombre de la cohabitation en s'injectant de l'élixir vénitien et admirait ce Premier ministre poudré, tout en formules et chaussettes élégantes, qui avait raccourci son nom comme lui avait rallongé le sien. Il s'engagea dans la campagne de Balladur, persuadé qu'ils allaient gagner. Le soir, enflammé, il exposait à une Thérèse acquise à la cause la nécessité de revenir à un passé idéalisé, avant l'incertitude et la confusion levées par le souffle nouveau de 81, le vent de révolte de 68, le sirocco insurrectionnel de 62. Le dimanche, après la messe, il cherchait à convaincre la jeune génération réunie pour déjeuner. Anne boudait, peu décidée à cautionner les positions réactionnaires de son père. N'ayant jamais voulu aborder avec lui sa vision du boulevard, elle n'était pas au courant de la rupture de Paul-Armand et Marie-Jeanne, mettait cette frénésie de vertu sur le compte d'une culpabilité inavouable et la trouvait indécente, immorale. Antoine restait sceptique sur la nécessité même de ne pas laisser flotter tranquillement les choses comme elles étaient, convaincu que rien ne valait l'habitude, de gauche comme de droite. Florent, plus radical que son beau-père, placardait des affiches à la fac pour le borgne gueulard. Paul s'aperçut vite qu'il ne gagnait ni l'adhésion de la jeunesse ni l'estime du cabinet. Nageant à contre-courant au ministère, il se heurtait à mille obstacles qui faisaient prendre l'eau à la moindre réforme émergeante. En politique, après avoir lancé l'espoir au bout de sa ligne, il ne voyait remonter que la déception. Il avait cru se ranger du côté de l'élite parisienne, distinguée, puissante, riche, diplômée, victorieuse, et espérait en devenir le rejeton, même illégitime, mais son champion avait beau monter sur les tables et scander des slogans du bout des lèvres en faisant la moue, il n'avait pas le charisme sympathique du Corrézien qui tâtait le cul des vaches et levait le coude sans façon. Il perdit avec le négociant de Smyrne, le Levantin naturalisé, le retraité de Chamonix. Il s'était encore une fois trompé de père, trompé de famille, trompé d'histoire. Ne souffrant plus de la montée de sève qui avait accompagné son infidélité et qu'il avait dû dévier au moment de la taille de leur histoire, il renonça à la politique devant l'inutilité des combats fratricides, n'en garda que les chaussettes de cardinal, les cravates en laine et un vote désormais discipliné. René n'avait pas cessé de lui rappeler en tournant autour du canal que rien ne servait de vouloir changer le monde, pas plus aujourd'hui que trente ans plus tôt. Peu à peu, il avait instillé le doute de la sagesse : et si c'était lui qu'il devait chercher à changer ? Si c'était lui qu'il fallait réconcilier avec un passé qui ne reviendrait pas ? Si c'était lui qui s'était complu dans l'incertitude et la confusion ? Paul lui avait d'abord mis quelques mètres dans la vue pour échapper à ses sermons, puis il avait ralenti, faute de souffle peut-être, ébranlé plus sûrement. Il avait vieilli ; comme un vieil arbre fruitier qui ne donne plus, il se contenta d'être une plante d'ornement apportant une ombre légère, tout juste frémissante, à ceux qui continuaient de voir leur sang échauffé par les discordes infertiles. Il apprit à étouffer les idées nouvelles, à jouer au morpion en réunion, à envoyer de simples accusés de réception sans contenu, puis à compter les jours avant la retraite. Désenchanté, il laissait le grand vaisseau continuer sur son erre et ne faisait plus que les manœuvres de quart qui lui revenaient. Il veillait, sans plus, à ce qu'il y ait toujours un peu d'huile dans les rouages, tout en surveillant la date de dépôt de son dossier au service du personnel. Le samedi, avec René, ils s'étaient mis à la marche sous prétexte de profiter des parfums exaltés par la rosée, des reflets du soleil matinal sur la façade du château. Ce fut d'abord un tour du canal mené tambour battant, puis une promenade dans le petit parc à un train de sénateurs. Ils ne parlaient plus de rien qui fâche et garderaient désormais entre eux un silence cicatrisant. Le dimanche, il faisait derrière le chœur, dans la cathédrale, acte de contrition sincère. Un poil superficiel encore, mais en voie de guérison.

Thérèse fut invitée à son pot de départ, on la trouva digne et distinguée. On lui loua les qualités de Paul-Armand, sa constance, sa fidélité, son engagement au service de l'Etat. Il n'y eut pas un sourire en coin, pas un regard de travers, sauf peut-être quand le ministre salua le départ de *Coutainville* en allant jusqu'à faire sauter *Delaunay* sur les conseils d'un chef de cabinet bien inspiré. La mutation s'était opérée, même au ministère. Après le discours qui le promut au grade d'officier, et les applaudissements de convenance, il joua des coudes au buffet pour tendre une flûte à Thérèse qui, sans le savoir, portait déjà en elle la seule rivale qui les séparerait définitivement.

IX

1978-1988

Pâques 78

A Valenseulles, le printemps était triomphant ; les barges d'Arromanches tout juste bordées d'un liseré blanc émergeaient de la baie polie comme un jade translucide, les blés moussants sous le soleil ondulaient sur le plateau de Sainte-Croix, le colza rutilait au pied de la colline de Bazenville, les Pierre de Ronsard s'étiraient, lourdement inclinées, sur le mur d'enceinte, les lilas pointaient leurs grappes blanches ou roses vers le ciel, les nuages ronds dessinaient en lignes régulières un Magritte enfantin, une hirondelle venait raser l'herbe tendre avant de s'élancer de nouveau vers l'azur, le silence n'était troublé que par les jeux d'enfants, le ronflement d'un tracteur, les sabots d'un cheval sur le bitume et ses propres confessions. Thérèse plantait pour l'éternité hortensias, roses et pivoines, repeignait les volets brûlés par la lumière, décapait un vieux chevet de brocante.

Alors que le soir venait border le sommeil des enfants, elle attendait avec Florence Guichard le premier frisson de la nuit sur le perron, puis s'attardait auprès d'un feu qui crépitait patiemment au rythme de sa complainte, devant une tisane compatissante. Longue tapisserie tissée la nuit, interrompue le jour, pour exalter la geste d'une union si vite menacée.

« Je n'ai peut-être pas pris suffisamment le temps… de le connaître, de réfléchir. Tout s'est fait tellement vite… En avril vous nous présentiez, en décembre on se mariait. Il faut dire qu'il était décidé, lui. Quant à moi, ça faisait trois ans déjà qu'Alex était parti, je n'avais pas trente ans, il fallait bien que je vive. Au début, j'avais cru que je ne me ferais jamais à l'absence. Comme si j'avais sauté moi aussi sur une mine : la surprise, le souffle, le cratère, puis plus rien. Pendant plusieurs mois, je me suis sentie vide. Puis, la vie l'a emporté. Je portais Florent, je l'ai senti bouger, j'ai vu mon ventre se tendre, s'arrondir, je me suis surprise à le caresser, à lui parler, de son père d'abord, du coup de salaud qu'il nous avait fait, puis du reste. Ce n'est pas que j'aie oublié Alex, son souvenir est juste devenu moins précis, moins présent. C'est excusable, non ?

(Florence acquiesce, évidemment, tu n'allais pas rester l'éternelle veuve, même pour tes fils. On n'est plus en 14 !)

« Tu dis ça, mais, on a beau être en 78, je te jure que certains m'ont regardée de travers. Moi, je voulais juste me perdre de nouveau dans le chœur des fidèles sans histoire... Sinon, je risquais de plier sous le poids de la bonne conscience des voisins ! Pour ça, Paul-Armand, c'était le type idéal, il me proposait la vie de tout le monde. Lui aussi, il ne rêvait que de se noyer dans la foule des gens normalement beaux, normalement heureux, normalement soucieux. Sans euphorie et sans drame... Et puis il a été parfait au début, attentionné, galant. Mélanie, la coiffeuse, trouvait que c'était *un vrai gentleman*. Et à toi je peux bien le dire, ça m'a fait du bien de ressortir, d'oublier l'éclat de la mine le temps d'un ballet à Garnier, d'un dîner au Café de la Paix, de me laisser faire, de ne plus être responsable de tout, de ne plus avoir à décider de la suite, pour les garçons, pour moi. A ce moment-là, je n'imaginais pas un instant que ce serait aussi compliqué...

(Dans un soupir, elle retourne la bûche qui craque de rage.)

« Cela dit, je ne l'ai pas épousé juste parce qu'il s'est trouvé là au bon moment... Je suis tombée vraiment amoureuse, même si, aujourd'hui, je me demande de qui... Nous avons parlé, il m'a raconté sa vie, ses blessures. Je l'ai trouvé touchant, sincère, honnête. Il me semblait que peu d'hommes se livraient comme ça. C'était nouveau pour moi, Alex ne racontait pas grand-chose. Tu ne l'as pas connu, mais Alex, c'était l'officier qui ne s'embarrassait pas de mots. Alors que Paul-Armand, les premiers temps, il pouvait passer la nuit à parler. Je ne t'apprends rien, d'ailleurs ; il m'a dit à l'époque combien il avait passé de soirées sans fin chez vous à refaire le monde en buvant des scotches... J'ai eu l'impression qu'il se mettait à nu, comme un gosse. Pas loin d'une confession, comme s'il cherchait l'absolution que notre mariage pourrait lui donner. Il ne m'a pas caché qu'il avait déconné d'ailleurs – vous êtes bien placés pour le savoir, Vincent et toi –, que pendant dix ans, après l'Algérie et son divorce, il n'avait pas su où accrocher sa lanterne et qu'il l'avait promenée, la nuit, dans tous les bouges parisiens.

(Pas tout à fait des bouges quand même, tu exagères ! On a fait la fête, c'est vrai, et il est allé un peu plus loin que nous, mais pas jusqu'à la rue Saint-Denis...)

« Ce que je veux dire, c'est qu'il ne m'a pas caché qu'il avait vécu. Mais ça ne doit pas être pour me déplaire ; dans un genre différent, Alex aussi, il avait un passé... En tout cas, ce type que l'enfance n'avait pas épargné et qui, ensuite, n'avait cessé de prendre des coups, je le trouvais attendrissant avec ses points de suture partout. C'est curieux, j'aurais dû me méfier, redouter que les humiliations, les déchirures ne laissent des traces, craindre que les mauvaises habitudes ne reviennent au galop. Au contraire, j'ai eu tout de suite confiance, le sentiment qu'on se connaissait très bien, très vite, que je lisais en lui. Il ne s'agissait pas d'un coup de foudre à la con, non, mais d'une histoire sérieuse, profonde, on n'était plus des gamins ni l'un ni l'autre. Et, franchement, je ne pensais pas un instant me tromper sur lui. Pourtant, maintenant, je me demande si cette confession elle-même était bien sincère...

(Elle rajoute une bûche, la nuit sera longue.)

« Au début, ça s'est bien passé, tu es d'accord? La greffe a pris à Versailles de façon étonnante : messe à Saint-Louis, balades au parc, marché Notre-Dame, dîners mondains, écoles privées... Moi, ça m'allait parfaitement, c'était simple, facile, reposant... Mon père avait bien un peu coincé quand j'avais annoncé qu'il était divorcé, pas le genre de la maison! Et encore, tu penses bien que je n'avais pas tout raconté, j'avais gardé pour moi les conneries et plutôt corsé le portrait de l'homme abandonné... Mais il les a vite séduits avec son côté gendre idéal qui s'intéresse aux histoires de famille, aime les belles choses, s'occupe bien des garçons. Encore une fois, tout se passait bien, mais, sans vraiment me l'avouer, je sentais déjà qu'un truc clochait. Je le trouvais un peu raide; gentil, amoureux, je ne dis pas le contraire mais... comme s'il jouait un rôle. Chaque jour devait ressembler à une photo de *Point de Vue*, posée et retouchée. On s'est appliqués, les garçons et moi. Sans trop de mal, d'ailleurs. Mais, quand même, je sentais une sorte d'appréhension...

(La voix s'étrangle, aspirée par la peur.)

« Tu sais, cette angoisse qui retient parfois le cours des choses quelques secondes, comme si le fil trop tendu allait lâcher. Tu as le souffle coupé, le vertige, à peine le temps de réaliser, pas d'explications, pas de mots, juste le cœur qui se serre, l'avenir qui se brouille, s'évanouit… L'impression du précipice, là, tout près… Tu vois ce que je veux dire ? Ces instants de panique incontrôlée se répétaient, je les mettais sur le dos du bouleversement, de la nouveauté, des décisions prises très vite. Trop vite peut-être… C'est comme ça que me rassurait le père Delacre en tout cas. Pas faux sans doute, d'ailleurs, mais je gardais comme un picotement : quelque chose ne sonnait pas tout à fait juste. Un peu d'artifice dans l'image idéale comme dans le portrait cogné du passé… Tu sais, c'est la première fois que j'en parle, de tout ça. Pas sûr même que j'avais vraiment réalisé ce que je suis en train de te dire, parce que, en gros, ça roulait.

(Elle part refaire chauffer un peu d'eau, préférant sans doute sangloter toute seule dans la cuisine devant la bouilloire qui siffle. Reprend, les deux mains autour du bol, nouées, comme elle.)

« Ça roulait, mais, pour être honnête, il y avait deux, trois petites choses qui me faisaient tiquer. D'abord, ce besoin continuel de tout ramener à Coutainville alors qu'il n'y avait plus mis les pieds après le remariage de sa mère. Et je peux te dire qu'il m'a suffi d'une visite dans la Manche l'été dernier pour comprendre qu'il n'avait pas plus vécu dans cette maison que moi ! D'accord, elle était fermée, il n'y avait personne, mais il était incapable, une fois devant, de retrouver tous les souvenirs qui s'entassaient pourtant soi-disant dans sa mémoire, comme les meubles de famille dans un grenier… Aucune importance, tu me diras, et en effet, au début, ça prêtait plutôt à sourire. Comme le fait qu'il se trompe sur le style de tel ou tel meuble. A part le regard en coin de mes parents qui m'agaçait, je n'y prêtais pas plus d'attention que ça. Ce sont les remarques de mes amis qui ont fini par me peser – pas toujours les mieux intentionnés, il faut le reconnaître, souvent plutôt les copines célibataires qui m'enviaient d'avoir trouvé une deuxième fois chaussure à mon pied. Dis, il est pas un peu chiant, ton Paul-Armand ?/Tu y crois, toi, à toutes ses histoires ?/Tu les as déjà vues, toutes ses cousines au chapeau vert ? Et, au bout d'un moment, c'est vrai que les fausses parentés, les ancêtres bidons, les souvenirs évidemment bricolés, c'était un peu pénible. Il n'avait plus rien à me prouver, on était mariés. Parce que j'ai d'abord cru que c'était pour moi qu'il en rajoutait, pour me plaire, pour m'esbroufer. Du coup, je lui ai fait comprendre une ou deux fois que je m'en foutais, que c'était pas la peine. Et là, sa réaction a été tellement violente que je me suis mise à douter. Et si c'était plus grave que ça ? Si c'était pas à moi mais à lui-même qu'il mentait ?... Toi qui le connais depuis plus longtemps que moi, tu sauras peut-être me dire... Est-ce qu'il n'est pas totalement mytho ?... En plus de me mettre la puce à l'oreille, les quelques réflexions que je lui ai faites l'ont fermé comme une huître. Le voilà maintenant muet comme une carpe. Au point que je finis par me demander ce que ça cache. Est-ce que tout ce qu'il m'a raconté était aussi faux que les commodes de son enfance et qu'il a peur de se couper ? Ou bien est-ce que, dans tout le fatras de son passé, il a enfoui l'essentiel et qu'il a peur de le dévoiler ? Je ne sais plus, je doute de tout, je sens que j'ai de moins en moins confiance. Et c'est vrai que je compte un peu sur René, sur vous, Vincent et toi, pour m'éclairer, vous qui le connaissez, parce que, à part vous, je ne vois pas vers qui je pourrais me tourner : plus de parents, pas de frères et sœurs… Il peut me dire ce qu'il veut, comment vérifier ?

(La colère enfle de nouveau, piquée par le désarroi.)

« Et le pompon, maintenant, c'est l'arrivée de sa fille… Parce que, depuis qu'elle a débarqué avec armes et bagages, ça n'est que soucis et emmerdements. Et pourtant je ne m'étais pas opposée à sa venue. C'était important pour Paul-Armand, et moi, ça ne me faisait pas peur, l'adolescente en crise, j'en avais vu d'autres. J'aurais dû me méfier, je me suis surestimée, je crois… L'hiver a été un cauchemar, et maintenant c'est l'enfer. Je pense qu'elle veut ma peau, cette gamine. Je finis par me demander si elle ne veut pas qu'on dégage, les garçons et moi, pour la laisser seule avec son père… Ce qu'on a fait pour les vacances déjà, et heureusement, je peux te dire. Je te jure que je ne la supporte plus. Rien que de la voir, j'ai la main qui me démange. Au début, j'étais prête à l'aider, mais là, trop c'est trop. Non seulement elle va tout faire pour me sortir du lit de son père, mais en plus elle obtient de lui tout ce que je n'obtiens déjà plus au bout de deux ans de mariage. Le voilà qui reste à Versailles, en tête à tête avec elle, pour lui parler, s'expliquer, au lieu de venir avec nous... Mais moi, j'ai un avenir avec lui, et pas l'intention de me le faire voler par cette pie d'Anne. Qu'il lui parle tant qu'il veut, mais celle qu'il a épousée, c'est moi ! Elle lui a peut-être rendu la parole à son retour d'Alger, mais moi je lui ai rendu une vie sociale, et c'est au moins aussi important ! Alors, je n'ai peut-être pas encore parfaitement cerné le personnage, je me suis même peut-être laissé berner, mais je veux qu'elle me laisse le temps de le vérifier par moi-même, cette petite morveuse ! Tu ne crois pas ? »

Printemps 78

A son retour de Valenseulles, apaisée, Thérèse trouva une Anne elle aussi un peu assagie, bien que toujours maussade, désagréable avec elle. Paul-Armand était confiant, il avait parlé à sa fille, tout allait rentrer dans l'ordre, il fallait juste laisser un peu de temps au temps. Les époux réconciliés par l'éloignement n'avaient pas cherché à compromettre leurs retrouvailles par une explication difficile. Quelques mots leur avaient suffi pour faire le point sur la situation et Thérèse n'avait pas cherché à en savoir plus sur ce que le père et la fille s'étaient dit, de peur de devoir entendre la faveur, reconnaître l'exclusion, capituler. Ils avaient réinvesti les jardins versaillais, les dîners dans les odeurs de glycine et de seringa, où la droite, rassérénée par une victoire aux législatives tellement inespérée, se payait le luxe de préférer Chirac ou Giscard en découpant le poulet. Chassée par l'humidité, elle continuait de débattre sur le trottoir pour célébrer ou réprouver la naissance de l'UDF. Pour les uns, planche de salut, pour les autres, pomme de discorde. Quelque voisin mal embouché – de gauche ? – les sommait de se taire et d'aller laver leur linge sale plus loin. Les fers des hommes, les talons des femmes résonnaient sur les pavés, les façades renvoyant de loin en loin l'écho de quelques éclats de voix. La menace du programme commun s'était éloignée avec celle du désordre conjugal dans le renouveau printanier.

Anne évitait sa belle-mère, enfermée dans sa chambre, ne se risquant même pas à la croiser dans le couloir de la rue du Hazard. Elle avait choisi l'esquive plutôt que l'affrontement. Toutes deux gardaient une distance prudente, convaincue chacune que le temps œuvrait pour elle, que Paul-Armand finirait par tomber comme un fruit mûr dans l'escarcelle de l'une ou de l'autre. De son côté, celui-ci continuait d'afficher le plus grand optimisme, Anne était mieux, sa femme et sa fille finiraient par s'entendre, les garçons par se faire à la cohabitation, et l'été prochain à Valenseulles achèverait de souder tout son petit monde. En attendant, il se donnait sans retenue au ministère, partait tôt, rentrait tard, conscient qu'étirer ses journées servait sa carrière autant que sa tranquillité. Thérèse, elle, rentrait du cabinet pour s'occuper des petits et surtout pas d'Anne, le square pour le bon air, le bain pour la poussière, le dîner pour grandir, l'histoire et le câlin pour la nuit. Elle attendait devant les « Dossiers de l'écran » le retour de Paul-Armand, lui servait au moment du débat un gratin desséché pendant le film. Ils se racontaient leur journée sans commenter celle d'Anne. Puis ils s'endormaient rassurés d'être dans les bras l'un de l'autre.

Début juin – le 5 précisément –, alors que l'année scolaire touchait à sa fin, qu'ils avaient reçu et accepté l'avis du conseil de classe, qu'ils voyaient approcher l'été avec soulagement, Thérèse fut appelée en urgence par le lycée ; les pompiers étaient là ; Anne avait fait un malaise, devait être emmenée à Mignot. Comme la secrétaire, Thérèse essaya de joindre Paul-Armand, mais sa ligne ne répondait pas. Elle annula les rendez-vous de ses dyslexiques du jour, interrompit la séance en cours, présenta des excuses désordonnées à la mère, claqua la porte du cabinet – les clés étaient restées à l'intérieur, tant pis elle verrait cela au retour –, descendit l'escalier quatre à quatre. Elle ne savait plus vraiment où était garée la voiture, était incapable de recomposer mentalement le chemin fait le matin. Sous une pluie d'orage agressive, elle sentit les larmes l'envahir. Merde après tout, qu'ils appellent donc sa mère, qu'elle vienne ramasser sa fille inconsciente sur la voie publique, justifier sa maigreur devant le médecin, expliquer à la directrice de Gufflet les absences sans motif, soutenir le regard des profs arrogants, porter l'angoisse du père. Elle avait fait ce qu'elle avait pu, elle, pour éviter tout ça, mais là, ce n'était plus sa place, plus son rôle. Elle avait été mêlée à une histoire qui n'était pas la sienne et elle n'était pas sûre de vouloir écrire la suite. Qu'ils se débrouillent avec leur malade. Elle s'était déjà tapé assez de galères, merci. Elle retrouve la R16 qui dégouline sous les marronniers et file vers Mignot tout en continuant de maudire Anne, France, Paul-Armand et la vie. Elle se précipite à l'accueil ; je cherche Anne Delaunay qui a dû arriver avec les pompiers. Quel service ? Les urgences, j'imagine, un malaise au lycée. C'est votre fille ? Soudain, l'infirmière indifférente montre la curiosité méfiante d'un flic sous son néon. Thérèse hésite un instant, puis ment : est-ce que je serais là si ce n'était pas ma fille ? Anne Delaunay, vous m'avez dit ? Oui, elle vient d'être admise aux urgences, au fond du couloir, deuxième porte à droite, ascenseur gauche, premier étage. Merci. Elle court, se perd, porte à droite, ascenseur gauche ou le contraire, ne sait plus, ne trouve pas le service au premier, doit rebrousser chemin, demande de l'aide, arrive finalement devant le bureau des infirmières, interroge, décline son identité, réaffirme qu'elle est la mère, fait bien jeune pourtant, montre ses papiers – Delaunay de Coutainville, c'est bon –, demande à voir Anne, doit s'asseoir, attendre, un médecin va arriver. Elle attend, il arrive : votre fille est au bloc, rien de grave, une TS ratée, classique à cet âge, un lavage d'estomac et tout ira bien. Une TS ? Tentative de suicide, elle a avalé des saloperies, on l'a trouvée dans les toilettes du lycée, sans connaissance, mais ça va aller, ne vous inquiétez pas, je reviens vous voir dès qu'on a fini avec elle. Combien de temps ?... Je peux pas vous dire. J'ai le temps d'aller appeler son père ? Largement... Le médecin est déjà reparti, pousse la porte battante qui se referme dans un soupir de plastique. Elle regagne le bureau des infirmières, il est vide, elle sort du service, erre à l'étage, retombe sur les ascenseurs, descend, trouve les téléphones à pièces à côté de la cafétéria, fait le numéro de Paul-Armand. Ce n'est pas lui qui décroche, elle demande qu'on le cherche, c'est urgent. Un blanc, long. La voix qui revient : M. Delaunay arrive, il conclut une réunion, il ne va pas tarder. J'ai très peu de monnaie, ça va couper. Vous avez un numéro où il peut vous joindre ? Non, je ne sais pas, peut-être, attendez, je suis à l'hôpital, je ne le trouve pas... Vous pouvez rappeler dans cinq minutes ? Il sera dans son bureau. La communication a été coupée. Elle entre dans la cafétéria, prend un café qui a le goût du gobelet en carton, récupère la monnaie, se brûle la langue, reste à proximité du téléphone, que personne ne vienne bloquer la ligne. Elle rappelle, il répond : Thérèse ? Il y a un problème ? C'est Anne ? Elle lui raconte en larmes et remonte attendre, attendre le médecin, attendre son mari, devant la porte aveugle.

Assise sur un siège orange, elle s'en voulait. S'il était arrivé quelque chose à Anne, ça aurait été sa faute à elle, Paul-Armand ne lui aurait jamais pardonné et c'est pour toujours que sa fille se serait interposée entre eux. Elle n'allait pas les multiplier, les fantômes invivables, les morts encombrants... C'était plus facile de gérer une gamine aux cheveux décolorés que de pleurer une victime partie trop jeune. Victime, c'était quand même ce qu'elle était, cette petite, avec son histoire de merde. Embrouille, mensonge, perfidie, trois sales fées penchées sur son berceau, ça augurait mal de la suite. Sa mère s'était acharnée à la massacrer ; comment pouvait-on mettre un tel doute dans la tête d'un enfant ? Peut-être ton père, peut-être pas... Elle aurait mieux fait de ne rien dire, ou de trancher. Coutainville ou Saint-André, pas les deux. La gamine, elle était comme l'âne de Buridan, elle ne savait plus vers quel picotin se tourner. Paumée, on le serait à moins. Et voilà qu'elle, bêtement, au lieu d'aider Anne à retrouver sa respiration, elle se rangeait derrière les autres pour lui enfoncer un peu plus encore la tête sous l'eau. Comme si elle n'était pas capable à trente ans de faire la part des choses... Au lieu de ça, elle avait eu peur, elle avait craint qu'on ne lui prenne une deuxième fois l'homme de sa vie. Alors que le seul moyen de le garder, c'était justement d'aimer sa fille.

On vint la chercher, le même médecin pressé lui proposa de le suivre et ils franchirent ensemble la porte souple qui auparavant était retombée derrière lui comme une menace. En longeant le couloir devant elle, les mains dans la poche de sa blouse, le stéthoscope autour du cou et les pieds dans ses claquettes, sans même tourner la tête pour lui adresser la parole, il faisait le point sur la situation. Anne s'était réveillée, tout allait bien, elle était encore somnolente, ils allaient la garder cette nuit, peut-être quelques jours, on envisagerait la suite au calme. La suite ? Quelle suite ? Le suivi médical et psychologique, votre fille a besoin de parler, d'exprimer son malaise autrement qu'en avalant une boîte de psychotropes, vous ne croyez pas ? C'est un appel, un avertissement même, qu'elle a lancé, vous ne pouvez plus faire semblant de ne pas l'entendre. C'est là. Je vous laisse avec elle, je repasserai tout à l'heure. Elle respira de voir s'éloigner le médecin qui les condamnait déjà sans rien savoir ; quand il reviendrait, Paul-Armand serait arrivé, il s'en débrouillerait. Elle redoutait d'entrer dans le box où se réveillait Anne. Et si de nouveau, juste à la vue de son air renfrogné, elle ne lui trouvait plus d'excuses ? Une infirmière passait et la précéda : Entrez, entrez… Anne, voilà ta maman. Haussant le ton : Ohé, tu nous entends, petite ? Ta maman est là, elle est arrivée. Thérèse restait paralysée sur le seuil, persuadée que, en ouvrant les yeux, Anne dénoncerait l'imposture et qu'on la renverrait à une passivité de belle-mère et de salle d'attente. La gamine ouvrit les yeux. Et sourit. Et pleura. Et tendit la main. Et se cacha les yeux. Puis tenta de s'expliquer. Dans une confusion touchante où l'adolescente en guerre s'effaçait devant l'enfant désarmé. Thérèse s'assit au bord du lit, la prit dans ses bras, la caressant doucement, psalmodiant sa tendresse : c'est rien, c'est rien, ne dis rien, chut, ne parle pas, pleure, mon Anne, pleure, je suis là, c'est fini, ma puce, ne t'en fais pas, ça va aller mieux, ne bouge pas, reste là, ne t'inquiète pas, je t'aime, tu sais, on va t'aider, c'est fini, non, non, ne dis rien, ne parle pas, chut, dors, je suis là, je t'aime… Elle répéta ces incantations en boucle jusqu'à calmer les hoquets, sanglots et reniflements d'Anne.

5 juin 1978

Paul-Armand les trouva dans les bras l'une de l'autre, silencieuses, apaisées. A les voir ainsi réconciliées, il eut d'abord une pensée pour lui, tout redeviendrait tellement plus facile. Cette légèreté soudaine qui contrastait avec le poids de l'angoisse qui l'avait accompagné sur tout le trajet, dans le train, dans le bus, des Invalides à l'hôpital, comme un voisin trop bruyant, trop corpulent ou trop agité, lui permit de rendre l'atmosphère du box plus respirable, moins dramatique, moins féminine... Il parvint à rendre le sourire à Anne. Assis dans le fauteuil, puis debout devant la fenêtre, appuyé contre la barre du lit mobile ou sur les épaules de Thérèse, il lui racontait des histoires, des histoires de tous les jours, emplâtres sur une jambe de bois, remèdes anodins à la gravité de la situation mais légèrement euphorisants, et cela suffisait à faire un peu tourner la tête de l'enfant perdu, à lui faire oublier la complexité de grandir. Thérèse aussi trouvait du réconfort dans la présence de Paul-Armand, au point de s'amuser surtout de le voir tourner comme un ours en cage dans la chambre étriquée. Dans le fond, ça ne lui allait pas si mal, ce surnom de Baloo que lui donnait parfois sa fille. Ils vécurent tous les trois cette parenthèse étrange, hors du monde, aux mains des médecins, dans l'attente, ignorants de ce qui adviendrait dans la demi-heure qui suivrait, essayant à intervalles réguliers d'obtenir une réponse, une information, prêts à emmener leur fille ou à la déplacer dans le service approprié. Mais ce n'était plus une urgence, désormais il leur fallait s'armer de patience. On finirait par s'occuper d'eux quand on aurait besoin du box, quand l'équipe de nuit les découvrirait par hasard derrière la porte fermée, quand la fille de salle viendrait passer la serpillière ou quand Paul-Armand finirait par aller saccager le bureau des infirmières dans un grognement d'ours mal léché.

En attendant, ils prenaient le temps d'être ensemble, sans la rugosité des derniers mois. Thérèse descendit appeler Florence pour lui demander d'aller chercher Antoine et Florent, de les garder jusqu'à leur retour, de leur expliquer ce qui se passait sans entrer dans les détails, en les rassurant, tout allait bien, on n'était pas passés loin du pire, mais ça allait être plus facile maintenant, Anne serait mieux, moins agressive, semblait décidée à trouver un équilibre… Puis elles avaient été coupées. Thérèse remonta dans la chambre, Paul-Armand tenait la main de sa fille qui riait et pleurait comme une giboulée adolescente. Il craignit un instant de voir poindre de nouveau la jalousie orageuse de sa femme, mais l'éclaircie semblait devoir durer, la rivalité s'était déchirée. Anne souriait comme une enfant rassurée et Thérèse plaisantait comme une femme épanouie. Il n'osait pas vraiment se l'avouer, mais, dans le fond, il bénissait le drame qui lui rendait le calme.

Ils sortirent après vingt et une heures et l'installation d'Anne dans sa chambre pour la nuit. Ils avaient appelé un taxi qui n'était pas encore là, une bruine chafouine avait succédé à l'orage apportant une nuit prématurée qui faisait oublier juin. Les traits tirés par la journée, Thérèse frissonnait, vêtue d'été dans l'insouciance du matin. Paul-Armand lui tendit sa veste qu'elle enfila, redressant le col et retournant les manches trop longues. Appuyée contre le mur de l'hôpital, elle sortit une cigarette : tu veux aussi ? Ils fumèrent un moment en silence sans voûte étoilée, sans clair de lune, sans romantisme, sur le parvis de Mignot. Et pourtant, si on l'interrogeait, Paul-Armand pourrait dater de cet instant-là la naissance de leur amour, bien loin des serments dorés de l'hôtel de ville. C'est là, dans sa veste trop grande, tremblant de fatigue et de froid, démaquillée par l'inquiétude, qu'il lui trouvait soudain la sensualité d'une jeune mariée. Pas vraiment jolie, sous son chignon d'épouse, dans son tailleur cintré par l'éducation, elle avait prononcé un « oui » retenu, glacé, qui l'avait intimidé. Il n'avait pourtant rien regretté, il avait voulu se marier et l'avait choisie délibérément bien née, bien élevée, bien dressée. Sur le coup, tout à la fierté de sa nouvelle conquête, il n'avait pas pensé que tout cela manquerait un peu de chaleur, de sang, de sperme. Lui-même avait serré sa jaquette, appelé quelques ancêtres à la rescousse, inventé des intérieurs reluisants. Il était prêt à multiplier les souvenirs arrangés pour faire tenir un mariage qui l'était tout autant, persuadé que la veuve d'officier versaillais attendait surtout de lui un nom, de l'honneur, du courage. Et peut-être même qu'elle saurait lui en donner, à lui qui en avait tant manqué… Ce soir-là, grâce à Anne, il comprenait qu'il s'était encore trompé, cette petite décidément lui montrait le chemin. Thérèse serait sa femme, pas juste un faire-valoir. Blottie contre lui dans le taxi bougon, le visage humide de pluie ou de larmes, elle tendait une bouche qui n'avait plus rien de bourgeoise et glissa une main qui n'avait plus rien de pudique. L'émotion qu'il ressentit n'était pas seulement la satisfaction d'un pénis qui durcit, impression fugitive offerte par bien des filles d'un soir. Retrouvant la timidité d'un jeune puceau, il comprenait qu'elle lui accordait enfin la nuit de noces qui lui avait toujours été refusée.

1978-1981

Les années qui suivirent ne furent pas toujours une sinécure pour autant. France d'abord avait déboulé de Toulouse, le brushing en vrac et le vernis écaillé, signes manifestes de l'urgence de la situation. Saint-André, beau comme un mannequin Ralph Lauren, portait son sac Vuitton en attendant qu'elle se donne un coup de peigne avant de filer à Mignot. Dans la chambre, ils avaient trouvé une Anne boudeuse qui ne voulut pas entendre parler d'un retour à Toulouse, malgré les promesses de cajoleries, les menaces de séparation, le dénigrement des Versaillais. Tu vois où ça t'a conduit de vouloir vivre chez Paul ? Quand je te disais que ce type n'était pas capable d'être ton père. Quant à elle, malgré son air de cheftaine en mocassins plats, elle est dépassée, ça se voit. Et puis, tu n'es rien pour elle, jamais elle ne s'occupera de toi comme de ses fils, c'est inévitable.

Redescends avec nous, c'est là qu'est ta place, entre Ghislain et moi. On s'est toujours bien occupés de toi, nous. Est-ce que tu as eu besoin d'avaler toutes ces merdes quand tu étais à la maison ? Tu n'étais pas si mal, tu peux le reconnaître maintenant. Les faits parlent d'eux-mêmes, non ? Tu ne peux pas rester dans cette ville sinistre, entre l'orthophoniste et son chef de bureau ! Tu as besoin de soleil, de ta mère. Ghislain, dis quelque chose, tu n'es pas d'accord ? Il faut qu'elle revienne, non ? Ghislain avait eu beau acquiescer et la mère continuer de dérouler son boniment, la fille regardait par la fenêtre à barreaux en attendant qu'ils repartent vers leur lointain Sud-Ouest. Furieuse et dépitée, France s'était vengée sur la rue du Hazard. Dans le salon elle avait attaqué, persiflé à la cuisine, froissé, humilié, blessé à table. A l'heure du déca, Thérèse avait fini par répondre et le ton était monté entre les deux femmes, l'une était taxée d'incapable, l'autre de nuisible, alors que, sur sa bergère Louis XVI, Saint-André croisait et décroisait les jambes pour ne pas chiffonner son pantalon. Abrité derrière les remparts de son nouveau couple, Paul-Armand était monté au créneau, chassant France de la maison et la condamnant à n'y plus jamais remettre les pieds. Son ex-femme était sortie la tête haute, suivie de son mari la queue basse. La guerre était déclarée et elle n'aurait de cesse de faire revenir sa fille dans leur ville rose. D'expert judiciaire en médecin, de compte-rendu en plaidoirie, ils s'étaient disputé Anne pendant deux ans, jusqu'à ce que celle-ci, du haut de ses dix-huit ans, décide de rester avec Paul-Armand. Dieu sait si Versailles avait hurlé contre cette mesure d'un Giscard décidément trop moderne, trop libéral ; majeur à dix-huit ans, et puis quoi encore ?/Donner le droit de vote à des enfants, on dirait vraiment qu'il cherche à faire passer la gauche./Est-ce qu'on est capable de juger à dix-huit ans, d'avoir un avis sur la vie ? N'empêche qu'alors, quand il avait fallu trancher sur le sort d'Anne, on s'était réjoui rue du Hazard de ne pas avoir à patienter trois ans de plus dans les couloirs du palais de justice. Le Président avait même peut-être gagné par cette mesure la voix de Thérèse qui, jusque-là, jurait pourtant ses grands dieux qu'on ne l'y reprendrait plus, qu'elle ne lui pardonnerait jamais sa traîtrise sur l'avortement. Paul-Armand, lui, aimait quoi qu'il fasse ce Giscard qui assumait son d'Estaing avec un si fier aplomb. Dans les dîners chiraquiens, ils s'armaient de leur histoire pour justifier la loi. Or, comme en politique il n'y a pas meilleur argument qu'un cas particulier bien exploité, ils en ébranlaient plus d'un qui, au retour dans la voiture, disait à son épouse : dans le fond, cette majorité à dix-huit ans, c'est peut-être pas si con, tu imagines si ces pauvres Coutainville avaient dû supporter trois ans de plus l'acharnement de la folle de Toulouse, on n'y pense pas assez à ces familles déchirées et, dans ce monde où tout fout le camp, que ce soit les enfants qui décident, après tout… Toujours est-il qu'Anne était restée et que Paul-Armand et France ne s'adresseraient plus la parole, ne se croiseraient plus jamais.

En revanche, c'est entre le père et la fille que les mots avaient fini par courir. Il avait fallu pour cela une nouvelle tranche de travaux à Valenseulles et des réunions de chantier où ils partaient tous les deux. Arrivés en fin de matinée, ils traînaient une grosse heure au milieu des gravats, suivaient tant bien que mal des explications compliquées dans un normand technique, donnaient un avis un peu au hasard. Au début, l'adolescente faisait mine de s'intéresser, trop heureuse de partager la même poussière. Assez vite, elle se lassait et partait attendre dans le jardin, le visage tourné vers le soleil, comme une fleur des champs. Puis, confiants, ils laissaient de nouveau la maison à ces seigneurs de l'artisanat qui, de leurs mains carrées, se remettaient à étrangler les canalisations, tordre le bois, broyer la pierre. Sur la terrasse d'Arromanches, devant les barges indifférentes et la sole du jour, Paul-Armand dévoila enfin ses failles à sa fille, espérant ainsi combler sa béance à elle. Conscient de l'enjeu, il ne trichait plus, ne tentait aucune martingale, abattait toutes les cartes d'un passé inégal. Il mélangeait héroïsme et lâcheté, orgueil et soumission, indépendance et conformisme, coupait sa vie en deux, avant et après l'Algérie, sa naissance et le divorce, dévoilait ses atouts, faisait le mort devant les questions pressantes pour mieux dérouler son jeu. Jusqu'à l'aveu. Il n'aurait jamais la certitude absolue d'être un Coutainville comme elle n'aurait jamais la certitude absolue d'être sa fille. Anne n'avait pas bronché, elle avait continué de dépiauter sa sole. Après avoir lâché le morceau, il avait essayé de noyer le poisson : peut-être un doute idiot, né d'une réflexion surprise, d'un commentaire de grand-mère. Et après tout, qu'en savait-elle, celle-là ? N'était-ce pas seulement de la méchanceté ? Mais, depuis qu'il l'avait entendue, impossible de faire comme si ça n'avait pas existé, il vivait avec le doute et mourrait avec, pas facile, c'est vrai, pour elle non plus, il le savait bien, c'est pour ça qu'il lui en parlait, même si ça devait rester entre eux, elle devait lui promettre, un jour il le dirait sûrement à Thérèse, mais pas encore, plus tard, à sa mère il l'avait dit, oui, il était plus jeune, il était confiant, naïf peut-être, il n'avait rien su lui cacher, n'y avait même pas pensé d'ailleurs, à vingt ans on se donne sans réserve, mais il l'avait payé tellement cher, elle s'en était servie, en avait joué, l'avait mis plus bas que terre… Aujourd'hui, il faisait comme si, il portait le nom, pas encore au ministère, il n'osait pas, mais ça viendrait… Dans le fond, il décidait lui-même, personne ne pouvait lui interdire, alors c'était comme ça, il était né Coutainville, il mourrait Coutainville. Et elle ? Elle ferait comme elle voudrait, se ferait appeler Delaunay, Coutainville, les deux, au choix. Car c'était sa fille. Lui, il le savait, il ne voulait rien croire d'autre. Bien sûr, France laissait planer le doute et le lui avait mis dans le crâne, comme à elle. Il était bien placé pour savoir qu'elle ne vivrait plus jamais pareil, qu'elle ne serait jamais tout à fait comme les autres, qu'elle garderait l'incertitude comme pièce d'identité. Comme lui, elle ne saurait jamais vraiment… Il était désolé… Il n'avait rien voulu de tout ça… Anne avait fini, son assiette était propre, quelques arêtes sur le rebord, un brin de persil, la rondelle de citron, c'était tout ce qui restait de leur déjeuner. Et une certitude, qu'elle livra avec un bon sens de lycéenne comme une formule de maths : elle ne voulait pas être un x^2, l'inconnue au carré, de père incertain, de grand-père incertain. Elle, elle était née Delaunay, elle mourrait Delaunay. Elle avait un père et un grand-père, c'étaient ceux qui lui avaient donné leur nom, celui qu'il portait à sa naissance, elle n'y reviendrait pas. Par contre, elle ne s'embarrasserait pas de Coutainville, ça allait comme ça ! Il était indiqué sur ses papiers, très bien, mais elle ne s'en était jamais servi, ce n'était pas aujourd'hui qu'elle allait commencer ! C'était son histoire à lui, elle ne s'en mêlerait pas, se contenterait de la sienne qui était déjà suffisamment compliquée… Pour le reste, elle vivrait avec son père et Thérèse à Versailles, descendrait voir sa mère et Ghislain à Toulouse. Point. Ghislain l'avait élevée petite, Thérèse était la première à l'hôpital, ils avaient leur place dans l'équation. A eux quatre de la résoudre. Paul-Armand avait repris le volant pour rentrer, un peu sonné, sacrément soulagé.

Cette décision prise sur la digue d'Arromanches, alors que la mer était loin, brillante au bout d'une plage de sable dur sur laquelle agonisaient les épaves rouillées d'une guerre gagnée, la santé d'Anne connut encore le ressac. Elle fut toujours sujette à quelques crises, assistée par des psys, et avança cahin-caha jusqu'au bac, portée surtout par Thérèse qui gardait de l'épisode à Mignot le sentiment coupable d'avoir failli, failli à son devoir et failli rater sa belle-fille. Celle-ci décrocha un bac sans mention, sans conviction et sans projet, mais crut à l'avènement d'un monde nouveau le 10 mai. Elle partit trinquer avec le peuple de gauche et fêter l'alternance place de la Bastille quand Paul-Armand et Thérèse fermaient leurs volets à vingt et une heures, après avoir vu s'afficher progressivement sur leur écran et sur fond de drapeau le front puis le visage de « Mitt'rand ». La rose au poing, elle sécha les cours pour suivre Tonton au Panthéon. A Gufflet, elle fut collée doublement pour son absence et pour la victoire des socialo-communistes à laquelle elle avait contribué en collant « La force tranquille » partout dans l'établissement. Paul-Armand et Thérèse furent convoqués une dernière fois par la directrice en grand deuil. Elle leur fit la leçon, leur annonça l'apocalypse, familiale et nationale, et les prévint que leur gauchiste de fille pourrait toujours demander à ses amis socialistes une place dans un lycée public si elle échouait au bac. Ici, on la tolérerait jusqu'aux épreuves, mais il était hors de question qu'on la reprenne pour un nouveau redoublement. Déjouant tous les pronostics, Anne ne leur donna pas la satisfaction de cette revanche morale ; elle pensait de travers et, pourtant, elle avait droit au bac, c'était la France de 81 ! Ça promettait… Quelques années plus tard, elle porterait la main jaune de « Touche pas à mon pote » sur son blouson en jean ; en gloussant, elle regarderait s'ébrouer Versailles tout à la préparation de sa manif pour l'école libre, elle entendrait la bourgeoisie exaltée défiler sous ses fenêtres et découvrir l'ivresse de la foule en entonnant d'une seule voix le « Chœur des esclaves ». Elle n'aurait de cesse de s'opposer à Thérèse qui sentait trembler les fondations d'une époque et enrageait à nouveau de voir sa belle-fille participer avec casque et pioche au chantier de démolition. Alors qu'elles avaient signé l'armistice du quotidien, elles rouvraient le feu dès qu'elles parlaient politique et, par une sorte de consensus implicite, elles en firent même un contentieux amusé. Le seul qui leur resterait quand, avec le temps, plus rien ne les séparerait. Anne surtout ne pourrait pas s'empêcher de rallumer la mèche en vantant les qualités protestantes d'un Jospin, en taxant Chirac de roi fainéant, juste pour le plaisir d'exaspérer sa belle-mère, puis pour lui rendre la santé, le temps d'une dispute, quand elle jaunirait sous sa perruque. En attendant, après une première année de psycho à Nanterre où elle fut collée aux partiels sans avoir trouvé la clé de son dilemme, après quelques mois de droit pour légitimer la révolution et sa propre filiation, elle décida de partir comme jeune fille au pair à Rome et la rue du Hazard put afficher ses convictions et s'épanouir dans l'opposition.

1981-1988

Le septennat fut moins tragique qu'ils ne l'avaient craint, le désastre annoncé par la directrice de Gufflet n'eut pas lieu. Le vieux pays supporta la cure de socialisme triomphant avant de revenir à la sagesse d'une cohabitation partagée entre le Charentais et le Corrézien, notables de province rivalisant de cynisme et d'immobilisme, l'un s'attachant à cacher sa fille et sa francisque, l'autre ses maîtresses et son fond radsoc. Surtout Anne revint d'Italie bilingue et apaisée, grandie, mûrie au soleil romain. Elle s'inscrivit dans une école d'attachée de presse et à l'association des Anciennes de Gufflet, puis entra au service de presse du château grâce aux Dieulefit qui, cette fois-ci encore, firent jouer leurs relations, du vicomte de Rohan au maire de la ville. Elle voulut s'installer à Paris et vint travailler à Versailles, faisant comme toujours l'inverse des gens sensés, mais, tant qu'il ne s'agissait que d'inverser le sens des trains, Paul-Armand et Thérèse ne s'inquiétaient plus. Elle allait avoir vingt-cinq ans et l'oisillon arrivé de Toulouse dix ans plus tôt volait enfin de ses propres ailes. On finirait même sans doute par la marier, il suffirait d'être patient et d'attendre le faucon qui l'embarquerait.

Restaient les garçons. Paul-Armand se plaisait dans le rôle du bon Samaritain soulageant les deux petits que la vie avait précipités dans un traquenard. Conscient que Thérèse et lui n'en auraient pas d'autres, privé de la petite enfance d'Anne, il savourait ces premières années de jeux et de questions, de pouce et de câlins. Il se contentait de cette affection sans bornes, ne voulant pas risquer de la menacer en lui donnant un statut. Il était le mari, le beau-père, et n'aurait jamais usurpé l'uniforme de leur héros de père. C'est la mère de Thérèse qui, la première, posa quelques jalons alors qu'ils étaient tous descendus fêter Noël sous les pins des Landes sans boules ni guirlandes. Ce ne serait pas idiot que Paul-Armand adopte les garçons, si? Pour Florent, c'est comme son père; pour Antoine aussi d'ailleurs, il n'a aucun souvenir d'Alex. Quelle image on garde à trois ans? Ce serait plus simple pour tout le monde, vous porteriez tous le même nom et on ne garderait pas les stigmates de cet épouvantable deuil. A quoi bon? Je suis sûre que même les Faivre comprendraient. Aujourd'hui, on idéalise nos morts au combat parce qu'ils sont une poignée, ils ont droit aux Invalides, à la Légion d'honneur posthume et aux larmes de crocodile des journalistes, mais, en 14, est-ce qu'on faisait tout ce foin pour nos soldats bouffés par les vers dans les tranchées ? Au contraire, on n'avait de cesse que de remarier les veuves, de redonner des pères aux orphelins et des bras aux pinèdes. Et en 40, est-ce qu'on n'a pas remplacé les morts ? Regardez votre père, Paul-Armand. C'était plus sain, moins morbide – et c'est une femme d'officier qui vous parle, alors qu'elle en a connu, des drames –, les gens ne se complaisaient pas dans la douleur… Ce serait pareil, on oublierait nous aussi, même toi, ma Thérèse, tu finirais par oublier. L'intéressée avait blêmi à cette idée, déjà taraudée par le cours ordinaire qu'avait repris sa vie. Elle avait bien eu à supporter les tourments d'Anne pour soulager sa culpabilité, mais c'était très léger comme prix de la trahison. Trente petits deniers qui ne pesaient pas lourd face à sa bonne fortune… Paul-Armand n'avait rien osé répondre à sa belle-mère, il avait beau avoir quarante ans, être couturé de partout, venir d'annoncer sa promotion récente au ministère, il se tenait comme tout le village le petit doigt sur la couture du pantalon devant la générale qui distribuait ses ordres aux journaliers, au maire et au curé pour protéger leur campagne immuable de la chienlit parisienne. Chez ses beaux-parents, il avait reconnu l'autorité militaire, l'humanité sévère qui lui rappelait avec des sueurs froides le commandant Théophile. Il redoutait d'être percé à jour, lui, le soldat défaillant, mais aussi le bourgeois gentilhomme. Et, en effet, il avait suffi d'un flottement sur le style d'un meuble, d'une méprise sur un titre de noblesse, d'un impair sur la rédaction d'une enveloppe, pour que Mme Dieulefit catalogue définitivement son gendre dans la catégorie des bourgeois de promotion qui se poussent du col. Elle ne lui avait jamais dit, ne l'avait même jamais avoué à sa fille, mais il est des regards et des silences qui ne trompent pas et qui ne les avaient trompés ni l'un ni l'autre. Alors qu'aujourd'hui elle envisage que ses deux petits-fils le prennent pour père était une belle revanche. Sur la vie. Et sur la mort, sur celle de ces gamins noyés dans le sang du Djebel. Il n'était pas dupe, bien sûr, et mettait cette libéralité soudaine au compte d'un réflexe de protection. Quelques persiflages alentour et elle s'était sentie obligée de lui ouvrir à double battant la porte de la famille. Mais, quelle qu'en soit la cause, c'était une victoire qui avait un goût de reconnaissance. Il ne montra rien pour autant de sa satisfaction, comme s'il n'était pas concerné. Son air détaché et le blêmissement de Thérèse furent les seules réponses que la générale put obtenir du couple.

Ils profitèrent des neuf heures de voiture qui les ramenaient vers le jour de l'an pour revenir ensemble sur la suggestion. Ni l'un ni l'autre n'osèrent d'abord parler de peur que l'un des garçons ne dorme que d'une oreille. Ils attendirent d'être plongés dans l'obscurité de l'autoroute et bercés par le ronflement des deux fils autant que par le ronronnement du moteur. Demandez qui des deux entama la discussion, vous n'aurez jamais la réponse. Ils tournèrent autour du pot, multiplièrent les circonlocutions, utilisèrent tous les détours pour éviter de dire non, craignant de blesser l'autre et d'installer un malentendu emphytéotique. C'est Thérèse finalement qui s'y résolut :

— Je ne suis pas sûre de tenir à ce que tu adoptes les garçons, Paul... (Le prénom raccourci respirait la gêne, entre intimité et distance.) Je te dis les choses un peu brutalement, ne m'en veux pas, mais je ne sais pas comment faire autrement, je crains tellement que tu ne le prennes mal... Depuis que maman en a émis l'idée, je suis convaincue, sans vraiment savoir pourquoi, qu'elle est mauvaise. Ce n'est pas de la défiance, loin de là, je suis certaine que tu serais un père extraordinaire pour Antoine et Florent, tu l'as prouvé avec Anne. Non, ça n'a rien à voir avec toi. C'est par rapport à Alex. Il ne faudrait pas qu'il se limite à une parenthèse dans notre vie, que ses fils, en ne portant pas son nom, oublient qui il était. Toi, ils t'ont en chair et en os tous les jours, ils savent ce qu'ils peuvent te demander et ce que tu peux leur donner. Ils ont le choix de t'aimer ou pas, de te chercher ou te rejeter, de se rapprocher ou s'éloigner, bref, de toute façon, c'est avec ou contre toi qu'ils vont se construire. De fait, sans qu'on ait besoin de le signer, tu seras leur père. Alex, c'est de la poussière d'étoiles, une sorte de comète passée dans leur vie et dans la mienne, une image qui s'estompe dès qu'on essaie de la regarder trop longtemps. Antoine a peut-être quelques souvenirs, une pression de main, un éclat de rire, une partie de dames, un manège, une phrase… Et encore, tout ça doit s'effacer. Peut-être même confond-il avec un regard, un sourire, une remarque qui viennent de toi en réalité. Il va grandir et fera des choses en croyant imiter son père, nettoyer les moules avec un épluche-légumes par exemple, et pourtant, c'est toi qu'il imitera sur la plage d'Asnelles par grande marée. Cela remontera si loin dans son enfance qu'il ne distinguera plus ce qui est Faivre de ce qui est Coutainville dans ses gestes, dans ses habitudes, dans ses goûts. Quant à Florent, rien chez lui ne sera Faivre, à part un peu de génétique, un sourcil qui se relève, une tache dans l'iris gauche… Je sais bien que, si tu les adoptais, mes garçons, tout serait plus facile pour eux, pour moi, pour toi, partout, à l'école, chez le médecin… J'ai bien vu avec Anne qu'un beau-parent ou rien, c'est pareil. Suffit de penser à l'infirmière à qui il avait fallu que je mente pour pouvoir entrer dans la chambre… La boule dans le ventre qu'Anne elle-même ne me renvoie à la salle d'attente, au néant, d'un seul mot. Alors, tu me diras, je devrais écouter maman, couper les liens définitivement avec mon fantôme, en effacer jusqu'à l'ombre. Mais je ne peux pas, je ne veux pas. Je suis heureuse avec toi, là n'est pas la question, il faut que tu me croies, ce n'est pas du regret, du manque, juste une sorte de fidélité, de devoir de mémoire…

Je veux qu'ils s'inscrivent encore dans son sillage, et le seul moyen pour qu'ils le fassent, c'est en leur en parlant, mais aussi en leur laissant porter son nom…

— Tu as raison, Thérèse. Ce sont des Faivre et ils doivent le rester. Si tu savais quel sale tour m'a joué la vie en me faisant passer de Coutainville à Delaunay… J'avais l'âge de Florent, c'est comme si c'était hier. J'aurais pu accoler les deux noms, évidemment, comme tes fils pourraient le faire, mais, à sept ou huit ans, tu n'oses pas, tu n'oses même pas le demander, tu as peur de déplaire, tu veux être gentil, reconnaissant. Et puis tu penses à ta mère, tu crois lui faire plaisir. Si elle l'épouse, ce type, si elle prend son nom, abandonne le sien, elle doit être contente que tu fasses la même chose, que tu n'aies pas l'air de contester son choix. Demander à garder ton nom, ce serait comme faire la gueule au mariage. Tu ne veux pas lui faire cette peine. Elle ne l'a pas mérité, elle l'a perdu, elle, son mari, elle n'a pas choisi de le plaquer. Et lui, le nouveau, tu te dis qu'il fait un joli geste, que c'est une preuve d'affection ; devenir père, donner son nom, ce n'est pas rien. Tu veux le remercier, marquer ta gratitude, et tu prends un faux air réjoui qui te coûte, te coûte à un point… En même temps, tu espères que cette nouvelle douleur va s'atténuer elle aussi, comme l'autre, celle du deuil, que cette nouvelle épine dans le pied, très vite tu ne la sentiras plus. Que tu profiteras juste d'être une famille, d'avoir le même nom, de ne pas avoir à donner d'explications. Et c'est tout le contraire. Au fur et à mesure, tout se complique, tu ne sais plus qui tu es, qui tu veux être, d'où tu viens… Surtout quand tu n'as pas connu ton père, le vrai, comme Florent, comme moi. Plus de marques, plus de signes, plus de traces, peut-être une illusion, une chimère, ce père inconnu… Tu te demandes presque si tu as bien été un jour conçu par un autre. Surtout quand on t'a mis le doute. D'un père inconnu, tu passes à « de père inconnu »…

— Que veux-tu dire ? Florent saura toujours qui est son père, comme toi. Ma crainte, c'est juste qu'il ne l'efface, rien de plus. Dans les faits, rien ne changerait.

— Pour Florent, parce que les faits sont là, indubitables, que personne ne lui dira jamais le contraire.

— Qu'est-ce que tu essaies de me dire, Paul-Armand ? Est-ce que je comprends bien ?

— Quand tu n'as pas dix ans, tu furètes partout, on ne t'entend pas approcher, tu glisses sur le dallage comme un elfe dans tes chaussons en feutre, tu surgis par effraction, et tu entends… Tu entends ce qui ne t'était pas destiné. Une réflexion et c'est l'abîme, tu n'es plus personne. Tu ne seras jamais un Delaunay, le beau-père est devenu plus dur, il n'a plus à séduire, il a eu la mère, il tolère le fils. D'autant que, malgré tes efforts pour lui plaire, tu es resté laid, pas vraiment aimable. Il t'a collé en pension, éloigné, séparé. Tu es seul. Et tu n'es peut-être pas non plus un Coutainville. On ne peut pas le certifier, mais, là aussi, on prétexte ta laideur. Ton père était tellement beau, lui. Il était là-bas, sur le front, ta mère pouvait bien faire ce qu'elle voulait. Quelle preuve on a ? Il était fragile, le soldat, c'était de l'espoir, de l'avenir, cet enfant qu'on lui collait. Tu comprends alors qu'on parle de toi et tu ne sais plus comment tu t'appelles... au sens propre... Et ça dure, et tu ne t'en sors plus, et tu te perds entre deux identités, en testant l'une puis l'autre, et tu erres entre deux verres, entre deux femmes, pour oublier.

Thérèse posa sa main sur le bras de l'orphelin. Ils n'évoqueraient plus l'adoption, ni la sienne ni celle de ses fils. Versailles continuerait d'inviter les Coutainville sans soupçonner la possible usurpation. Les familles recomposées se multipliaient et l'on s'étonnait de moins en moins que les enfants ne portent pas le nom des parents. De vieilles curieuses essayèrent bien de recomposer une généalogie lors de longs après-midi passés à broder le passé et les étoles du curé, mais, après s'être piquées sur les rameaux de cet arbre complexe, elles finirent par renoncer. Paul-Armand, soulagé d'avoir avoué à sa femme ce qu'il avait confessé à sa fille, réconcilié avec les autres à défaut de l'être un jour avec lui-même, porta le nom avec moins de scrupules, se réappropriant peu à peu cette identité qu'on lui avait discutée, la combinant avec celle qu'on lui avait imposée. Delaunay cohabita avec Coutainville comme Chirac avec Mitterrand, en bonne intelligence. Jusqu'au dernier trouble jeté par Marie-Jeanne pour le bicentenaire de la Révolution.

VIII

1976-1978

Printemps 76

En sortant de ce « dîner de la dernière chance », il décida de faire une cour assidue à la jeune veuve, Thérèse Faivre, assise à sa droite à table. Depuis quelque temps, les Guichard multipliaient les occasions de lui présenter certaines de leurs relations qui feraient des partis tout à fait convenables. C'est devant le miroir, en nouant sa cravate avant de sortir que, pour encourager le reflet impressionné par sa propre laideur, il lui avait rappelé cette expression de René : il faut que tu y ailles, Polar, à ces « dîners de la dernière chance », c'est comme ça que tu te remarieras. Si j'avais pu, moi, je te jure que j'aurais sauté sur toutes les occasions, sans mauvais jeu de mots... Dans nos familles, c'est plus facile d'être moche que pédé, crois-moi. Estime-toi heureux et fonce. Ça va bientôt faire dix ans que tu te perds, que tu te traînes, que tu ne vois personne – personne, je me comprends, personne de fréquentable. Tu ne peux pas te contenter des Guichard, de filles d'un soir et de moi. Il faut que tu retrouves une vie sociale, que tu reconstruises une famille. Tu n'es pas fait pour vivre seul. Personne, d'ailleurs, mais toi moins qu'un autre, Paul : tu as besoin qu'on t'aime, qu'on te regarde, qu'on t'admire. Les Guichard te tendent la perche, saisis-la, merde.

En repliant avec application son col pelle à tarte sur son nœud de cravate, en rentrant sa chemise cintrée dans son pantalon de costume beurre frais, il voulait croire René. Se remarier, l'idée commençait à faire son chemin… Depuis la mort de ses parents et les retrouvailles avec Anne, il n'était plus la loque qu'il avait été, il sortait moins, ne buvait plus, il commençait doucement à oublier France, pas oublier vraiment, n'exagérons rien, mais il n'avait plus cette boule dans le ventre au réveil, il ne rêvait plus de la Martinique ou de l'Algérie – il ne faisait pas la différence, ne savait pas dans quel sable il manquait être étouffé, enseveli, quand il se réveillait en nage au petit matin… Il allait mieux, c'est vrai, c'était le moment d'essayer de reconstruire quelque chose avec le débris un peu poli par la vie qu'il était devenu, ce morceau de charpente rongé qui pouvait bien encore porter, supporter un bout d'existence.

Il ne pouvait qu'être reconnaissant aux Guichard. Alors qu'ils s'étaient connus après sa rupture avec France, en faisant la bringue ensemble à un moment où personne ne se préoccupait de faire sa vie, eux s'étaient rangés sagement. Ils avaient troqué la besace à franges contre l'attaché-case, le combiné allemand contre le break français, désertant les destinations fumeuses pour réinvestir les saines plages de l'Ouest. Et pourtant ils n'avaient jamais cessé de voir Armand et de l'entourer. Simplement, ils l'avaient plutôt invité le dimanche soir, dans l'intimité de leur cuisine, une fois leur fille couchée. Ils dînaient tous les trois, à la bonne franquette. Florence l'appelait sous prétexte de venir finir les restes d'une blanquette, Vincent en profitait pour ouvrir une bouteille, rouler un joint en souvenir de ce qu'ils avaient été. Ils parlaient de tout et de rien, se contentaient parfois d'un plateau télé devant une soirée élection ou un film culte. A un moment ou un autre, Florence glissait un conseil, Vincent un reproche, ou le contraire : tu ne peux pas continuer comme ça/va donc voir un médecin/tu ne te rends pas compte que tu es en train de passer à côté de ta vie/tu n'as que trente-cinq ans, trouve une fille gentille, essaie de te remarier/arrête de baiser à tout-va avec des nanas qui ne sont pas ton genre/la fête, ça n'a qu'un temps/regarde-nous, on ne s'est pas pour autant encroûtés/il faudra bien que tu oublies France, c'est pas avec tes greluches d'une nuit que tu vas y arriver. Pas une de ses conquêtes éphémères n'avait d'ailleurs franchi le seuil de ces « dîners du dimanche soir ». Avec le sérieux, ils avaient vite retrouvé les préjugés. Puis, un jour, récompense de la métamorphose récente qui avait suivi la mort de sa mère, réhabilitation généreuse, sans transition,

Florence lui avait soumis plusieurs dates : Armand, pourrais-tu regarder dans ton agenda et me rappeler pour me dire ce qui te va, on voudrait te présenter une amie, tu verras, elle est très sympa, elle bosse avec Vincent. Plus question de dimanches clandestins, mais de triomphants samedis… Il avait souri et, poussé par René, il s'était repris à espérer. La première fois n'avait pas été la bonne, les suivantes non plus, mais, ce coup-ci, il en était sûr, il épouserait Thérèse avant la fin de l'année et, pour les remercier, ils feraient des Guichard leurs témoins.

Dès le samedi suivant, il lui avait proposé de le suivre le long des berges de la Seine pour finir devant une glace aux marrons chez Berthillon. Elle avait laissé ses deux petits garçons à Versailles, chez ses parents ravis de la voir enfin ressortir après ce drame qui avait brisé sa vie. Vas-y, Thérèse, vas-y, et prends ton temps, ne te presse pas pour revenir, si besoin, Antoine et Florent dormiront à la maison, il faut que tu te distraies, que tu vives de nouveau, on s'occupe de tout, fais-toi belle et fais-nous confiance. Elle s'était sentie désarmée quand, la porte de la rue du Hazard claquée, elle avait entendu ses deux petits courir en chaussons vers l'escalier, heureux, insouciants. Depuis la mort de son mari, elle s'était abritée derrière ses garçons pour lutter contre la brutalité du veuvage, mais aussi contre le risque de nouvelles rencontres. Elle n'avait pas voulu imaginer qu'un jour Alex ne serait plus que ce drapeau sur un cercueil dans la cour des Invalides et une photo dans le désert sur la commode du salon. Pas voulu penser qu'un jour elle porterait les yeux sur cette photo, apaisée, coulée dans les bras d'un autre. Mais le deuil avait commencé son travail de sape. Déjà, elle ne retrouvait plus avec précision les traits d'Alex quand elle fermait les yeux, déjà elle ne sentait plus dans sa paume le grain de sa peau, déjà elle n'entendait plus son rire, son pas, sa voix. Sauf à de rares regards, d'étranges sourires, elle ne reconnaissait même plus les traits du père dans ceux de ses fils. Surtout chez Florent; l'absence avait empêché l'imitation et, si elle existait, la ressemblance était vide de sens, sans vie, sans émotion. Elle avait résisté à ce qu'elle croyait être de la froideur; après avoir pleuré de chagrin, elle avait pleuré de ne plus rien ressentir. Elle avait lutté contre l'oubli qu'elle prenait pour une trahison alors que c'était le début de la guérison. Puis elle avait cédé, cédé à la pression de la vie, du temps, de ses trente ans.

Et, aujourd'hui, elle goûtait la fraîcheur acide de ces premiers jours de printemps, curieuse de cet autre destin qui marchait à ses côtés, portant sur le visage la marque de la souffrance. Il était laid, des traits trop marqués, un nez trop long, une peau eczémateuse, mais il avait de la gueule, de la distinction et de belles mains. Et, dans le fond surtout, cette laideur qu'il portait comme un étendard lui permettait de déserter son premier amour, de s'engager dans le second, sans craindre de trahir vraiment son officier de mari. Ce n'était plus le même désir, ce ne serait pas le même sentiment. Une page était tournée, celle des vingt ans, de la passion éternelle, du coup de foudre pour le beau cyrard, du mariage en grand uniforme. Fini le joli couple, jeune et charmant, elle pouvait écrire une autre histoire, plus raisonnable, plus raisonnée. Moins lumineuse aussi, mais peut-être plus insondable. Une alliance de désarrois.

Lui non plus ne l'avait pas trouvée somptueuse. Lui non plus ne cherchait plus l'émerveillement. Il l'avait sentie sombre et blessée, et cela lui convenait plutôt. Il l'avait surtout trouvée chic et cela le flattait. Dès le dîner, ils avaient évoqué leurs deuils récents, elle son mari, lui sa mère, et la plaie qui mettait d'infinies journées à cicatriser. Dès cette promenade sur les berges, ils avaient parlé de leurs enfants, Anne, Antoine, Florent, tous trois meurtris pour des raisons différentes. Ils s'étaient revus régulièrement, n'avaient pas perdu de temps en conversations futiles, en coquetteries inutiles, étaient allés droit à l'essentiel, s'étaient caressés avec respect. Paul s'était déjà tellement égaré dans de fausses aventures qu'il était à la fois étonné et réconforté de sentir entre eux cette osmose distinguée. Il avait bien fait un peu le paon, un peu exagéré sa situation au ministère, un peu gonflé son nom à tiroirs, un peu enjolivé son passé. Mais finalement pas tant que ça. Il avait assez vite raconté l'orphelin, la laideur, France, l'Algérie, le divorce, la dérive, lui-même surpris de se montrer ainsi presque à nu, ne gardant dans le secret de son enfance que l'ultime offense, celle de l'incertitude. Thérèse, elle, n'avait rien caché de sa douleur indicible quand le commandant était entré en gants blancs, du silence jamais comblé par les mots définitifs qu'il avait pourtant essayé de prononcer. Une part d'elle vivrait toujours avec ce silence, dans cette chute sans écho vers le ravin de la mort. Ils ne s'étaient rien promis de grand, d'absolu ; ils avaient juste reçu avec un bonheur sage la bénédiction donnée à l'amour grave.

Juin 76-avril 77

Thérèse l'amena vite rue du Hazard; elle avait besoin de le soumettre à l'avis de ses fils et de ses parents. Le général Dieulefit avait tiqué quand il avait appris que l'éventuel fiancé était divorcé. Après l'enthousiasme, elle avait senti la déception de ceux qui l'aimaient. Pas si simple de refaire sa vie avec un divorcé, des enfants d'un premier lit, des histoires de pension et des jalousies de bonnes femmes... Il lui faudrait faire ses preuves. Paul ne demandait que cela. Il s'attacha à faire une entrée réussie dans le marais versaillais où tout lui convenait : les eaux stagnantes du dimanche provincial, l'humide charité de parvis, les saules pleurant un prestige perdu, les ragots bourdonnants de marché... Il aima jusqu'aux angles droits, jusqu'aux perspectives rectilignes de la ville nouvelle d'Ancien Régime. Sans le savoir encore, il pressentait qu'il trouverait dans la capitale abandonnée l'ordre et la discipline qui lui serviraient de tradition. Après les dernières années chaotiques, il goûtait à cette vie au carré, heureux de prendre le temps d'apprivoiser les enfants, d'amadouer les parents, en venant partager le gigot-flageolets hebdomadaire. Il était résolu à présenter son meilleur profil, celui du gendre idéal. Il montrait le plus grand intérêt pour les vieilles histoires de famille recuites, prenait le parti de la branche de Thérèse dans les prétendues spoliations d'héritage, se pâmait devant les photos écornées de propriétés bradées depuis des générations. Il sut réciter dans l'ordre et dans le désordre l'arbre généalogique de Thérèse mieux qu'elle ne le saurait jamais et séduire à l'heure du thé ses vieilles tantes sans descendance qui perdaient la mémoire dans des appartements trop grands, au milieu de collections poussiéreuses. Il était attentionné avec sa belle-mère, complaisant avec son beau-père, affectueux avec les enfants. Il en fit beaucoup, parfois trop.

Pas un déjeuner dominical ne lui parut long. Il ne fit l'économie d'aucune communion, d'aucun mariage dans cette famille pléthorique, traversa la France en pleine sécheresse pour faire le tour de la parenté à la mode de Bretagne. Du golfe du Morbihan à celui de Gascogne, ils parcouraient les terres craquelées dans la R16, toutes fenêtres ouvertes, les garçons endormis l'un contre l'autre, les cheveux collés par la transpiration. Durant cet été brûlant, il roula assoiffé de reconnaissance. Dans chaque château qui les recevait, il trouvait ici une console, là un baromètre, là-bas un cartel qui lui rappelaient Coutainville, et ne manquait pas de le faire remarquer à Thérèse en reprenant la route contre le vent chaud. *Dans le grand salon de Coutainville, il y avait exactement le même baromètre Louis XVI. Le soir, avant d'aller me coucher, je passais devant avec mon grand-père qui faisait semblant d'y lire le temps du lendemain. C'est amusant, on avait la même console que ton oncle, dans le vestibule, on y laissait les clés et la vieille Marie y déposait le courrier que lui apportait Jean. Cela m'a fait un effet d'entendre sonner le cartel dans la salle à manger de tes cousins ; il résonnait avec le même timbre aigrelet dans les Corbières que dans la Manche…* Il multipliait ainsi les ponts entre les aristos qui lui ouvraient leur porte et les noblaillons dont il était issu, à travers un inventaire de notaire qu'il dressait au hasard de son tour de France. Aurait-il vu un portrait de maréchal d'Empire bomber le torse dans un de ces salons de province qu'il aurait trouvé aux Coutainville quelque rescapé des campagnes de l'Ogre, le pastel d'un émigré de 1789 traînant sa morgue dans l'un de leurs vestibules de château qu'il aurait prié pour l'âme d'un Coutainville guillotiné ; la grande histoire pouvait bien se plier à la reconquête, même fantaisiste, de sa petite histoire à lui. Il ne lui en coûtait à elle qu'un peu d'approximation alors que lui récupérait le lustre vital d'un passé partagé. Thérèse souriait de cette volonté d'assimilation plutôt touchante ; il cherchait tant à plaire, tant à s'intégrer, lui qui avait souffert de sa laideur et de sa marginalité. Divorcé en 66, c'était plus difficile encore à porter dans leur milieu qu'une gueule taillée à la serpe… Pas étonnant qu'il ait un peu vrillé, se tordant sans doute de honte pendant dix ans, mais il paraissait si heureux cet été-là de se redresser fièrement, de renouer avec ce qu'il était vraiment, un fils de famille aux racines profondément plantées dans la bonne aristocratie normande. Elle était parfois un peu agacée de cette mascarade, mais ne voulait pas s'y arrêter, relevait bien une erreur de temps en temps, le baromètre n'avait rien de Louis XVI, la console était une table à gibier, mais elle mettait ses approximations sur le compte de l'émotion, de l'enthousiasme. Elle était surtout étonnée des souvenirs précis qu'il avait de Coutainville dont il ne gardait aucune trace, aucune photo. En remontant vers Versailles, alors que l'été demandait grâce, elle osa lever le lièvre.

— C'est fascinant la mémoire que tu as de Coutainville, du mobilier… Pas un objet dont tu ne te souviennes. Je n'en reviens pas.

— Oui, comme si c'était incrusté en moi. J'ai tout photographié.

— Mais vous y êtes retournés avec ta mère après son remariage ?

— De temps en temps.

— C'est incroyable ! On dirait que tu y as passé ton enfance…

— C'est normal, ça m'a toujours intéressé. Et puis, ma mère m'en parlait, en souvenir de mon père, même si on y allait peu !

— Drôle de femme, ta mère ! Elle se remarie, te fait adopter par Delaunay, t'emmène peu à Coutainville et en même temps elle te berce du souvenir de ton père…

— Tu ne vas pas t'y mettre, toi aussi, on dirait que tu doutes. Elle m'a fait adopter par Delaunay pour qu'on porte tous les trois le même nom. Il n'en reste pas moins que je suis né Coutainville !

— Je ne dis pas le contraire, ne t'énerve pas…

— Je ne m'énerve pas, je t'explique, parce que tu as l'air de mettre en doute mon enfance…

— Mais pas du tout, qu'est-ce que tu me chantes ! Je disais juste que c'était joli Coutainville, que c'était dommage de t'avoir fait y renoncer. Comme à Paul-Armand d'ailleurs, c'est un peu idiot de n'utiliser que Paul ou qu'Armand. Tu pourrais tout reprendre…

Paul ne répondit pas, souriant malgré tout à l'idée de retrouver sa place dans une lignée douteuse par la seule volonté de celle qui allait devenir sa femme. Sans le savoir, par candeur, elle venait de rendre lisses, limpides, évidentes, les eaux de son enfance jadis troublées par le pavé lancé par sa grand-mère. Il lui suffisait de décider de reprendre son nom pour retrouver dans le miroir l'image du rejeton enfin reconnu. Fini le doute, finie l'incertitude, tellement simple finalement. Et, en effet, ni une ni deux, ils profitèrent de leur remariage automnal sous les boiseries dorées de l'hôtel de ville pour faire résonner la particule des Coutainville, chacun biffant le nom qui était le sien en premières noces.

Comme l'alliance, la particule et le double prénom se portaient bien à Saint-Louis. Même un peu neuve, un peu clinquante, Paul-Armand se faisait si bien à cette identité de notable provincial qu'il regrettait de la laisser sur la banquette de son train en descendant aux Invalides. Il n'aspirait qu'à la retrouver au retour, dans le wagon de tête, dans ses conversations du soir avec les officiers de la cathédrale. Il n'osait pourtant arguer de son mariage pour changer de nom au ministère ; plus d'un sourcil d'énarque taillé au droit patronymique se soulèverait devant ce caprice insolite. Paul-Armand de Coutainville à Versailles, il resta Paul Delaunay à Paris. Cela dit, depuis toujours, il s'était fait à une identité flottante, indécise, et, une fois encore, il s'y résigna, renonçant à une réconciliation définitive dont, pourtant, son remariage avec Thérèse aurait pu être l'instrument.

Ses beaux-parents, finalement heureux de cette reprise dans le tissu de la vie de leur fille, devenus moins utiles comme fil à bâtir l'existence de leurs petits-fils, étaient retournés sur leurs terres du Sud-Ouest et leur avaient abandonné la rue du Hazard. Les nouveaux époux s'y installèrent avec Antoine et Florent et se coulèrent avec satisfaction dans le modèle 1976 de la famille traditionnelle, claquant les portes de la R16 grise sur leur passé. Paul-Armand n'y revint plus, presque un peu honteux de s'être livré au début, si intimement, résolu à faire oublier et à oublier lui-même les cicatrices qui pouvaient encore accuser ses traits, déjà peu avantageux. Il opta pour le silence, un silence choisi cette fois-ci, un silence d'homme, pas l'aphasie du traumatisé des sables d'Algérie. Tous les salons versaillais s'ouvrirent au gendre des Dieulefit qui avait rendu le sourire à la jeune veuve. Il montra patte blanche en affichant des convictions en brosse, en étalant son enfance au château, en laissant dans l'ombre ses années Travolta, sa fille et son divorce. Il s'appliqua à se fondre dans la troupe des pères de famille, et, comme seule drogue, prenait une bière le samedi devant la cathédrale, à la table des officiers au repos. Les Guichard ne le reconnaissaient pas, mais se félicitaient de cette métamorphose réussie par Thérèse. Vincent ironisait parfois gentiment : il est où, l'Armand que j'ai connu ? Qui se levait avec mal aux cheveux et carburait à l'aspirine le matin, au whisky le soir ? Avec qui on partait à l'aube, sur un coup de tête, finir la nuit sur les planches, à Deauville ? On nous l'a transformé... René, lui, cachait mal son inquiétude, trouvant le changement un peu radical à son goût. Non que cette mise au pas un tantinet anachronique ne lui convienne pas – il détestait tous ces *beatniks* aux cheveux sales –, mais il craignait le retour en boomerang de pulsions fatales. Paul-Armand ne voulut rien entendre, ni dérision ni avertissement, plongea avec Thérèse dans cet univers rassurant, et se concentra plutôt sur les ravages que cette paix armée avec lui-même avaient fait sur sa fille.

Avril-juin 77

Pour la énième fois de l'année, il atterrissait à Blagnac un vendredi soir, à cette heure où l'aéroport de province est déjà à moitié endormi et attend pour fermer que les derniers arrivés se précipitent vers la file de taxis ou l'arrêt de la navette. Les grilles des boutiques sont déjà baissées, la vendeuse du soir passe un dernier coup de serpillière, les guichets pour l'embarquement sont déserts, seul résonne le roulement des chariots à bagages ramenés vers le hall de départ. Dehors, il trouvait toujours l'air chaud, quelques degrés de plus qu'à Paris, et il changeait de saison. Il rejoignait seul la Ville rose. Thérèse ne l'accompagnait pas, restait garder les garçons pendant qu'il venait voir sa fille. Il n'avait rien changé au rythme de ses venues depuis son mariage, il avait perdu tant d'années sans Anne que même l'intrusion miraculeuse d'une femme dans sa vie n'avait pas modifié ses rendez-vous avec elle. Il passait la soirée à classer ses souvenirs, essayant de réapprivoiser la ville hostile. Cette fournaise avait été le siège de tant de cauchemars. Il dînait à la brasserie de l'Opéra avant d'aller se coucher. Il était sur place pour voir Anne tôt le lendemain matin et passer un vrai week-end avec elle.

De mois en mois, il la trouvait moins bien, amaigrie, négligée, fermée, hostile. Quand il venait la chercher, France lui offrait un café et lui déversait les difficultés des derniers jours ; *sa* fille devenait odieuse, elle passait son temps à lui répondre, séchait les cours, était insolente en classe. Elle ne s'en sortait plus. Il fallait qu'il fasse quelque chose, après tout, il avait choisi d'être le père. Au début, Anne était souriante, contente, adoucie, mais, depuis quelque temps, il sentait l'agressivité monter contre lui aussi. Son mariage n'avait rien arrangé ; elle était jalouse de Thérèse et des deux garçons, de sa famille versaillaise dont elle se pensait exclue. Les réflexions fusaient ; il passait son samedi à se justifier – s'il était venu passer le week-end avec elle, s'il avait laissé les autres, c'était bien qu'elle comptait plus que tout pour lui –, son dimanche à la rassurer – évidemment qu'il reviendrait très vite, évidemment qu'elle lui manquait les week-ends où il ne venait pas.

Ce vendredi-là, il avait convoqué France à la brasserie. Il était installé devant un pot-au-feu quand elle était arrivée. Tu veux commander quelque chose ? Non, je te remercie, j'ai déjà dîné. Tu ne veux rien boire ? Un peu de vin, un café, une infusion ? Allez, une verveine, tiens, ça me calmera. Très agitée, elle sortit son paquet de clopes, en alluma une : ça ne te dérange pas si je fume, mais continue, je t'en prie, mange pendant que c'est chaud. Après tout, si tu veux bien, je vais prendre un peu de bourgueil avant la verveine. Tu ne bois plus, toi, bien sûr, ça fait partie du nouveau personnage... Vous me donnerez un verre de votre bourgueil, monsieur, s'il vous plaît ? Paul-Armand la regardait se débattre, savourant à lentes gorgées, en même temps que le bouillon du pot-au-feu, celui que son ex-femme prenait devant lui. C'était elle qui se noyait, elle qui ne savait plus comment sortir la tête de l'eau et elle qui faisait appel à lui. La roue avait enfin tourné.

— Alors, vous en avez parlé ? Elle a accepté ?

— Est-ce qu'elle avait le choix ?

— Evidemment qu'elle avait le choix, je ne lui mets pas le couteau sous la gorge, pas plus qu'à toi. Toi qui as fait la proposition, je te rappelle d'ailleurs. Mais si elle ne veut pas, très bien, je peux comprendre, je n'insiste pas.

— Est-ce que je t'ai dit que Thérèse ne voulait pas ?

— Elle veut ou elle veut pas ? Tu peux être clair ? Elle en a pensé quoi ? Tu lui as expliqué ?

— Pas besoin d'explications, ça fait des mois que je lui en parle ; chaque dimanche à mon retour de Toulouse, je lui dis combien je suis inquiet, je lui raconte dans quel état j'ai trouvé Anne – chaque fois moins bien, je dois reconnaître…

— C'est ça, avec la mauvaise mère qu'elle a, cette incapable qui n'a pas su élever sa fille, la responsable de tous les maux, rien d'étonnant, bien sûr…

— Est-ce que j'ai dit ça ?

— Non, mais tu l'as pensé tellement fort que je l'ai entendu. Elle doit avoir une belle opinion de moi, ta Thérèse, tiens !

— Thérèse ne porte pas de jugement, c'est pas son genre. Et si elle avait dû se faire une opinion de toi, elle avait déjà tout ce qu'il fallait en réserve, non ?

— Et allez, c'est reparti ! Vas-y, vas-y, je t'en prie ; tu es là pour ça, non ? Pour m'enfoncer un peu plus, me faire payer, te venger…

— Pas du tout, France, tu veux bien te calmer un peu ? Qu'on puisse parler enfin sérieusement.

— Continue, fais-moi la leçon…

— Je ne suis pas venu te faire la leçon, je suis venu avec la solution.

— Quel grand seigneur ! Je l'écoute, alors, ta solution.

— Notre solution ; on a vu tout ça ensemble la dernière fois, je te rappelle. Thérèse est d'accord, on prend donc Anne pour l'année scolaire prochaine. Elle vient redoubler sa seconde à Versailles, installée chez nous, et on voit ce que ça donne. Si c'est mieux, on prolonge. Sinon, elle revient ici. Et si, dans l'année même, ça se passe mal, elle rentre plus tôt, bien sûr.

— En gros, on fait un test, si c'est idyllique, tu la gardes, si c'est l'enfer, tu me la renvoies et je m'en démerde.

— Encore une fois, ce n'est pas ce que j'ai dit. Je laisse juste la porte ouverte à un retour à n'importe quel moment, voulu par elle ou par toi… Ou par nous, Thérèse et moi, d'ailleurs. Que personne ne se sente ni obligé ni piégé… C'est tout.

— Enfin, je te rappelle quand même que c'est une enfant, il lui faut un peu de stabilité, un peu de temps devant elle pour s'habituer, se faire à la situation. Ça peut être un peu compliqué au début, et si tu me la remets dans le premier avion, on n'aura pas gagné grand-chose…

— Décidément, tu déformes tout. Je suis en train de te dire que je la prends, que je m'en charge et qu'on va tout faire pour qu'elle aille mieux. Ce n'est pas pour te la renvoyer à la première barre de shit…

— On n'en est pas là.

— Je crains que si, tu vois…

— Tu as toujours l'art de noircir le tableau… Déjà à l'époque…

— Je ne crois pas, non, je me pense assez réaliste au contraire. Elle en a tous les signes en tout cas.

— Parce que, bien sûr, tu connais ça très bien. C'est vrai qu'avec le joli monde que tu as fréquenté pendant dix ans…

— Quoi qu'il en soit, on tente le coup. Thérèse est prête ; elle en a même parlé à la directrice du cours Gufflet – elle suit son gamin depuis un an –, qui accepterait de la prendre.

— Comme quoi, de temps en temps, ça peut servir, l'orthophonie…

— Tu serais gentille d'éviter d'être blessante. Je sais que ça t'est difficile, comme d'être…

— Comme d'être… ?

— Non, rien. Tu peux juste éviter d'être méprisante avec Thérèse qui, dans cette affaire, est parfaite comme à son habitude, mais finissons-en. Ce week-end, je vais en reparler à Anne. On va voir si elle est toujours d'accord.

— Sûrement, elle n'arrête pas de me dire qu'elle veut partir, quitter Toulouse, la maison, qu'elle ne peut plus nous supporter, Ghislain et moi… Nous ne sommes plus que deux merdes, c'est l'orthophoniste qui a la classe maintenant – tu me le fais d'ailleurs sentir avec autant de délicatesse que ta fille – et toi, tu vas apparaître comme un héros.

— Ça changera, non, de l'image que tu avais essayé de lui donner de moi ?

— Pas du tout !

— Non, c'est vrai, tu as raison, tu as simplement oublié de lui parler de son père pendant huit ans…

— Quand est-ce que tu auras fini de ressasser ?… Je pensais que c'était mieux pour elle vu ce que tu étais devenu à l'époque. Je ne te rappelle pas ce qu'avait été ta dernière visite ?… Et après tu n'as pas fait grand-chose pour revenir dans sa vie, que je sache. S'il n'y avait pas eu René…

— Quelle mauvaise foi ! Comment est-ce que j'aurais pu être là alors que je n'étais soi-disant rien pour elle ?

— Eh bien, maintenant, tu vas être tout pour elle, de quoi te plains-tu ? Le super père, qui arrive à point nommé pour la sauver, la remettre sur ses pieds… Si elle savait qui tu es vraiment… Parce que le grand Delaunay de Coutainville, l'aristocrate normand ou le bourgeois versaillais – on ne sait plus –, marié, trois enfants, bien sous tous rapports, pilier de messe et de bureau… Il est tout neuf et on se demande même si ça va durer, parce qu'il revient de loin ! Excuse-moi, il n'a pas toujours été si stable, si constant, si confiant, si sûr de lui… Le Paul Delaunay que j'ai connu, il faisait moins le fier. Et quel est le vrai ? J'aimerais bien savoir… Je ne serais pas loin de parier, moi, que le joli costume trois-pièces ne va pas tarder à craquer aux entournures et quand je pense que je te laisse Anne, avec ce que je sais de toi… Il faut vraiment que ça aille mal, et comme par hasard, depuis que tu es réapparu… Tu es néfaste, Paul, depuis toujours. Elle le sait, ta Thérèse, que tu es un instable, une girouette, un peu mytho sur les bords… ? Qu'on ne sait jamais très bien qui tu es, qui tu seras demain… ? Tu l'as prévenue qu'Armand pouvait retomber dans la bouteille au premier coup dur… ? Qu'avec lui, rien ne pouvait durer dans la vie… ?

— Arrête ce petit jeu, France, s'il te plaît, ou bien…

— Ou bien quoi ? Tu me gifles ici, en public, tu repars, tu renonces à Anne une nouvelle fois… Ou peut-être vas-tu retomber dans le silence ? C'était facile, non, au retour d'Alger… Tu devrais me remercier, tiens ; si l'histoire n'avait pas été ce qu'elle a été, tu n'aurais pas cette aura ! Regarde Ghislain : il a tout fait pourtant pour elle, il l'a bercée, soignée, élevée, il a toujours été le même, toujours été là, et aujourd'hui elle lui en veut. Comme si elle le lui reprochait justement…

— Peut-être parce qu'il a pris une place qui n'était pas la sienne…

— On ne va pas revenir encore une fois sur le sujet, on n'en saura jamais rien.

— Je sais, moi.

— Tu ne vas pas relancer cette éternelle discussion ce soir, c'est inutile, ça ne changera rien au problème. On fait comment alors ?

— Je te l'ai dit, je lui en parle demain. Si elle est d'accord, je la récupère au début de l'été, ou fin juillet si tu veux partir avec elle quelques jours en vacances. Tu me fais passer ses bulletins, je l'inscris à Gufflet pour la rentrée. En attendant, on négocie avec elle qu'elle finisse le trimestre correctement, ici, sans histoires, et je continue à venir deux fois par mois. Ça nous laisse le temps de mettre les choses au clair avec la juge d'ici à juin. Je te laisse t'en occuper, tu prends rendez-vous, je me débrouillerai pour être là quand il faudra la rencontrer. De toute façon, ce sera simple puisqu'on est d'accord et que je ne te demande rien financièrement.

— Il ne manquerait plus que ça. Je te rappelle que je ne t'ai rien demandé pendant presque dix ans.

— Je n'ai pas oublié et, à l'époque, j'aurais préféré que tu me demandes quelque chose, tu le sais très bien. Plutôt que d'en être réduit à me faire oublier.

— Je crois qu'on ferait mieux de lever le camp. La conversation pourrait tourner vinaigre et moi, je pourrais finir par hésiter à t'envoyer Anne. Si c'est pour que tu lui dresses un portrait diabolique de sa mère…

— Sauf que tu sais que c'est la seule solution…

— J'espère.

— Mais tu as raison, on ferait mieux de s'arrêter là. Vous m'apporterez l'addition, monsieur, s'il vous plaît ? Vas-y, je ne te retiens pas ; le bourgueil et la verveine, c'est pour moi, ça me fait plaisir, si, si, vraiment, ce moment tous les deux a été délicieux…

Anne n'attendit pas l'été ; France non plus qui, prise entre le découragement et l'exaspération, mit sa fille dans un avion au milieu du troisième trimestre pour stopper la descente en piqué. Paul-Armand et Thérèse étaient à Orly pour accueillir l'enfant nouveau. Anne apparut derrière la vitre, débarquant à Paris comme dans leur vie, renfrognée et frissonnante. C'était un jour gris de mai où le printemps francilien semble ne devoir jamais arriver, et la Toulousaine mal dans sa peau avait froid dans son tee-shirt à paillettes. A l'arrière de la voiture, perdue dans le pull trop grand de Paul-Armand, les cheveux mal coupés par une copine qui s'était improvisée coiffeuse un soir d'euphorie, les ongles peints dans une couleur improbable un jour de cafard, le jean sans forme pour cacher celles qu'elle n'avait pas, ou plus, ou pas encore, Anne avait tout l'air d'un oiseau tombé du nid et Thérèse avait beau vouloir relever le défi, pour la petite, pour son mari, par dévouement, par dévotion, elle comprenait que l'oisillon ne prendrait pas son envol de si tôt. Elle jeta un coup d'œil à Paul-Armand qui enchaînait les questions, propositions, commentaires, remarques, sur un ton enjoué contrastant avec l'œil inquiet qu'il jetait sur sa fille dans le rétro, partagé entre la satisfaction de l'avoir enfin, la crainte de la garder et l'angoisse de la perdre à nouveau. Thérèse sentant s'installer cette confusion des sentiments dans la voiture posa sa main sur le bras du père dérouté. Son geste interrompit la conversation factice. Anne n'était pas là pour un week-end sur dépliant glacé mais pour rester, pour partager jusqu'au mutisme du dimanche soir quand chacun, retranché derrière la buée des vitres de la voiture, serre les dents en réfléchissant à ce que sera, ou ne sera pas, sa semaine. En traversant Saint-Louis, longeant les grilles du Potager du Roi, passant derrière le chevet de la cathédrale, remontant la rue d'Anjou, Paul-Armand n'avait plus cherché à vanter l'éclat des façades d'Ancien Régime sur lesquelles un soleil inattendu venait mourir – ça doit te changer, ces enduits dorés ? Rien à voir avec la briquette toulousaine ! Ce n'est qu'en coupant le moteur devant la rue du Hazard qu'il reprit la parole : Nous y voilà. Au pied du mur, aurait voulu rajouter Thérèse.

Eté 77-hiver 78

Quand Anne était arrivée, déguisée dans son tee-shirt disco, le regard fuyant et la silhouette concave, elle avait bien senti le mélange d'émotion et d'appréhension de Paul-Armand. C'est d'abord pour lui qu'elle s'était promis de redonner à la fillette une allure de demoiselle de la Légion d'honneur. Elle aiderait son mari à inventer sa paternité. A lui qui n'avait pas connu son père, qui avait détesté son beau-père, la vie offrait une revanche. Tous les deux, cette fois-ci, ils allaient faire la leçon au destin, elle s'en sentait de taille dans son mariage tout neuf, encore étincelant. Elle avait vite déchanté.

Le premier été normand avait été doux et encourageant pourtant. Sur un transat rayé sous les pommiers de René, elle s'était même surprise à penser que la première femme de Paul-Armand, cette teigne de France, avait beaucoup exagéré la situation, avait voulu se débarrasser de l'enfant comme, dix ans plus tôt, elle avait jeté le père. Anne avait quinze ans, rien de plus, et une histoire un peu compliquée, mais, replongée dans un bain familial équilibré, elle allait retrouver sourire franc et chemisier blanc. René partageait son avis, on écoutait trop les enfants aujourd'hui, on en devenait les otages : il suffisait qu'ils pleurnichent le soir, râlent le matin, chipotent à table, pinaillent en classe et on appelait les secours ; elle n'avait rien fait d'autre, France, que d'appeler le Samu paternel et Polar – qui est un très brave type dans le fond –, il s'était précipité pour récupérer la petite et soulager l'égoïste qui jouait sur du velours, elle savait bien qu'il en crèverait de bonheur et de fierté, lui enfin reconnu comme père.

D'ailleurs, celui-ci ne tarda pas à proposer de se rendre à Coutainville pour enraciner Anne dans cette futaie de souvenirs, l'inscrire dans une lignée. Le mois d'août était finissant, la Normandie balayée par les grandes marées, les garçons dormaient dans la R16 et Anne rêvassait. Ils avaient traversé les marais en silence pour entrer dans le bocage sous un ciel plus gris et le vent s'était levé quand ils étaient passés du calcaire au granit. Thérèse découvrait l'âpre Manche. Ce jour-là, devant la grille fermée, seuls au bout de l'allée, entourés d'ormes qui sifflaient leur arrivée, alors que les nuages couraient vers l'horizon dans une fuite qu'elle aurait voulu imiter, elle avait surtout ressenti le soulagement de n'être que de passage. Paul-Armand était étonnamment grave et perdu. Elle avait voulu mettre un peu de légèreté dans ce qui prenait la tournure d'un sombre pèlerinage, retrouver l'entrain que son mari avait mis à organiser une simple visite de château. Tiens, personne au mois d'août ? En voilà une drôle de maison de famille ! C'est comme ça qu'on reçoit la descendance dans la Manche ? Pas très hospitalier tout ça... Allez, Anne, viens donc avec moi, on va aller l'ouvrir, cette grille ! Celle-ci avait grincé comme le sourire forcé de Paul-Armand, mais elle avait cédé. Thérèse avait pénétré dans le parc avec Anne, suivie d'Antoine, inquiet de rester seul, râlant mais vous êtes folles ! Et s'il y a quelqu'un, ou une alarme, ou des chiens... Paul-Armand avait pris l'enfance mal réveillée de Florent dans les bras comme un bouclier contre la sienne. Ils avaient marché, l'oreille et l'œil aux aguets, jusqu'à la maison fermée. Anne, à qui plaisait plutôt cette transgression autorisée, passé le frisson initial, tentait de rompre le silence pour sonder les souvenirs de son père. Mais la marée de questions venait casser contre une digue butée. La gamine, refroidie par le mutisme de Paul-Armand, s'était fermée à son tour, humant le passé elle-même, toute seule, intuitivement, sans guide. Thérèse avait pris le relais : quelle fenêtre ? Quelle chambre ? Quand ? Avec qui ? Eté ? Hiver ? Tous s'étaient assis un instant devant la maison, comme pour une photo que personne n'aurait eu envie de prendre. Florent s'évertuait à arracher l'herbe folle qui courait dans les fissures de la pierre cassée. Assis sur le perron fendu,

Coutainville semblait plus redouter l'irruption d'un fantôme du passé que celle d'un type à casquette, la gitane maïs vissée au coin de la bouche, gueulant heula, qui c'est-y, tout ce monde-là ? Mais ni ombre sévère ni gardien bonhomme n'étaient venus faire taire le vent qui gémissait dans les volets clos. Paul-Armand ne savait sans doute pas très bien ce qu'il était venu chercher, pourquoi il avait voulu amener Thérèse et les enfants devant cette maison qui, décidément, lui restait hostile. Avait-il espéré qu'on ouvrirait grandes les portes pour accueillir le fils oublié devenu enfin fréquentable ? Qu'il se verrait rendre une place qu'on lui avait enlevée ? Il savait sûrement pourtant que c'était illusoire, que de récupérer une fille ne lui donnait pas le droit de retrouver un père… Il s'était levé, le fond de pantalon humide comme un gamin qui a joué trop longtemps aux osselets sur la pierre froide, avait lancé un impératif on y va qui avait réjoui tout le monde. Ils avaient couru pour traverser le parc alors que la pluie arrivait et s'étaient réfugiés dans la voiture, à l'abri, après cette escapade ratée dans un passé sans visage.

Revenant vers le Bessin sous un déluge d'été, Paul-Armand avait alors annoncé que sa décision était prise d'acheter Valenseulles. Depuis qu'il avait visité la ferme quelques jours auparavant, chez René, le soir, dans sa chambre, il faisait et refaisait avec Thérèse des comptes qui devaient le convaincre de l'opportunité de l'achat, se répétait les arguments de l'agent immobilier, provincial bonimenteur à sacoche : bien d'exception, très bon état, investissement sérieux, défiscalisation, garantie pour l'avenir, tourisme en plein essor, proximité des plages... Thérèse, elle, répondait rosiers fleuris, douceur du soir, maison de famille... René ajoutait notabilité locale, ancrage définitif. Mais Paul-Armand était resté indécis jusqu'à ce matin où Coutainville, désert et barricadé, le renvoyait une nouvelle fois vers son passé de possible bâtard. Bouture sans racines, il irait donner de l'ombre ailleurs. Mais pas loin... Sa mère aurait été heureuse de savoir que son héritage servirait à l'implanter de nouveau en Normandie. Ils s'étaient arrêtés pour déjeuner sur la route et, en attendant les plats du jour et les menus enfant, sur les nappes en papier du Rideau cramoisi, il avait dessiné les plans de la maison, les murs à abattre, les fenêtres à ouvrir. Chacun s'était attribué une chambre, avait décidé de sa couleur, craint de s'y endormir seul. Ces cinq éclopés de la vie, ayant perdu, qui un père, qui un mari, avaient imaginé un avenir bien campé sur deux jambes, carré, solide comme Valenseulles. Anne la première avait foncé tête baissée dans le mirage du bonheur Ricoré et Thérèse était alors loin d'imaginer l'hiver qui les attendait.

Et pourtant elle aurait dû être alertée par les réflexions de la directrice de Gufflet quelque temps après la rentrée, alors qu'elle lui amenait son fils en consultation : pas idéale, l'amitié d'Anne avec la petite nouvelle arrivée de Roubaix, pas une très bonne fréquentation, je serais vous, je me méfierais, étrange de la part de votre belle-fille de refuser de marquer son nom en entier sur ses copies, ses professeurs ne s'y retrouvent plus, ils avaient noté Coutainville, elle s'obstine à ne répondre qu'à Delaunay, un vrai casse-tête, un peu de provocation aussi, c'est clair, ça ne doit pas être simple pour vous, toujours compliquées ces situations, drôle de position celle de la belle-mère, enfin, ça va sûrement s'arranger, il faut juste laisser du temps au temps comme on dit, si besoin, la porte de mon bureau reste ouverte, surtout n'hésitez pas… Elle en avait un peu parlé à Paul-Armand, mais il s'était contenté de récriminer contre ces Folcoches posées à la tête d'institutions privées comme d'austères têtes d'agrafe voyant le mal partout ; elles ne voulaient pas comprendre que le monde changeait, qu'un trait de maquillage ne condamnait pas au trottoir, qu'un baiser volé n'était pas une grossesse avortée. Cela finirait par se tasser, il fallait qu'Anne prenne ses marques, et cette Stéphanie, c'était peut-être un moyen de l'aider à faire son trou ; la petite avait déjà perdu toutes ses amies toulousaines, on n'allait pas maintenant l'empêcher de s'en faire de nouvelles. Thérèse n'avait pas osé s'opposer à lui, c'était sa fille après tout, mais, pour la première fois, elle s'était demandé si l'éducation des enfants n'allait pas donner quelques coups de boutoir à leur joli mariage tout neuf, histoire de le patiner un peu. D'instinct, elle savait que Paul-Armand chercherait à se faire pardonner une absence dont il n'était pas seul responsable pourtant ; il passerait tout à cette gamine qui le ferait tourner en bourrique et c'était elle qui devrait jouer le rôle de la Gorgone de salon pour préserver ses fils. Elle aurait dû s'inquiéter quand Anne avait amené Stéphanie à la maison pour la première fois et qu'elle l'avait présentée comme sa belle-mère et non comme Thérèse. C'est de ce moment-là que datait cette manie de ne plus jamais l'appeler par son prénom et c'est alors que la vie était devenue un enfer.

Dans l'hiver, ils avaient été convoqués à plusieurs reprises par la directrice qui, d'une compassion polie, était passée à une froideur sévère. Après le temps de l'indulgence était venu celui du blâme : l'orthophoniste et son laxiste de mari ne savaient pas s'y prendre. Elle aurait dû écouter ceux qui lui déconseillaient d'accueillir Anne dans son établissement. Ces enfants de divorcés, c'était une vraie plaie. Elle l'avait fait pour les Dieulefit qui avaient tant donné au Cours, et pour Thérèse – avec ce qu'elle avait souffert, cette petite, et puis, c'était une ancienne de l'école –, mais elle n'était pas remerciée, c'était le moins que l'on puisse dire. Anne séchait les cours et montrait un désintérêt appuyé pour l'ensemble de ce qu'on essayait de lui enseigner. De notes catastrophiques en appréciations menaçantes, elle ne risquait pas de passer en première. Et rétive avec ça, et à toute forme d'autorité… Qu'elle conteste celle d'un père qui surgit de nulle part, celle d'une belle-mère qu'on lui impose sur le tard, soit, on peut comprendre – ces divorces qu'on nous présente comme la panacée, soit dit en passant, ça fait des ravages –, mais celle de l'école, de l'institution, quand même ! Pas moyen de lui faire porter une blouse propre et fermée. Quand mademoiselle daigne enfiler la sienne, elle boutonne mardi avec mercredi ou met la beige quand on est en semaine bleue, tout ça juste pour se faire remarquer. Et je ne parle pas du maquillage ; plusieurs fois, j'ai dû la passer sous le robinet pour lui enlever ce qu'elle avait sur les yeux. Et vous pouvez toujours la coller, ça glisse sur elle comme sur les plumes d'un canard ! Rien n'y fait. Bref, c'est une catastrophe que les parents – enfin les parents, est-ce bien le mot ? – refusent de voir, mais ils ne sont pas sortis de l'auberge, je vous le dis, moi. Et je ne donne pas cher de son équilibre, à la petite. Je pense que ça va aller de mal en pis et je parierais même sur un retour sanitaire à Toulouse chez sa mère sous peu. Les Cassandres en kilt qui avaient mis la directrice en garde quelques mois auparavant opinaient du chef : quoi qu'on en dise, la mère, c'est la mère, et une gamine de quinze ans, c'est ce dont elle a le plus besoin./Ils peuvent bien nous voter toutes leurs lois, divorce, contraception, avortement et toute la litanie maçonnique, ça n'y changera rien. Et quand ils mettent à mal la famille à coups de triangle, c'est d'abord les enfants qui sont sonnés, il ne faut pas se leurrer./Et dire que tout ça, c'est le beau travail de sape d'un président de droite.../Plutôt que d'aller jouer de l'accordéon chez les gens du peuple, il ferait mieux de venir faire un tour dans nos familles, il verrait le mal que ça fait depuis dix ans, le « tout permis » ! Je vous le dis, on va le payer longtemps, leur fichu 68…

A la maison aussi, Anne traînait sa nonchalance insolente, portait des frusques informes et gardait les cheveux sales, sortait d'un bond sur un coup de fil, sans préciser où elle allait, répondait à sa belle-mère avec l'amabilité d'un rottweiler. Paul-Armand, avec qui elle était plus amène, continuait de fermer les yeux. Au téléphone, il rassurait France, tout se passait bien, Anne s'habituait à sa nouvelle vie, se faisait des amis, non, elle ne réclamait pas sa mère, Toulouse non plus, elle ne voulait pas la prendre au téléphone ? Peut-être une manière de faire la coupure pour changer d'univers, elle reviendrait vers sa mère quand elle aurait retrouvé un équilibre… Thérèse serrait les dents quand elle entendait son mari esquisser au pastel une réalité qu'elle aurait plus volontiers sculptée au couteau.

Jusqu'à ces nuits de février où ils avaient commencé à ne pas l'entendre rentrer. Anne sortait le soir avant l'arrivée de Paul-Armand, ils dînaient avec les deux garçons qui n'osaient pas poser de questions, apaisés finalement de ne pas se trouver face à l'hostilité de la fausse aînée. On ne commentait pas ses absences, on ne réclamait pas sa présence. Tacitement. Une fois ou deux, Thérèse avait tenté de dire que ce n'était pas un exemple pour ses fils. Le ton était vite monté et les deux époux s'étaient affrontés, rivalisant de dénigrement et de mauvaise foi. C'était à qui démontrerait combien sa progéniture surpassait celle de l'autre, l'une brossant le portrait le plus cruel d'Anne sans laisser la moindre place à la nuance, l'autre peignant le tableau le plus sombre de l'avenir d'Antoine et Florent qui n'étaient encore que d'aqueuses aquarelles. C'est Thérèse qui avait choisi de calmer le jeu pour ne pas mettre en péril ce qu'ils commençaient juste à bâtir. Valenseulles, ses murs épais et sa cour fermée, avait joué les remparts contre les voies d'eau qui attaquaient le château de sable d'une famille fragilement recomposée. Depuis la signature en plein mois de décembre chez un notaire frileux, la façade qu'ils avaient connue couverte de vigne vierge laissait apparaître son air bonasse et paternel, deux rampes dessinant un trait de moustache fine et tombante de chaque côté du perron, l'asymétrie des fenêtres clignant d'un œil complice vers la jeune mariée pour l'encourager à abriter là leur histoire naissante. Protégée par sa forteresse normande pour laquelle elle sentait déjà un attachement viscéral qu'elle associait à leur vie conjugale, elle avait décidé d'éviter la déliquescence de leur couple, menacé par l'air vicié soufflé par sa belle-fille. Paul-Armand lui en avait semblé reconnaissant et, depuis, ils avaient évité le sujet.

De nuit en nuit, Thérèse avait senti l'inquiétude monter chez Paul-Armand. Anne découchait désormais sans prévenir, sans mentir, sans se cacher. Le lendemain, il attendait une explication, préparait ses remontrances. La journée s'écoulant au calme du ministère, il revenait plus conciliant ; il ne l'engueulerait pas, à quoi bon ? Il essaierait d'avoir une bonne discussion avec elle, une saine confrontation qui crèverait l'abcès, mais pas de déclaration de guerre, surtout pas, elle risquerait de vouloir repartir à Toulouse. A force de ne rien dire, Anne finit au commissariat. Une histoire de shit dans son sac, de petit dealer qui avait embringué la fille dans ses magouilles. Thérèse se prit à regretter. Elle n'aurait jamais dû... Quelle connerie d'avoir pensé pouvoir refaire sa vie. Surtout avec Paul-Armand qui trimballait toutes ses casseroles. Elle n'aurait jamais dû accepter de récupérer Anne non plus. C'était une difficulté de plus, un risque, pour elle, pour eux, pour Antoine et Florent. Une nouvelle fois, l'ex avait bien joué ; elle avait su se débarrasser du problème au bon moment. Mais ce n'était pas dit qu'ils ne le lui renvoient pas, son bâton merdeux. Qu'elle s'en charge après tout ; pas de raison qu'elle ait gardé pour elle seule, sans partage, la jolie période des nattes et des robes à smocks et qu'eux aient droit aux nuits au poste, aux mauvaises fréquentations, aux fugues, au look crasseux... Mais Paul-Armand, au contraire, revint plus indulgent encore du commissariat, il allait parler à sa fille, un jour, elle lui avait rendu la parole, à son tour, il lui ferait mettre des mots sur son malaise. Qu'en pensait-elle ? Rien, elle n'en pensait rien, s'il voulait la psychanalyser, qu'il le fasse, mais tout seul. Elle, puisque les vacances de Pâques approchaient, elle allait partir à Valenseulles avec les garçons, Florence et ses enfants. Comme ça, ils pourraient parler tout leur soûl. Et si ça ne suffisait pas, il n'aurait qu'à la ramener à Toulouse pour faire une thérapie de groupe avec son ex. Pendant ce temps-là, elle allait prendre l'air et éloigner un peu ses fils qui n'avaient pas à supporter toutes ces histoires. Elle s'était tournée pour dormir. Peut-être aurait-elle dû parler cette nuit-là, peut-être aurait-elle retrouvé le Paul-Armand de ses fiançailles, peut-être, un genou à terre, aurait-il fendu l'armure comme avant leur mariage, mais elle n'avait pas eu la force. Trop de ressentiment, trop de colère ; qu'il parle avec sa fille puisque c'était ce qu'il voulait, alors qu'il ne parlait pas avec elle. Elle renonçait au bras de fer et pensait battre en retraite : une bonne débâcle après un hiver atroce. Classique.

VII

1974-1976

22 février 1974

Il n'eut même pas accès aux deux corps en charpie. On lui interdit de les approcher, de les voir. Les pompiers travaillaient à les extraire de la carcasse de l'Alfa Romeo sur la route de Montfort. Ils avaient d'abord pu ouvrir le coffre et atteindre la plage arrière sur laquelle Delaunay avait allongé sa veste, la veille au soir, en sortant du dîner chez les Baudouin. Dans la poche, le colonel avait trouvé leur adresse et leur numéro de téléphone ; c'est eux qui avaient appris la nouvelle les premiers et donné les coordonnées de Paul. Ils le connaissaient à peine, sa mère disait de lui qu'il n'était pas facile, pas très équilibré, pas bien en ce moment, ils ne voulaient pas le prévenir eux-mêmes, mieux valait que ce soit le colonel, un drame pareil, la première fois que les Delaunay venaient à Montfort, quelle catastrophe, ils auraient dû coucher à la maison, avec ce brouillard, ce verglas, la route qui n'est pas bonne, mais impossible de les retenir, c'est souvent comme ça avec les Parisiens, ils n'aiment pas rester à la campagne trop longtemps… Non, vraiment, ils étaient désolés, mais ils n'avaient pas le courage de l'annoncer au fils, c'était son boulot au colonel. Finalement, la gendarmerie lui laissa un message, il n'était pas chez lui, il le trouva en rentrant, un numéro à rappeler de toute urgence. Il avait hésité, retour de bringue, pas envie, pas la force, mal au crâne. Il s'était jeté sur son lit, dormir d'abord et on verrait après. Il allait s'endormir et il avait songé à Anne. Etrange réflexe, il n'avait pas de nouvelles, ou très peu depuis son divorce, pourquoi cette nuit la gendarmerie le préviendrait-il d'un accident arrivé à sa fille ? France songerait-elle même à le faire appeler, après lui avoir laissé entendre qu'il n'était pas le père ? Ça ne tenait pas debout, pas plus que lui, mais l'alcool nourrissait son imagination et l'espoir qu'avec le drame – un tout petit drame, attention, il ne lui voulait pas de mal, juste une petite chute, une légère fracture, un poignet par exemple, non, une phalange, ou une coupure, rien de grave, deux, trois points de suture, pas plus – il pourrait réapparaître dans la vie de sa fille. Il prit le téléphone et rappela.

Le jour n'était pas levé et Paul avait le sentiment, dans le bruit et les flammes du chalumeau, dans la lumière blanche des projecteurs trouant la nuit, qu'il ne se lèverait plus. Comme la voiture dans l'arbre qui avait craqué, ployé sous le choc, il était projeté dans les Enfers. Gémissements de ferraille, craquements de marronnier, hurlements de tronçonneuse, grincements de scie, ordres, contrordres, un vacarme amplifié par la gueule de bois, par la douleur. Il recula, se retourna, vomit sa nuit dans le fossé. René le rattrapa avant qu'il ne s'affale, le ramena vers le camion, l'assit. On le couvrit, il tremblait de froid, de sommeil, de deuil. Goût de larmes et de colère, de gin et de whisky dans la gorge. Il voulait dormir, il le savait bien en rentrant qu'il fallait qu'il dorme, on l'avait cherché, il n'aurait pas dû rappeler, il allait se réveiller, juste un cauchemar. Toujours le même, la mort, brutale, odieuse. René discuta avec le colonel, puis revint vers lui. Allez, viens, on va rentrer, ça ne sert à rien de rester là, je vais te ramener à la maison, j'ai donné mon numéro au colonel, il nous appellera. On en saura plus demain. Je veux la voir, René, ce n'est peut-être pas elle, c'est peut-être une erreur, pas leur Alfa, une qui ressemble… Ne fais pas l'enfant, Polar, c'est leur plaque. Et puis, ils ont déjà récupéré la veste, la veste de Delaunay… Et alors, il était bien capable d'en promener une autre ! Ce n'est pas maman, je le sens, je le sais… Elle lui aurait dit de faire attention, elle avait toujours peur en voiture, c'est lui qui aimait les bagnoles, elle l'aurait ralenti… Un déchirement, de nouveaux hurlements, l'arbre cède, écartez-vous. Mouvement de foule et de recul pendant la chute, puis le silence. Quelques secondes immobiles. On s'éponge le front, on souffle, on grogne, risquer sa peau pour deux cadavres, quel métier… Puis de nouveau le devoir, l'agitation, l'effervescence, chacun reprend son poste, veut avancer vite, pas y passer la fin de la nuit, la matinée. Il faut partir, messieurs, c'est dangereux ici, tout peut prendre feu. On va faire notre possible, mais ça va être encore plus long, encore plus difficile maintenant, ça peut mettre des heures, on n'est pas certains du résultat, on vous tiendra au courant bien sûr, mais rentrez chez vous, ne restez pas là. Allez vous reposer, prendre quelques forces, la journée sera rude elle aussi. René entraîne Paul qui pleure comme un enfant.

Ils rentrèrent à Paris sans un mot, l'un dans ses larmes, l'autre dans ses pensées. Rien à dire de toute façon, encore un sale coup de la vie, décidément une vraie salope, faut être juste, elle ne leur épargnait pas grand-chose. Surtout ce pauvre Polar, il n'avait pas mérité ça. Son père, sa femme, sa fille, maintenant sa mère, si on lui enlève tout, faut pas s'étonner non plus qu'il ait du mal à tenir debout. C'est facile de lui faire la leçon, la morale, tiens, quand il perd tous ses repères, toutes ses béquilles les unes après les autres. Qu'est-ce qui va le retenir maintenant de se foutre en l'air complètement, mon Polar ? Comment lui dire arrête de boire, de faire la fête, sois raisonnable, refais ta vie, sans qu'il me rie au nez, sans qu'il me l'envoie à la gueule, cette garce de vie ! Et il aura raison. L'enfant meurtri demanda en reniflant où on allait. René avait décidé sans lui demander son avis de le prendre chez lui. Tu vas venir à la maison, te doucher, te changer, essayer de dormir un peu, je vais te faire une aspirine 1000. Une aspirine 1000 contre la mort de ma mère, t'en as d'autres, des idées comme celle-là ? C'est pas la mort de Marie que je veux diluer avec l'aspirine, c'est l'alcool que tu as dans le sang. Demain, il faudra bien avoir l'esprit clair. René, emmène-moi où tu veux, donne-moi ce que tu veux à boire, même le bouillon de onze heures, je m'en fous, mais, par pitié, tais-toi. *L'esprit clair*, tu t'entends parler ? Tu veux que j'aie *l'esprit clair* demain, dans deux heures, alors que je viens de trouver ma mère coincée dans un cercueil de tôles… Ne parle pas, va, conduis, mets la radio, ça suffira bien…

René se gara rue de Grenelle avec le « Printemps » de Vivaldi, standard des programmations de nuit, ils auraient pu avoir aussi l'*Adagio* d'Albinoni… Guilleret, entraînant, facile, réconfortant, ce qu'il faut pour ces heures précédant l'aube où les insomniaques menacent de passer à l'acte dans l'angoisse du jour à venir. Alterner les grands airs avec la voix de Ménie Grégoire pour sauver des vies, éviter les naufrages, repousser les ultimatums. Combien de nuits traversées ainsi par René, sur la crête, depuis le premier blondinet… Il claqua sa portière, passa de l'autre côté de la voiture, ouvrit à Paul qui n'avait pas bougé, l'extirpa, le soutint jusqu'au porche, le monta presque sur son dos, ouvrit son appartement, le lâcha sur son lit. Sage Charlus, il le déshabilla sans le regarder, le plongea dans un bain sans le toucher, l'essuya sans le caresser, le coucha dans l'un de ses pyjamas. Seul homme dans son lit qu'il ne baiserait pas, qu'il se contenterait de border, de consoler comme un enfant.

Février-juin 74

Le lendemain fut aussi violent. Reconnaissance des corps méconnaissables, détails de l'accident – brouillard, vitesse, plaque de verglas, perte de contrôle du véhicule, sortie de route, marronnier : imparable –, déclaration, avis de décès, pompes funèbres. Plus tard suivraient le curé, le notaire, l'agent immobilier. Organiser la messe, la succession, la vente de l'appartement. René ne lâcha pas Paul qui menaçait de s'abîmer à chaque écueil, de chavirer à chaque bourrasque, de se noyer dans les démarches et le gin tonic. Sa mère partie, il dérivait, espérant sans doute vaguement aller se fracasser contre la falaise de l'absence. Plus rien ne le retenait, plus rien ne l'atteignait ; il traversait l'existence sans but, sans moteur, à la voile, au gré des courants. Mais pas à l'eau. Il ne se contentait plus d'arroser ses week-ends comme il le faisait depuis dix ans, il buvait de manière à garder en permanence une légère ébriété anesthésiante. Après la secousse quotidienne d'un réveil douloureux, une matinée éprouvante au ministère peuplée d'images perdues, il déjeunait au brouilly. L'après-midi était embrumé, l'air habillé d'une buée mélancolique moins poignante. Vers dix-sept heures, il sentait darder de nouveau les rayons de la souffrance. En sortant du bureau, il s'arrêtait au bar du coin pour l'éteindre dans les glaçons du whisky, incapable de la porter jusqu'à chez lui. Le soir, seul ou avec les rencontres accidentelles d'une vie en fuite, il finissait la nuit au gin jusqu'à tomber assommé, oublieux.

Au ministère où il était entré par protection presque cinq ans plus tôt, on commença à murmurer sur son passage dans les couloirs, l'eau de toilette ne couvrant plus tout à fait les effluves avinés. Son chef de bureau l'avait pris sous sa protection, un oncle de René l'ayant invité à déjeuner pour lui expliquer l'histoire de l'orphelin et le retour d'Algérie. Ils avaient fumé le cigare ensemble en étrillant les femmes, leur bêtise et leur cruauté. Il était de bon ton à ce moment-là, dans les salons bourgeois, d'admirer le jeune ministre des Finances qui, la balle au pied et l'accordéon en bandoulière, partait à la conquête du pouvoir pour moderniser le pays, mais, quand une épouse demandait le divorce, l'attrait de la modernité cédait le pas devant le réflexe ancestral. Le chef de bureau avait donc pris sous son aile le trentenaire abandonné et montrait pour lui l'indulgence de nos milieux. Le décès brutal des Delaunay vint cependant compliquer sa tâche. Sa hiérarchie n'avait pas forcément pour Paul les yeux de Chimène et trouvait que le bourgeois, tout maltraité qu'il fût par le destin, devait garder le rendement d'un fonctionnaire de rang A et, pour cela, n'avait qu'à chercher de l'aide chez un médecin agréé. Par des voies qui n'avaient rien d'officiel mais qui prouvaient que les entrées en loge pouvaient être aussi efficaces que les sorties de messe, la menace d'une procédure administrative vint aux oreilles de l'oncle de René qui s'empressa de prévenir celui-ci. Il était tout autant question pour lui de soigner la dépression de Paul que la crédibilité de ses interventions. Déjà qu'on n'avait pas manqué de lui faire sentir quand il l'avait recommandé que ces fils de famille, avec leurs successions de déséquilibres et leurs névroses en héritage, n'avaient pas forcément le profil idéal du chef de bureau carré, zélé et sans histoire justement… René n'avait pas cru bon d'ajouter que, à propos d'histoire complexe, la famille de Polar était un modèle du genre et qu'il doublait la difficulté du fils de famille de celle du bâtard de service ! Au contraire, il minimisa la situation. Paul était très choqué par ce qu'il venait de vivre – et, lui qui était sur les lieux, pouvait confirmer qu'on le serait à moins ! –, mais c'était un garçon solide. Solide, solide, ce n'est pas ce qu'on me rapporte… Il va se remettre, vous verrez ; certes, il faut qu'il arrête de boire, mais il y parviendra. Une bonne prise de conscience, un peu de temps… Du temps, on n'en a plus, il ne faut pas se leurrer ! C'est pire depuis la mort de sa mère, mais, d'après ce que j'ai cru comprendre, ça ne date pas d'hier, ses problèmes. Jusque-là, ils ont fermé les yeux parce qu'il n'était au ralenti que le lundi, mais si maintenant il carbure toute la semaine au pinard... Je les comprends, ça ne peut plus durer. L'Administration est bonne fille, mais tout de même, ce n'est pas l'hôpital de la charité ! L'été arrive, je vais l'emmener à Rubercy, lui parler... Parle, parle-lui tant que tu veux, c'est la mode, mais à la rentrée, moi, je ne veux plus entendre parler de lui justement. Que ce soit clair, et s'il est menacé de suspension, tant pis, je ne lèverai plus le petit doigt, j'en ai assez fait... Quelle génération quand même ! Soixante-huit a drôlement changé les choses... Il suffit de voir comment vous êtes habillés et coiffés. Je ne parle pas pour toi, tu n'es pas comme ça, mais reconnais-le, ces types à cheveux longs et chemises à fleurs, ça ne peut pas être costaud, ça flanche au premier avis de tempête, c'est inévitable... Heureusement qu'on n'a pas la guerre...

René déjeuna avec Vincent, l'ancien compagnon de beuverie de son ami. Contrairement à ce qu'il avait essayé en vain de faire croire à son oncle, la situation était grave et ils devaient s'unir pour remettre Paul sur des rails qui ne soient pas de coke. Il exagérait peut-être, dramatisait sans doute, mais il n'était pas certain qu'il n'y ait que de l'alcool dans les veines et la déveine de Paul. Vincent salua les jeux de mots et évita de sourire devant les fantasmes d'un René qu'il avait toujours trouvé chiant avec ses principes taillés court et ses velours côtelés à pinces. Il se demandait d'ailleurs comment son pote Armand pouvait être aussi lié avec ce type serré dans sa cravate, retranché derrière ses lunettes en métal et son air sérieux de cousin de province. René lui rendait la pareille d'ailleurs, tenant en piètre estime le fêtard parisien qui était venu se faire une virginité et une clientèle à Versailles, après avoir entretenu Paul dans le mirage de la fête. Ils s'étaient toujours toisés, l'un avec un sourire narquois, l'autre avec un sourcil froncé. Ils étaient bien conscients de ne pas fréquenter le même Paul-Armand, Janus aux deux prénoms qui réservait le malheureux Paul à l'un et l'exubérant Armand à l'autre. Aujourd'hui néanmoins, ils estimaient tous les deux, peut-être à des degrés divers, que le pauvre garçon méritait des efforts coordonnés malgré l'antipathie réciproque qui poivrait, l'air de rien, leur steak-salade du Chien qui fume. René se proposa de l'emmener à Rubercy cet été, après lui avoir fait rencontrer le père Delacre et le docteur Duval en qui il avait toute confiance. Quelques conseils spirituels pour limiter les spiritueux, une bonne ordonnance pour mettre de l'ordre dans sa vie ; Vincent ricanait – on était en 74 –, mais voulait y croire – on était à Versailles. Ni l'un ni l'autre n'auraient osé lui suggérer un « travail » plus approfondi – c'étaient des hommes… Toujours est-il qu'ils s'accordèrent pour tenir tous les deux le discours de la raison. Jusqu'à son départ à Rubercy, Armand viendrait dîner le dimanche chez les Guichard et ils feraient tout pour le convaincre de changer de vie, comme eux-mêmes avaient su le faire quelques années plus tôt. Question d'âge ; on ne tient plus l'alcool, on ne cherche plus le frisson, on ne teste pas ses limites à trente ans comme à vingt. Faut être raisonnable et, au bout du compte, on n'est pas mécontent d'aller en pinasse sur le banc d'Arguin, de baptiser ses enfants à Notre-Dame et de clouer sa plaque en cuivre rue Berthier, bref de mettre ses pas dans ceux de son père… Et c'était peut-être bien là le problème d'Armand, de ne pas pouvoir mettre ses pas dans ceux de son père, non ? René opina. Il y a un autre truc qu'il faudrait peut-être tenter, c'est de plaider sa cause auprès de France. C'est incompréhensible qu'elle ne soit pas venue aux obsèques des Delaunay, ses ex-beaux-parents quand même, et, accessoirement, la grand-mère de sa fille… Accessoirement, ou plutôt probablement… Ne rentrons pas dans son jeu ! C'est si facile de glisser le doute dans la tête d'Armand, c'est ancré en lui, inhérent, pathologique. On lui a inoculé dans l'enfance et, depuis, ça le lance de manière chronique, comme une douleur fantôme. Je sais tout cela et je pense depuis longtemps que la seule solution serait qu'il revoie Anne, mais ça ne se fera pas comme ça, c'est compliqué… Compliqué peut-être, mais ce serait peut-être un déclic, on est tous faits du même bois : en faisant vibrer la fibre paternelle, on retrouve l'homme. Excuse-moi, je te dis ça à toi qui n'as pas d'enfant, c'est pas très malin mais tu vois ce que je veux dire, non ? Parfaitement… Par contre, moi, France, je ne l'ai jamais rencontrée. Quand j'ai connu Armand, elle était déjà à Toulouse, remariée. Toi si. Tu pourrais la contacter, peut-être ? René sentit sa jambe trépigner, décidément, il n'aimait pas ce type qui se donnait des grands airs, tenait des beaux discours mais se carapatait devant l'obstacle. Il fallait vraiment que ce soit pour Paul… Un faiseur, voilà ce qu'il était, l'ophtalmo, le bel hétéro à qui la vie souriait de toutes ses dents gâtées, comme une catin énamourée.

Eté 74

Après avoir craqué dans le cabinet du docteur Duval, sangloté dans le confessionnal du père Delacre, Paul était parti à Rubercy avec le traitement de l'un et la bénédiction de l'autre. Arrivé là-bas sous un ciel couleur de son âme, il avait aligné les tubes de comprimés sur la table de toilette au-dessus du linge chiffré, bleus le matin, roses le soir, toutes ces conneries pour supprimer le blues, pour faire de beaux rêves. Quant aux simagrées du curé, il n'en avait cure. René l'avait convaincu d'aller voir le prêtre car Delacre avait su montrer la plus grande mansuétude devant ses turpitudes, mais c'était plus facile de fermer les yeux sur les pulsions inverties – le bon Dieu en ferait son affaire – que de réparer des souffrances injustes – dont leur sale Dieu n'avait que faire. Blessé jusqu'à la révolte, il préférait agresser que pleurnicher. Il descendait le matin dans la cuisine, déjà hostile. Il trouvait René prêt à le supporter, à lui résister, le pantalon au pli impeccable et le café fumant dans la cafetière. L'image du bourgeois honnête et prospère, bien propre sur lui, que surjouait son ami pour masquer son goût pour les garçons, le mettait hors de lui et il piquait du nez dans son bol pour ne pas rentrer dans le fion de la tafiole. Il se savait injuste, con, mais c'était plus fort que lui, il en voulait à la Terre entière, et d'abord aux plus proches. A ceux qui savaient et qui ne pouvaient rien faire. Qu'auraient-ils pu faire contre le destin, dites-moi ? Comment détourner l'obus, retenir France, ramener les chasseurs, lui rendre Anne, enlever le marronnier ? Comment couper la chique à la grand-mère ? Comment donner de la grâce à ce visage qui en était privé ? Paul partageait sa colère avec les mouettes d'Asnelles, marchant seul à marée basse, dans la brise du matin, quand la mer frise au loin. Il implorait René de ne pas l'accompagner, de lui épargner quelques heures sa compassion collante. Il remontait vers Rubercy par la falaise, avant l'arrivée des estivants sur la plage, avec leurs parasols, glacières, bambins et transistors. Il commençait le déjeuner avec René et le finissait avec la bouteille. Dès son retour à la maison, il attaquait le rosé sous prétexte d'étancher la soif de la marche. Il attaquait aussi les reproches, pas assez beau, pas assez chaud, trop d'humidité, devrait descendre dans le Midi, vers Toulouse… Il poursuivait à coups de rouge et d'imprécations, elle allait voir ce qu'elle allait voir, France, il allait descendre à Toulouse, klaxonner en bas de chez elle jusqu'à ce qu'elle ouvre, l'insulter, la maudire jusqu'à ce qu'elle cède. René laissait dire, mais finissait par se lever de table quand Paul-Armand rouvrait une bouteille après le dessert. Il la buvait seul en multipliant les rodomontades d'ivrogne, demain, c'est dit, je descends à Toulouse, j'arrache Anne à sa mère et la remonte à Paris. Puis il rejoignait le salon en titubant, le verre à la main, s'affalait dans le canapé pour se plaindre, geindre, c'est dégueulasse d'être descendue à Toulouse, de m'avoir enlevé Anne. France, Anne, Toulouse, le disque tournait en boucle et, bercé par sa propre obsession, il finissait par s'endormir, ronfler tout l'après-midi. René sortait, allait se baigner, voir le père Guillot, faire le tour des arbres à abattre cet hiver, goûter le calva en fût, tailler les roses fanées, vérifier les clôtures du pré, déplacer le troupeau. Il rentrait pour réveiller Paul, plusieurs fois, jusqu'au dîner, où se répétait le même numéro. Il continuait de ne rien dire et l'aidait à monter dans sa chambre quand il ne tenait plus debout, abruti, lui donnait ses cachets qui décuplaient encore sa prostration. Il attendait sans savoir quoi, espérant que Paul ait un sursaut. Pour l'instant, ils étaient en vacances, ils ne voyaient personne, pas de témoin, pas de critique, pas de risque. Autant le laisser couler en tenant la bouée à proximité, il la lancerait dès que l'autre toucherait le fond, quand, au lieu de se noyer dans l'alcool, il finirait par appeler au secours.

Mais les jours, les semaines passaient et il ne voyait aucune amélioration ; au contraire, l'orage gonflait dans les larmes et l'amertume ne tombait pas plus que le vent du nord qui les glaçait le soir sur la terrasse. Il voyait approcher le retour à Paris et craignait de ne pouvoir rassurer son oncle sur l'état de son protégé. A la sortie de la messe du 15 août, sur le parvis de l'abbaye, il surprit les regards étonnés, faussement compatissants ou vraiment railleurs des familles venues célébrer le culte marial et peu enclines en ce jour de fête à s'attarder sur les raisons du mal-être évident de l'invité de René. Chacun courait vers son gigot en se contentant d'un haussement d'épaules et d'un jugement péremptoire ; ces types qui vivent tout seuls et qui ne fondent pas de famille, faut pas s'étonner non plus qu'un jour ils aient un coup de déprime, on ne vit pas impunément en égoïste.../Il est comme le présentateur des nouvelles – comment il s'appelle déjà ? J'ai mangé son nom –, il porte sur lui tout le malheur du monde./Une vraie tête d'enterrement, pour l'Assomption, merci ! Ça ne va pas être drôle pour René, le déjeuner... Les deux hommes traversèrent la campagne pour remonter vers Rubercy sans le bénéfice habituel d'une bonne messe d'été : la bénédiction ne les avait pas rassérénés pour la semaine et ils avaient été la cible des potins au lieu de les colporter. La journée s'étira sous les nuages, et est-ce d'avoir vu les familles se déployer en queue de paon sur le parvis jésuite, mais Paul ne dessoûla pas. René dut l'aider de nouveau à monter le soir vers sa chambre et ils s'affalèrent tous les deux dans l'escalier, cédant sous le poids du désespoir et de la rancœur de l'un, la fatigue et l'impuissance de l'autre. Assis sur les marches de bois juste cirées, en se frottant les coudes et les genoux contusionnés, face à Paul hébété, René prit la décision qui le tarabustait depuis plusieurs jours. Il jeta le nécessaire dans un sac, prévint la vieille Louise, installa Paul dans la DS et partit pleins phares vers le sud. Ils transpercèrent la France de l'Ouest dans la brume et le noir, Caen, Rennes, Nantes, Bordeaux, Toulouse, par d'infinies nationales sans étoiles. La nuit ne suffit pas, ils s'arrêtèrent quelques heures pour dormir et pour ne pas finir eux aussi dans le décor, René ne voulant pas laisser le volant à Paul, incapable de conduire. En reprenant la route au petit matin après un café serré, celui-ci un peu plus frais, sans souvenirs de la veille ni de ses divagations récurrentes, demanda enfin : on va où ? A Toulouse, voir France. Paul le traita de dingue, voulut descendre de la voiture, lui enjoignit de faire demi-tour, de bien vouloir se mêler de ses affaires, de cesser de le materner comme un gosse, tout ça ne le regardait pas, il ne lui avait rien demandé et sûrement pas de prendre sa vie en main, s'il voulait aller voir France, il le ferait tout seul, pareil pour Anne, et, s'il ne le faisait pas, c'est qu'il n'en ressentait pas le besoin, merde, c'était incroyable de voir les autres décider pour lui, d'être tenu en laisse comme ça, c'était pas son genre et il ne se laisserait pas faire. René ne répondit rien et ne ralentit pas. Il lui fallut le reste de la route pour calmer Paul, le rassurer et le convaincre que là, tous les deux, dans cette escapade imprévue, par une sorte d'intuition irraisonnée, ils jouaient le tout pour le tout. Ensuite, c'était à Paul de gagner la partie, de miser sur l'avenir, d'arrêter de payer le passé. Ils entrèrent à Toulouse en conquérants.

16-17 août 1974

Malgré l'audace qui les avait pris dans la voiture, ils ne pouvaient sonner chez France sans la prévenir de leur arrivée. Ils s'arrêtèrent dans un hôtel qui n'avait d'autre prétention que d'être dans la même rue. Paul sortit de la DS et se précipita à la réception, sentant une peur violente remonter avec l'imminence d'une rencontre possible. Pas là, pas maintenant, pas tout de suite, il n'était pas rasé, pas présentable, il fallait d'abord qu'il se prépare, qu'Anne ne sorte pas, par pitié, qu'elle ne le surprenne pas par hasard, revenu sur ce trottoir mendier son affection, c'était grotesque, cette idée de René, ça n'avait pas de sens, elles allaient le jeter comme un chien, qu'il retourne à la rue, il n'était rien, n'avait rien, plus de père, plus de mère, plus de femme, plus de fille, qu'est-ce qu'il venait chercher là, quémander un petit bout de famille qu'on allait lui lancer par la fenêtre, comme un morceau de gras, un peu de couenne, pour lui refaire le cuir, le retaper, lui redonner figure humaine, figure humaine il rêve, pour qui se prend-il, le chien errant avec sa gueule de bâtard ? Elle était partie, la seule qui ne le croyait pas laid, la seule qui pouvait l'aimer parce qu'elle l'avait porté, elle était partie contre un arbre, emportée par l'autre, par sa vitesse, par sa connerie, il le savait bien qu'il la tuerait, d'un coup sec, comme il avait tué Brindame, sans état d'âme, depuis ce jour-là il se méfiait, dangereux, ce Delaunay, il l'avait senti, comme il sentait que c'était une erreur d'être là, ça allait mal finir, France aussi, il fallait s'en méfier, dangereuse dans son genre, ils auraient dû rester tous les deux, sa mère et lui, qu'est-ce qu'elle avait eu besoin de se remarier, s'il n'y avait pas eu Delaunay, lui non plus il ne se serait pas marié, il ne serait pas parti, ni en pension ni en Algérie, il ne l'aurait pas quittée, pas lâchée, elle ne serait pas morte, ne se serait pas encastrée dans le marronnier... René avait obtenu deux chambres, proposa à Paul de monter s'installer puis ils appelleraient France pour s'annoncer. Ils la verraient peut-être dès ce soir, sinon demain. Paul prétexta d'avoir besoin de repos pour ne pas redescendre appeler, il voulait dormir un peu pour être en forme, se montrer sous son meilleur visage, si c'était possible... Il jouait sa tête, lui, enfin, c'était une manière de parler, on se l'était déjà payée, sa tête, leur bon Dieu, France, la vie, alors il jouait plutôt son avenir, disons, son droit à l'avenir, parce que, si elle le repoussait une nouvelle fois, si elle lui interdisait d'apercevoir Anne, il saurait le trouver, le marronnier qui leur serait fatal à eux, sur la route du retour, et tant pis pour René, de toute façon, est-ce qu'il regretterait quelque chose de cette chienne de vie ? Rien, rien du tout, pas plus que lui en tout cas, elle ne lui avait pas fait de cadeaux non plus, il ne lui en voudrait pas de braquer le volant, la DS glisserait, se retournerait, finirait dans l'arbre, il resterait dans la carcasse, ne chercherait pas à sortir avant les flammes, il fermerait les yeux, il attendrait, pas les secours, surtout pas, mais la mort, il la connaissait, il l'avait vue, dans les yeux, en Algérie, elle lui courait après, la gueuse, c'était bien la seule, et, cette fois-ci, il se laisserait rattraper, plus rien ne le retenait. En attendant, il boirait bien un petit coup, pas grand-chose, il serait raisonnable, juste un petit coup pour se donner des forces, pour effacer le marronnier. Pas bien grandes, ces fioles, dans le minibar, à peine une gorgée, pas de quoi se désaltérer par cette chaleur, pas de quoi non plus se rendre malade, pas vraiment un écart… René frappa à sa porte quand il ne restait plus rien dans le minibar. Il n'avait pas réussi à joindre France, très bien, parfait, je te l'avais dit, on a bien fait de bouffer tous ces kilomètres, on ne les verra jamais, plein mois d'août, trente-cinq degrés à six heures du soir, faudrait être irresponsable pour laisser une enfant dans une fournaise pareille, il n'y a que toi pour croire en tes idées imbéciles, non, je te remercie, je te laisse aller dîner, pas faim, et puis tu imagines, si je tombais sur elles… René ressortit, exaspéré, découragé. Il le ramènerait à Paris et le laisserait crever, c'était tout ce qu'il attendait dans le fond, il ne voulait plus vivre, on ne fait pas boire un âne qui n'a pas soif, en l'occurrence, c'était le contraire, on n'étanchait pas la soif du malheureux, il était resté sobre à peine vingt-quatre heures, et même la perspective de voir Anne ne l'avait pas empêché de descendre le minibar, il avait raison, Paul, c'est lui qui s'accrochait à un rêve, à un espoir, celui de sauver son pote de pension, pour se racheter du reste, mais il se mettait le doigt dans l'œil, il n'y arriverait pas, trop de malheurs, trop de blessures pour un seul homme, Paul finirait confit dans l'alcool jusqu'à l'anesthésie totale, il ne parviendrait pas à revenir à lui, ne sortirait plus de cette torpeur artificielle, même pour Anne, il était pétrifié, paralysé par France, il n'oserait jamais l'affronter, leur passé était encore cuisant, pourtant, maintenant qu'ils étaient là, il fallait quand même essayer, qu'ils n'aient pas fait la route pour rien, la DS avait chauffé, ils avaient roulé des heures, s'étaient menacés, engueulés, retrouvés, ils n'allaient pas renoncer au pied du mur, tant pis, c'était peut-être en vain, mais il rappellerait chez France, qu'est-ce qu'il avait à perdre, lui ?

Paul sortit seul à la nuit tombée, la chaleur était intenable dans la chambre qui donnait sur la rue étroite. Il n'avait pas faim, juste peur et soif. Il longea les murs pour s'éloigner, prit la direction inverse de la maison, erra dans le quartier, entra dans les bars, en ressortit sans être désaltéré, surpris par ces nuits méridionales, lourdes, longues, qui ne connaissent jamais la fraîcheur. Il aurait tant voulu qu'un vent léger le chasse vers son hôtel, le pousse à aller se réfugier sous son boutis. Au lieu de ça, il passait d'un banc à l'autre, buvait sur les trottoirs avec des *beatniks* du Sud, suintant l'alcool dans la touffeur de ce four de brique rose, cherchant les étoiles filantes qui lui apporteraient le bonheur, ou au moins la paix. La ville n'était pas si grande qu'il ne finît au gré de ses errements par se retrouver sous la lanterne blafarde de son hôtel. Il s'y engouffra par réflexe, pour ne pas se perdre tout à fait, pour ne pas décevoir René. Il tomba comme une masse sur son lit non défait, dans un sommeil opaque.

Vers dix heures, le soleil était assez haut pour se glisser derrière les immeubles d'en face, envahir la rue et pointer sur lui. Est-ce le rayon venu frapper ce visage plutôt habitué à l'ombre qui le réveilla, ou le rire de la fillette qui passait sous sa fenêtre ouverte ? Toujours est-il que, inerte, encore plongé dans les vapeurs de l'alcool nocturne, il entendit sans le moindre doute son Anne qui sautillait sur le trottoir en évitant les lignes et racontait une histoire sans début ni fin de sa voix décidée d'enfant. Il l'écouta s'éloigner, son pas se faisant plus imperceptible, sa voix se mêlant aux bruits multiples de la rue. Tellement brève, tellement inespérée, la scène avait la précision du rêve et l'impertinence de la réalité. Sous un soleil assassin qui lui rappelait l'Algérie, couvert d'une sueur acide, abandonné au cœur du désert de l'amour, soudain le mirage de cette voix fluette, limpide, presque un miracle, qui venait le sauver une seconde fois, le ramener parmi les hommes, alors qu'il était prêt à se noyer avec les épaves de la nuit. Lui qui ne voulait plus entendre parler de leur Dieu sournois, faux père qui n'avait eu pour lui ni tendresse ni indulgence, ne lui avait apporté ni soutien ni assistance, il se surprenait à croire que l'apparition d'Anne dans l'auréole du soleil matinal était un signe. Son passage sous sa fenêtre, son timbre cristallin qui faisait vibrer l'air d'une présence surnaturelle, comme un vent léger balayant la menace d'orage, comme une lumière vive déchirant les nuages, donnaient à cette matinée l'allure d'une conversion. René frappa pour lui annoncer que France les attendait à quatorze heures avec sa fille et l'alcoolique suicidaire retrouva l'espérance.

Au déjeuner, Paul ne but pas une goutte, se montrant assoiffé seulement des détails du coup de fil que René avait eu le matin. Il entra sobre chez France et en ressortit ivre, de joie, d'espoir, de bonheur. Anne ne l'avait pas reconnu, lui avait dit *bonjour, monsieur*, France l'avait présenté comme Paul Delaunay, ni *ton père* ni *mon ex*, il avait régné pendant toute la rencontre une atmosphère glaciale qui tranchait avec la chaleur extérieure, René avait dû alimenter une conversation qui ne cherchait qu'à s'éteindre en multipliant les étincelles mondaines, pas une déclaration importante, pas un aveu, pas une révélation, pas une excuse, rien qui ferait date n'était sorti de ces deux heures. Mais Paul avait gagné le droit d'exister, d'écrire à sa fille, de venir la voir, et il exultait. Le soir même, il entrerait dans une église pour y déverser son trop-plein de reconnaissance, pour remercier pêle-mêle leur fameux bon Dieu, sa mère, René, tous ceux qui d'une manière ou d'une autre avaient pu intercéder en sa faveur. Et même France. Il s'agenouillerait sans prier, manque d'habitude, manque de mots, manque d'humilité, reste de crainte, de respect humain. Il se dirait que tout cela était sans doute superstition absurde, qu'il ne devait cette indulgence timide de la vie qu'au hasard, qu'il n'avait rien à promettre en échange, mais il fit, ce soir-là, le vœu de ne plus boire.

1974-1976

Les quelques jours qui suivirent à Toulouse, Paul les occupa à réapprivoiser Anne, sans se soucier d'un René qui reluquait les garçons, assis sur un banc de jardin public, caché sous un panama démodé, protégé de la chaleur et de la honte. Des bords de la Garonne au Capitole, il promena fièrement sa fille et sa victoire, se rachetant de son errance quelques années plus tôt. Il avait quitté une enfant de cinq ans, il retrouvait une préadolescente de douze. Elle se souvenait de leur dernière rencontre et du *Livre de la jungle* grâce aux cris de sa mère à leur retour. Malgré son absence, elle n'avait pas oublié Baloo, et cela suffisait au bonheur de Paul. France lui laissait la petite à contrecœur l'après-midi, espérant que l'expérience des quelques jours le renverrait vite à sa vie parisienne, libre, dissolue, irresponsable. Elle pouvait concevoir l'euphorie de la nouveauté, mais misait sur l'écœurement de la régularité. C'est Saint-André qui lui avait conseillé cette stratégie : ton ex-mari, il est paumé, il a besoin de retrouver une colonne vertébrale après la mort de sa mère parce qu'il ne s'est jamais tenu debout tout seul. Il pense que c'est Anne maintenant qui la lui donnera, qui lui servira de corset, mais ça ne durera pas, tu verras. Souviens-toi de la dernière fois. Quand il va s'apercevoir qu'une petite, ça demande plus que ça ne donne, il va craquer de nouveau ! Je te le dis, il va vite nous la rendre, notre Anne, et on en sera définitivement débarrassés. Une fois qu'il aura compris l'inutilité de l'expérience, il retrouvera sa vie de guingois et replongera dans la bouteille. Personne n'y croit, à sa conversion miraculeuse, on la connaît, sa fragilité, on est bien placés pour savoir qui c'est, toi comme moi. Alors, je te l'accorde, ça ne m'amuse pas de devoir revivre l'expérience de la dernière fois, mais si ça doit être le prix à payer pour ne plus jamais le revoir… Et on ne le reverra plus, parce que, cette fois-ci, on fera ce qu'il faut, on ne se contentera pas d'une lettre au juge, on avait été trop gentils, on fera interdire qu'il revienne. Et il s'y pliera, c'est une victime, ce type. Si ce n'était pas le cas, il aurait bataillé plus tôt pour la récupérer, notre Anne. Dans cette affaire, le père, c'est celui que tu as choisi, c'est moi… Alors, il faut le laisser tester, on n'a rien à craindre, tu as toujours été plus forte que lui. France s'était laissé convaincre par la confiance de Ghislain, malgré les mauvais souvenirs qu'il remuait, mais surtout par le plaidoyer de René. Pas tant par les arguments, dans le fond, c'était un coup de poker qu'il jouait, René, en misant sur Anne pour faire vivre Paul, un coup de bluff, Paul suivrait ou se coucherait sans voir… Non, ce n'est pas la démonstration pourtant longuement réfléchie durant les heures de voyage qui avait séduit France, c'est René lui-même comme toujours, comme autrefois. Il lui aurait dit oui à l'époque, elle ne se serait jamais jetée dans les bras de son meilleur ami, de son ersatz. Elle aurait évité ce mariage idiot, et cette situation grotesque où elle se retrouvait aujourd'hui. Mais il avait dit non et elle avait épousé Paul. Aujourd'hui, il lui demandait comme un service de croire à ce pari ridicule et elle, ne sachant rien lui refuser, elle le faisait. Elle le faisait de mauvaise grâce, certes, sans un mot ni un regard pour son ex-mari, mais elle lâchait quand même chaque jour sa fille pour l'après-midi et elle avait promis qu'il pourrait continuer à la voir s'il le souhaitait ensuite. Une aberration qu'elle regrettait déjà. Et c'est quand elle s'en voulait d'avoir cédé à René qu'elle décidait de croire en Ghislain, Paul ne tiendrait pas.

Mais Paul avait tenu. Converti à la paternité, certaine ou pas, peu lui importait. Dans les deux week-ends par mois qu'il passait avec Anne à Toulouse, il puisait la force pour quinze jours de ne pas boire, pas sortir, revoir le jour et faire carrière. Il passa les concours qu'il fallait. Au ministère, on se félicitait de la transformation et il devint vite chef de bureau.

L'oncle de René n'eut plus jamais à intervenir. Au détour d'une remise de Légion d'honneur, le ministre lui souffla même que son protégé avait l'étoffe d'un futur sous-directeur ; il fallait juste qu'il prenne un peu de bouteille. Au lieu de sourire, il se félicita d'avoir su comme toujours percevoir les qualités de ses poulains avant tout le monde. René lui aussi se congratulait du pari réussi. Il avait revu Vincent qui l'avait bien encore un peu toisé, mais qui s'était vu obligé de reconnaître le succès de l'équipée toulousaine et de lui attribuer tout le mérite de la transformation d'Armand. Ce n'est pas que René ait le moindre besoin de la reconnaissance du bel hétéro, mais c'était une revanche plutôt savoureuse sur le déjeuner précédent. Les Guichard prenaient leur part néanmoins à cette restauration en maintenant l'invitation du dimanche soir qu'ils avaient instituée avant l'été. C'était l'occasion pour eux d'enfoncer un peu le clou en présentant l'image de la famille rangée et heureuse de l'être après le gai désordre de 68, même si Vincent, sûrement un peu con mais fidèle à leur passé, prenait un malin plaisir à montrer à son ancien compagnon de débauche que l'on pouvait être père et médecin de famille tout en s'en jetant un le dimanche soir et sans renoncer à partager un peu de shit de temps en temps avec les amis. Il ouvrait une bouteille que Paul ne touchait pas et proposait une bouffée d'herbe qu'il refusait. Désormais, celui-ci voulait être un exemple pour sa fille et savait surtout que, au moindre écart, les Saint-André, qui se mordaient les doigts de lui avoir ouvert leur porte, s'empresseraient de la refermer par tous les moyens. En effet, il tissait un lien avec Anne fait de nouveauté, d'étrangeté et d'exotisme plus excitant à l'aube adolescente que le quotidien familier, banal et sans surprise assuré par Ghislain. Il sentait qu'il devenait pour l'enfant un moyen de faire trembler Toulouse et n'en revenait pas de se découvrir soudain ce fragile pouvoir. Il n'était plus prêt à le gâcher pour une taf, plus décidé à le risquer dans l'ivresse d'une nuit. Il serait désormais sérieux et raisonnable, vivrait de jour et dormirait la nuit, retournerait à la messe du dimanche, se remettrait à la lecture des classiques, courrait avec René pour entretenir sa forme et boirait de la St-Yorre. C'est au moment où Vincent se demandait s'il ne le trouvait pas devenu un tout petit peu chiant, au moment où René s'interrogeait sur la sincérité et la pérennité d'un tel retournement que Florence, estimant qu'il était temps de le remarier, l'invita un samedi soir pour lui présenter Thérèse.

VI

1966-1974

Septembre 66

Il descendait les marches du palais, accompagné de René et de son avocat qui n'étaient pas trop de deux pour l'aider à marcher droit. Ce n'était pas l'alcool en cette fin de matinée qui le faisait tituber, c'étaient les mots. *Divorcé*, voilà qu'il rejoignait le troupeau des hommes divorcés. Au moment où le jugement avait été prononcé, il regardait France qui ne tourna pas la tête vers lui, le menton tendu vers le juge, les yeux fixés sur l'autorité, son crêpage blond caché sous un foulard Hermès, cintrée dans son impeccable tailleur bleu façon Courrèges, sa main gantée frôlant celle de Saint-André. C'est à peine s'il put deviner un soupçon d'émotion dans le tremblement de la lèvre inférieure, vite contenu par un mordillement nerveux. Il lui connaissait bien ce tic, si souvent l'intrus de leurs tête-à-tête, marque d'une imperceptible gêne. Elle restait impassible, impassible bourreau alors qu'il était dépecé devant elle, mais elle laissait échapper les signes d'un léger dégoût face à la mise à mort de son piètre époux, spectacle pathétique auquel elle aurait préféré échapper. Elle était si belle, il se demandait aujourd'hui comment il avait pu croire un instant qu'elle l'aimerait, avec sa gueule d'échec. Sophistiquée jusqu'au bout des ongles, jusqu'aux voyelles ouvertes, comment aurait-elle pu passer sa vie avec le manchot qu'il était, même pas sûr de sa naissance, privé d'éducation paternelle, incapable de distinguer une tourterelle d'une poule faisane, un cartel Louis XV d'une pendule Empire, une mêlée d'un coup franc ? C'était facile pour l'autre, le joueur de polo avec sa Rolex et son bronzage, de rafler la mise. Et il la raflait doublement, il lui prenait sa femme et sa fille. Il y avait de quoi chanceler sur les marches du palais. France était sortie après lui avec Saint-André, sans l'avocat passé par la salle des toques pour relever son courrier. Ils semblaient légers, libérés, couple à la Lelouch glissant sur les marches, main dans la main, sans la moindre vergogne, sans une pensée pour l'animal blessé, *chabadabada*… Le cliché, dans sa violence kitchement heureuse, éblouit Paul qui manqua tomber et fut retenu par René. Alors que France s'éloignait, emportant la lumière dans son Kelly en lézard, l'avocat du perdant se retira et René poussa son pote malheureux dans la première brasserie venue. Ils se serrèrent sous la loupiote d'une table pour deux, mangèrent une tête de veau sauce gribiche qui avait tout d'un plat sacrificiel et burent une bouteille d'un saint-nicolas qui ne ferait pas de cadeau. Le soir serait triste dans son appartement parisien, sans âme qui vive, sans meuble qui craque. Seul, il penserait aux Saint-André profitant de cette obligation parisienne pour en faire une fête, dîner chez Lipp et nuit reconnaissante, avant de descendre retrouver demain leur Anne à Toulouse et peut-être se marier maintenant que France était débarrassée de lui.

Le lendemain, lui, il déjeunait comme tous les mardis chez sa mère, évitant Delaunay qui restait à son cercle ce jour-là. Elle ne lui parla de rien, mais le regard qu'elle lui réserva en ouvrant la porte, mêlant tendresse, compassion et résignation, lui fit plus mal encore que les pas de France sautillant allègrement sur la dépouille de leur mariage. Ils traversèrent l'appartement haussmannien en silence, triste procession dans le long couloir qui menait à la cuisine, à l'office d'autrefois. Comme c'était la journée d'absence de Delaunay, Marie donnait son après-midi à Josepha et réchauffait elle-même les plats préparés à l'avance. Paul aimait cette intimité où, assis dans la cuisine sombre au parfum de ragoûts recuits, il la regardait faire en débouchant la bouteille posée sur la table. Il avait renoncé depuis longtemps aux déjeuners d'apparat dans la grande salle à manger en face d'un beau-père hostile qui ne cachait ni son mépris ni son incompréhension. Il avait considéré son engagement en Algérie comme une toquade de jeune con et jugeait son divorce comme une preuve de faiblesse. C'était bien la peine d'aller jouer les hommes sur le sable pour être incapable de tenir sa femme sur le parquet... Leur inimitié ne datait pas d'hier et Paul avait toujours senti chez Delaunay la conviction qu'il était promis au fiasco, trop laid, trop gringalet, trop timoré. Le départ de France était venu conforter celui-ci et il n'avait pas manqué de laisser entendre que, contrairement à l'entourage de son beau-fils qui en voulait à l'infidèle, lui ne jetait pas la pierre à celle qui avait le cran de ne pas s'embarrasser d'un raté toute sa vie. Paul avait pâli en comprenant dans le regard de sa mère à l'ouverture de la porte qu'elle s'était laissé convaincre par le pronostic pessimiste de son mari, mais il avait repris confiance en remontant le couloir. Elle seule était capable de distinguer l'homme accompli de demain dans l'esquisse brouillée qu'il était aujourd'hui, de croire encore au miracle d'un destin plus clément et de détester à sa place l'épouse qui l'avait trahi. C'est cet amour inconditionnel qu'il venait trouver auprès d'elle chaque mardi, dans les odeurs de cuisine confinées.

— Comment tu le trouves, mon graves ? Il est bien, non ? Sers-moi un verre, tiens... (Faisant claquer sa langue.) Ah oui, il est bon, il va être parfait pour accompagner le frichti de Josepha. Mets le dessous-de-plat, j'arrive avec la cocotte chaude. Donne-moi ton assiette, fais attention, ça doit être brûlant... J'ai oublié le pain, prends-le là, derrière, sur le buffet. Le couteau est dans le tiroir. C'est bon, non ? Mange, mon petit, il faut que tu manges, que tu te refasses, regarde comme tu as maigri, tu n'es plus que l'ombre de toi-même. Elle n'aura pas ta peau, cette fille, elle ne le mérite pas. Sers-toi mieux que ça, reprends-en. Allez, il faut tourner la page. Elle nous aura tout fait, la garce, pendant qu'elle était là ; maintenant qu'elle est partie, on ne va pas encore la laisser nous gâcher la vie. Elle a voulu divorcer, grand bien lui fasse, ça nous débarrasse ; le mieux, maintenant, c'est qu'elle disparaisse de notre vie, qu'on l'oublie. Parce que, sous ses airs de princesse, elle s'est conduite comme la dernière des traînées.

— Maman, s'il te plaît, je ne suis pas encore prêt à entendre ça.

— Il faudra bien, pourtant, mon garçon, que tu l'entendes et que tu t'y fasses, parce que c'est la réalité. Tu ne vas pas porter toute ta vie le deuil d'une garce qui ne t'a fait que souffrir. Du premier au dernier jour. Et ce n'est pas parce qu'elle a su te donner de temps en temps un peu de plaisir que tu lui dois des regrets éternels, excuse-moi d'être crue, mais pour ça il y a des filles dont c'est le métier. Tu as vingt-cinq ans, la vie devant toi, tu retrouveras une femme gentille, aimante, qui saura te rendre heureux.

— J'ai vingt-cinq ans, une gueule à faire fuir, un divorce derrière moi et une fille dont je ne suis même pas sûr, joli bilan à présenter aux candidates qui ne manqueront pas de se présenter en nombre… Tu as raison, tiens, j'ai la vie devant moi, et quelle vie… ! Allez, trinquons, va, trinquons au bonheur, à l'amour et aux femmes ! Et remercions votre bon Dieu qui m'a donné pour tout ça un don particulier…

— Pas de blasphème, Paul-Armand, s'il te plaît…

— Reconnais que j'excelle dans le domaine, non ?

— Ne sois pas dur comme ça avec toi, tu n'es pas moins doué qu'un autre.

— Non, juste plus moche… Et moins chanceux. Tu en as connu beaucoup, toi, des types qui s'apercevaient que leur femme les trompait pendant leur voyage de noces ? Que son amant l'attendait en Martinique ? Que leur fille n'était peut-être pas leur fille ? Qu'un autre la tringlait pendant qu'il tuait en Algérie ? Moi non.

— Je sais bien que ça n'a pas été facile, mais justement, oublions, cette France ne valait rien, autant ne pas s'encombrer d'elle et…

— Et Anne ? Je fais quoi, moi, de cette petite qui porte mon nom et n'est peut-être pas ma fille, mais celle de son joueur de polo ?

— Là non plus, ne t'encombre pas d'histoires inutiles – c'était la reine, ta France, pour écrire des romans qui barbent tout le monde –, qu'est-ce qu'elle a comme preuve qu'Anne n'est pas ta fille ? Elle porte notre nom, tu as un droit de visite, tu la vois les week-ends qui te reviennent et on verra bien la suite, tout ça va décanter… Il faut juste que tu te reprennes, Paul-Armand. Laisse le graves maintenant, il est bon, mais rien ne nous oblige à siffler la bouteille. Finis vite ton droit, lève-toi le matin et va en cours. Sinon, je te reprends ici, quoi qu'en dise Bernard.

1966-1968

La menace de cohabiter avec Delaunay fut un temps efficace. Paul s'était réinscrit en droit aux Saints-Pères, où juristes et médecins partageaient les amphis, l'alcool et le boulevard. Contre sa carte d'étudiant, il gardait son appartement rue des Fossés-Saint-Jacques payé par son beau-père qui préférait lui aussi le tenir à distance. Le jour, il déposait son spleen et sa paresse sur les bancs de la fac où il assistait aux prémices d'une agitation juvénile au lieu de plancher sur un droit immémorial. Le soir, il rejoignait ceux qui voulaient changer le monde, distribuer la pilule, faire l'amour pas la guerre, trouver la plage sous les pavés, et là, oubliant sa mère, son beau-père, l'appartement et le reste, il était Armand de Coutainville. Le divorce avait marqué la césure dans sa vie comme dans son identité, Paul Delaunay ne lui ayant apporté qu'un lot d'emmerdements.

Sous ce nom, il avait fait une guerre qui, elle, justement, ne voulait pas dire le sien, il s'était marié avec une femme qui, en l'épousant, s'était trompée et l'avait trompé, il avait eu une fille qu'on lui retirait maintenant sous prétexte qu'elle n'était pas de lui. Si sa fille pouvait avoir deux pères, lui pouvait bien avoir deux vies, deux noms. Peu à peu, il avait adopté Armand de Coutainville pour la nuit. Il cessait alors d'être le cocu renvoyé du foyer par une épouse infidèle, le coucou chassé du nid d'une gifle inaugurale, il devenait au gré de sa fantaisie le descendant d'un compagnon de Guillaume le Conquérant, le fils d'un compagnon de la Libération, le compagnon de chambrée d'un héros de l'OAS, peu importait. Il peuplait son passé de solidarité, d'amitié à la vie à la mort, s'inventait des compagnonnages qui le tiraient de la solitude, de l'exclusion, qui lui tenaient la main à la tombée angoissante du jour et s'évanouissaient à l'aube. Comme un habit de soirée, il enfilait sa particule et courait Chez Régine et autres boîtes où l'obscurité faisait oublier sa laideur aux filles, où le champagne lui faisait oublier celle de la vie.

Vincent rencontra Armand un soir de révolution, enfin, pour être tout à fait honnête, ce n'était pas le Grand Soir mais sa préparation. Dans les vapeurs d'alcool et les volutes de shit, on imaginait mettre à bas la société des pères, l'ordre des cons, l'ambition des cadres. Tout cela allait très bien à Armand qui espérait changer les autres, faute de pouvoir se changer lui-même. Vautrés sur des divans recouverts d'étoffes indiennes, on faisait l'amour et on refaisait le monde. Tout cela n'avait pas véritablement de conséquences, sauf celles de reculer d'année en année la réussite aux partiels et la fin des études. Entre deux échecs, l'été, dans des combinés Volkswagen peinturlurés, on partait vers l'est retrouver la sagesse des bonzes, la liberté des démunis, loin d'un confort bourgeois, superflu et honni. Tout cela était évidemment surfait, mais confortait ces gamins des VIe et VIIe arrondissements dans leurs certitudes qu'il n'y avait pas urgence à entrer dans la vie. Armand était un peu décalé, il avait derrière lui cinq ans d'une expérience qui aurait dû le sortir de cette enfance prolongée, mais il n'était finalement pas mécontent d'y replonger alors qu'il avait été la cible des adultes n'ayant eu de cesse de le tirer comme un lièvre dans le Djebel. Aujourd'hui, c'était lui qui baisait comme un lapin, tirait les filles qui se laissaient faire, recréait une légende de son passage dans le Djebel. Il se découvrait un pouvoir de séduction dans les mots, dans le mensonge et dans le factice. A quoi bon alors, revenir dans le vrai ? Le vrai, c'était sa mère qui, tous les mardis, lui faisait sa tendre leçon autour de la table de la cuisine dans les odeurs de renfermé, c'était René, incapable d'aimer son Ralph au grand jour, c'était France voyant d'un très bon œil qu'il ne descende plus à Toulouse pour Anne, c'était le doyen de l'université lui rappelant qu'il ne pourrait pas avoir une nouvelle dérogation l'année suivante. Il prenait un air narquois, ou boudeur, selon l'heure à laquelle il s'était couché la veille, face aux discours de raison qu'on voulait bien lui tenir et revenait, insolent et frétillant, vers sa bande de révolutionnaires nocturnes. Vincent gardait de cette époque l'image d'un Armand décomplexé, arrogant, plutôt meneur. Il avait pour lui l'âge, l'expérience, la guerre, et parvenait avec tout ça à donner à sa laideur un air de baroudeur qui ne déplaisait pas aux fillettes en bandeau, socquettes et jupe courte qui s'inscrivaient en première année.

Soixante-huit vint siffler la fin de cette récréation sympathique. Pendant un mois, tout parut possible, Armand fit le guet rue Gay-Lussac sur des barricades moins effrayantes que les fortins algériens, fit le coup de poing avec Vincent contre des CRS moins armés que les fellagas, fit une révolution moins sanglante que la guerre d'Indépendance. Tout lui paraissait tellement plus facile que ce qu'il avait déjà vécu, et pourtant il lui semblait être plus près de transformer le monde. Puis la réalité les rattrapa. Tout cela était bien joli, mais ressemblait plus à un divertissement pour fils de famille dans un Paris de carton-pâte qu'à un vrai renversement de l'ordrc établi. Celui-ci revint avec le Général qui, une nouvelle fois, le privait de gloire, de triomphe, de légende, le renvoyant à son deux pièces des Fossés-Saint-Jacques, à l'ironie de son beau-père, à la compassion de sa mère, à l'impossible libération. Le pays ne s'était pas contenté de leur révolte de petits-bourgeois et, quand il avait été secoué par une vague de fond ouvrière, le pouvoir n'avait pas tergiversé longtemps pour remettre le paquebot sur son erre. Dans un réflexe de survie, il signa à Grenelle des accords qui calmèrent la tempête mais maintenaient le cap d'une société de dupes. Armand fut de ceux-là.

Dans leur très grande majorité, les quelques apprentis médecins et avocats encore sans robe qui avaient rejoint les barricades et les étudiants en lettres regagnèrent vite les amphis des Saints-Pères et les années perdues à changer le monde. Les uns passaient le barreau, les autres l'internat et tous la semaine à bûcher. Vincent lui-même, qui rencontra alors Florence et la mit enceinte aussitôt avec un reste d'insolence indisciplinée, conjugua au présent ambition et responsabilité. Armand décrocha sa licence en septembre, lot de consolation accordé aux étudiants rentrés dans le rang. Toujours pour éviter son beau-père et voir sourire sa mère, il s'inscrivit en maîtrise. La fête était finie et il errait désormais seul dans les cafés de Saint-Germain, continuait seul de baratiner des filles qui n'avaient plus rien d'étudiantes, ne partageait plus qu'avec des barmen goguenards sa bouteille de whisky et son histoire imaginaire. Armand continuait de se prendre pour un autre, mais les autres, eux, n'entraient plus dans la combine.

69, année pathétique

Florence couvait, sous l'œil nécessairement attendri d'un Vincent jamais rasé pour ne pas perdre l'influx nerveux qui lui ferait réussir l'internat. Armand venait parfois partager des pâtes dans la soupente du barbu, mais se sentait à mille lieues du joli couple qui traçait désormais son avenir avec sérieux en touillant la sauce carbonara. Leurs parents avaient mal digéré l'annonce de la grossesse, gardé sur l'estomac l'installation commune sous les toits et privé leurs enfants de moyens comme ils les auraient privés de dessert dix ans plus tôt. Vincent comptait néanmoins sur sa réussite au concours pour attendrir son chirurgien de père. Il en allait maintenant du confort de leur enfant. S'il n'y avait eu qu'eux en jeu, expliquait-il faussement à Armand, les choses n'auraient pas la même urgence. Bien sûr qu'ils auraient continué à faire la fête et à bousculer les parents, mais, maintenant qu'il allait être chargé de famille, il fallait bien qu'il se range, qu'il se calme. Il ne pouvait pas laisser Florence prendre éternellement en sténo les listes de courses, rendez-vous adultérins et autres rapports d'un patron en Tergal. Les stages à l'hôpital ne suffisaient plus, c'était à lui maintenant de devenir patron, de négliger les patients et d'humilier les infirmières. Il plaisantait évidemment, il ne serait jamais comme ça, lui, c'était fini le temps des mandarins. Il n'avait pas fait 68 pour se conduire comme son père. Armand écoutait couler le robinet d'eau tiède tout en refusant obstinément de couper son scotch avec ce flot de justifications hypocrites, d'assurances convenues et de perspectives attendues. Il redescendait les cinq étages, plus décomposé que la tourbe de son whisky. Florence les avait laissés après le dîner pour aller étendre son corps distendu. Vincent et lui avaient fumé et bu un moment tous les deux pour avoir le sentiment de partager encore quelque chose, mais Armand savait que, à peine la porte fermée, Vincent retournerait à ses polys pendant que lui irait s'en jeter un dernier vers Montorgueil. L'un serait médecin, l'autre était malade.

Il revint vers René, un peu délaissé tant qu'il avait cru pouvoir changer l'ordre des choses. René, c'était la raison, la résignation et la discrétion. Le type qui se savait interdit de bonheur et qui, lui justement, n'en faisait pas une maladie. Il avait essayé de convaincre Paul de la vanité des barricades. Arrête, Polar, de courir après des chimères, le monde ne changera pas, tu ne vois pas qu'on vous laisse vous amuser avant d'envoyer les chars, dès que ça deviendra dangereux, on sifflera la fin de la partie, tu y auras gagné quoi, toi ? Tu as passé l'âge de ces mascarades, l'Algérie ne t'a donc pas suffi, tu sais ce que c'est pourtant d'être lâché en rase campagne, trahi sur l'autel de la politique, tu es ridicule avec tes cheveux longs, tes chemises à fleurs et ces gamines écervelées pendues à tes basques, tu leur vends quoi pour les amener dans ton lit, que tu es la réincarnation du Che ou celle de Gandhi ? Ah non, pardon, j'oubliais, c'est plus fort, tu es Coutainville le brave, l'aristo, le descendant viking ! Ils n'ont pas voulu de toi, les Coutainville, Paul, rappelle-toi, tu es grotesque, ressaisis-toi, on dirait que tu cours vers tes trente ans à reculons, t'es plus un gamin quand même, merde ! Tu te dis quoi le matin au réveil en te regardant dans la glace, avec une greluche dans ton pieu dont tu ne connais même pas le prénom ? C'est indigne de toi, tu n'as pas été élevé comme ça, ça va durer combien de temps, tes conneries ? Paul ne répondait même pas et tirait sur sa clope en regardant la foule traverser Saint-Germain. Il se laissait secouer, bousculer, sermonner, et ça glissait sur lui comme sur les toutes nouvelles toiles cirées. Après 68, René se fit plus incisif encore. Et pendant que tu ne fais rien, que tu es là à traîner d'un troquet à l'autre, que tu ramènes tes putes chaque soir, ta mère s'inquiète, ton beau-père s'énerve, il ne va pas tarder à te couper les vivres et il aurait raison, quand est-ce que tu vas te mettre à bosser ? Le père Delaunay, tu peux en dire ce que tu veux, c'est quand même un brave mec, moi, il y a longtemps que je t'aurais mis le marché en main, tu te mets au boulot ou je te fous à la rue, que tu voies un peu ce que c'est, la réalité, parce que ce n'est pas ce que tu aperçois, planqué derrière la fumée de ton shit, rien à voir non plus avec ce que tu entends quand tu comates le dimanche au lit. Transfusé au whisky, les bruits de la vie t'arrivent filtrés, mon vieux ! Les voix que tu entends, elles sortent tout droit de ton imagination, je te le dis, et c'est pas elles qui vont te ramener sur le plancher des vaches, tu planes, Polar, mais il va bien falloir atterrir, t'es pas Neil Armstrong… Après son divorce et jusqu'en 68, Paul avait espacé les cafés avec ce directeur de conscience en velours côtelé, Armand préférant l'ébriété indulgente de Vincent en pattes d'ef. Mais depuis que celui-ci jouait les petits-bourgeois avec Florence, que ses compagnons de nuit se levaient de plus en plus tôt, troquant le *Cuba libre* contre le café noir et le premier métro contre celui de huit heures, qu'il était seul à croire encore pouvoir repousser l'avenir, il était revenu écouter René avec plus de patience. Et certains arguments commençaient à faire mouche. L'alcool ne parvenait plus à iriser la réalité ; au contraire, elle était au petit matin aussi grise que lui. Il dormait quelques heures à côté d'une blonde qui ne lui rappelait rien d'autre au réveil que la mise en garde de son ami. Il la jetait dehors, avec la hargne de la gueule de bois. Au déjeuner, attendri par la distillation de la douche, un sang plus pur courant pour quelques heures dans ses veines, il n'était pas loin de pleurer à l'évocation de l'inquiétude de sa mère et de prendre quelques décisions pour satisfaire son beau-père. C'est lors de l'un de ces déjeuners qu'il accepta de se faire pistonner par l'oncle de René pour entrer au ministère. Double capitulation face au système : il rejoignait la fonction publique sur recommandation. C'était le début de sa carrière, mais pas encore la fin de sa rébellion. Paul supportait de servir l'Etat à condition qu'Armand continue de boire. L'un hantait les couloirs du ministère, l'autre les vestiaires de boîte de nuit. C'était quand même un premier pas et René ne désespérait pas de lui redonner peu à peu la raideur de l'attaché-case. Pour cela, il savait qu'il faudrait bien finir par aborder la déchirure qu'Armand rinçait tous les soirs avec un litre de scotch, la plaie que Paul lui interdisait de recoudre. Il n'osait pas, et c'est finalement la grand-mère, privée de sa petite-fille, qui tenta l'opération. Ils n'imaginaient ni l'un ni l'autre combien ce serait encore long d'obtenir la cicatrisation.

Novembre 69

C'était un mardi pluvieux de Toussaint, la cuisine ne cherchait même pas le peu de lumière qui aurait pu venir de l'extérieur, retranchée derrière la buée des vitres. Paul était là pour ce déjeuner hebdomadaire qu'il n'aurait sauté pour aucune barricade, aucune fille d'un soir. Sa mère le réconciliait avec sa laideur, avec son malheur, sans le dire mais sans le cacher non plus. Elle le consolait juste par sa présence, l'embellissait de ses caresses, le protégeait de ses baisers, comme lorsqu'il était enfant. Elle apaisait l'adulte par ses gestes ordinaires, par sa conversation anodine. Sauf ce jour-là où, à la demande de René, elle perfora l'ouate qui les enveloppait tous les deux.

— Depuis combien de temps ne m'as-tu pas donné de réelles nouvelles d'Anne, mon Paul-Armand ?

— Qu'est-ce que ça veut dire, maman, de « réelles nouvelles » ? Je te donne des nouvelles, c'est tout.

— Non, Paul. Tu crois que je suis dupe des « elle va bien, elle grandit, elle t'embrasse » que tu me sers quand je t'en demande. Je suis imbécile, mais pas complètement. Tu n'as plus de nouvelles, voilà la vérité. Mais sais-tu depuis combien de temps tu n'en as plus ?

— Je ne sais pas, maman, je ne compte plus.

— Je le sais, moi, tu n'as plus de nouvelles depuis près de trente-quatre mois.

— Comment peux-tu dire ça ? Qu'en sais-tu d'abord ?

— Je le sais parce que, depuis trente-quatre mois, tu es incapable de me donner un détail de la vie de ma petite-fille. Elle a dû perdre sa première dent, sais-tu quand ? Faire sa rentrée à la grande école, sais-tu où ? Commencer la danse, sais-tu si elle aime ? Est-ce qu'elle a gardé ses cheveux bouclés comme les miens ? Combien de fois es-tu descendu à Toulouse depuis ton divorce ?

— C'est quoi, cette inquisition, maman, tout d'un coup ? Je te vois toutes les semaines, pourquoi aujourd'hui reviens-tu sur cette histoire ?

— Tu peux me dire combien de fois tu es descendu ?

— Je ne sais pas, je ne sais plus, une petite dizaine de fois sans doute. Mais ça ne te regarde pas.

— Deux fois, Paul, tu es descendu deux fois. Tu as divorcé en septembre 66, tu es descendu une fois pour la Toussaint 66 puis pour Noël. Et après ?

— Après, j'ai écrit.

— Tu as écrit ?

— J'ai écrit tous les quinze jours, chaque fois que j'aurais dû la voir.

— Et ces lettres, elles sont devenues quoi ? Où sont les réponses ?

— Pas de réponse.

— Que veux-tu dire ? Jamais de réponse ?

— Jamais.

— Tu es en train de me dire que tu as envoyé soixante-huit lettres à ta fille et que tu n'as jamais reçu de réponse.

— J'ai envoyé soixante-huit lettres – je n'ai jamais fait le compte, mais si tu le dis – à Anne qui sont restées sans réponse.

— Et tu ne m'en as jamais parlé ?

— Pour quoi faire ?

— Comment ça pour quoi faire ? Mais pour réagir, pour alerter, pour aller voir le juge, pour appeler ta garce de femme.

— C'est justement pour cela que je ne t'en ai jamais parlé, ni à toi ni à personne, pour éviter le drame, le conflit, l'hystérie, la guerre de nouveau…

— Mais tu ne peux pas te laisser faire comme ça, Paul. Cette femme est une teigne, il faut que le juge le sache.

— La juge est au courant…

— Et elle ne fait rien ?

— C'est moi qui ai déconné, maman, c'est moi qui suis une merde, indigne d'être le père de cette petite.

— Paul-Armand, je t'interdis de parler comme ça ! C'est trop facile de jouer les victimes en multipliant les grossièretés. Arrête le graves et dis-moi ce qu'il en est vraiment.

— La première fois que je suis allé à Toulouse, à la Toussaint, ça ne s'est pas trop mal passé. J'avais pris un hôtel près de la gare, je suis resté quatre, cinq jours. Je sonnais chez France, Saint-André ne se montrait pas, elle me faisait entrer sur le seuil, jamais au-delà, elle appelait Anne qui descendait, gaie, souriante, se jetait dans mes bras, on sortait tous les deux, on allait manger une glace, faire un tour de manège, jouer au square. Une gamine de cinq ans, c'est facile, il n'y a rien à dire, rien à expliquer. Elle n'avait aucune idée de ce qu'elle avait été pour moi, aucun souvenir de m'avoir rendu la parole, et elle ne comprenait pas très bien cette histoire bizarre que je n'étais peut-être pas son père. Rien de tout ça n'avait d'importance. J'étais parti, Saint-André rôdait pour prendre la place, tout n'était sans doute pas très clair pour elle, mais elle était trop petite pour verbaliser quoi que ce soit. Et puis, même si elle m'avait réclamé le soir en se couchant, jamais France ne me l'aurait dit. Quand je suis reparti, j'ai annoncé que je reviendrais quelques jours entre Noël et le jour de l'an. Je ne pouvais pas descendre deux fois par mois, c'est le bout du monde, Toulouse, une nuit de train, ce n'est pas innocent d'ailleurs qu'elle se soit installée là-bas. Elle a dû chercher l'endroit le plus injoignable de Paris, je la connais, France, elle est habile, perverse même, elle fait les choses l'air de rien, de manière à ce que ce ne soit jamais sa faute mais celle des circonstances.

— Bon, soit, mais jusque-là tout se passait bien…

— C'est à Noël que j'ai tout foutu en l'air. Je suis venu prendre Anne comme la dernière fois pour l'emmener se balader et France m'a ouvert avec Saint-André. Ils m'ont fait entrer dans le salon, j'aurais dû me douter de quelque chose, ils étaient trop aimables pour être honnêtes. Anne est arrivée, plus hésitante, elle m'a tendu la joue, mais n'avait plus rien de la spontanéité de la Toussaint. On est sortis, elle se taisait, on est allés sur la place du Capitole, on a pris une glace. Elle était sérieuse comme un pape, droite sur sa chaise trop basse, la coupe à hauteur de son nez, une vanille-fraise dans laquelle était plantée une ombrelle jaune en papier. C'était moche mais bon. Elle avait du mal à y mettre sa cuillère, s'en est foutu plein la robe. Je souriais, frottais les taches, plutôt heureux, mais avec le sentiment désagréable que je n'allais pas tarder à prendre un poing dans la gueule sans comprendre d'où viendrait le coup… Une sorte de sixième sens, aiguisé par un reste de vodka bue la veille pour dormir dans le train. Et puis elle s'est mise à parler avec son air grave, elle m'a dit que sa maman s'était remariée avec Ghislain avant Noël, que c'était son nouveau papa, un papa pour de vrai, qu'il fallait qu'elle l'appelle comme ça et que moi, elle ne me verrait pas beaucoup, que j'étais loin, que c'était compliqué de venir, alors que Ghislain, il serait toujours là, il l'embrasserait le soir avant de se coucher au moment où elle avait peur de mourir en s'endormant, il l'accompagnerait à l'école le matin, expliquerait à la maîtresse quand elle aurait un rhume et qu'elle ne pourrait pas aller à la piscine, parce qu'elle détestait la piscine et qu'elle ne voulait pas apprendre à nager, ça lui donnait mal au ventre, que c'était pour ça que sa maman se remariait, pour qu'elle ait un papa à la maison, comme les autres, un vrai papa qui s'occuperait d'elle, et elle l'aimait bien, Ghislain, elle le connaissait depuis longtemps, ça ne la dérangeait pas, la seule chose qui la dérangeait un peu, c'était moi, est-ce que ça n'allait pas me faire un peu de peine, parce qu'elle m'aimait bien quand même, elle ne voulait pas me faire de la peine. Voilà ce qu'elle m'a dit, exactement ou presque ; ces mots qu'elle a prononcés, je les entends toutes les nuits, alors je bois du whisky jusqu'à ce qu'ils finissent par devenir un murmure inaudible. Le garçon est repassé avec son plateau vide et je lui ai demandé un gin tonic, il faisait chaud et j'avais envie de pleurer. Elle l'a senti, Anne, elle m'a dit : j'avais raison, hein, ça te fait de la peine que je change de papa ? J'ai d'abord dit ce qu'il fallait, j'ai répondu que non, que c'était très bien comme ça si c'était la décision de sa mère, que j'en parlerais avec elle, tout à l'heure, quand je la ramènerais. Elle a souri, franchement, comme elle ne l'avait pas fait depuis mon arrivée et là, en le disant, j'ai pensé que je ne la ramènerais pas. Pour en avoir le courage, il a fallu que je reprenne un gin tonic, puis un autre, puis quelques-uns. L'après-midi s'est écoulé sur la place, Anne s'ennuyait un peu, mais, quand c'était trop, elle allait sauter à la corde avec une petite qui était là, avec ses parents. Un bonheur simple. Un après-midi méridional où décembre a la douceur d'un mois d'avril et où les brasseries profitent des vacances pour sortir les terrasses. Moi, je la regardais faire, déjà un peu hagard, le sang mêlé au gin. Mais la nuit tombe tôt en décembre, même quand Noël ressemble au printemps, vers cinq heures, il fallut bouger. Un cinéma redonnait *Le Livre de la jungle* pour les fêtes, on est entrés. Le gin aidant, j'ai pleuré sur Mowgli, ri avec l'ours, tremblé devant Kaa. En sortant, avec Anne, on se tapait sur les cuisses en chantant : « Il en faut peu pour être heureux, vraiment très peu pour être heureux... » Anne riait aux éclats en m'appelant Baloo, en se pendant à mon cou, et moi, j'étais le roi du monde, le père. Il était sept heures, je l'ai emmenée à la crêperie, elle était enchantée. Avec son air raisonnable, elle m'a bien fait remarquer qu'on devrait peut-être prévenir sa mère, mais je lui ai dit de ne pas s'inquiéter, que je l'avais fait. Dans la crêperie, j'ai hésité à demander où était le téléphone, et puis on a commandé, j'ai pris de quoi boire et l'ai regardée se refoutre du chocolat partout. La robe décidément serait à jeter. En sortant, elle s'est un peu plainte du froid, c'était quand même décembre et elle n'était pas couverte, alors je lui ai enfilé mon pull, l'ai prise dans mes bras et l'ai emmenée sur les bords de la Garonne, on s'est assis sur un banc, je lui ai raconté, inspiré par ce que j'avais bu dans l'après-midi, que si on attendait sans bruit, sans bouger, on verrait les silures sortir leurs moustaches du fleuve. Elle n'a plus parlé, plus bougé, elle attendait, scrutait. Mais le sommeil l'a emporté sur le rêve, elle s'est endormie dans mes bras, au chaud. Je grillais cigarette sur cigarette, cuvais le trop-plein de boisson, les yeux fixés sur les étoiles, les bras chargés de la mienne. Je ne sais pas combien de temps on est restés là tous les deux, je sais juste que c'est Saint-André qui nous a trouvés, qu'il m'a arraché Anne des bras en me traitant de tous les noms, il nous cherchait depuis des heures, avait fait tout le tour de Toulouse, j'étais un malade, un irresponsable, un dingue. On avait bien raison de ne pas me faire confiance, j'étais incapable d'être père. Je l'avais montré en rentrant d'Alger, on aurait dû s'en souvenir. On est revenus vers la maison, France a attrapé sa fille pour la coucher en me menaçant d'aller chez les flics si je l'approchais encore. Le lendemain, je n'ai pas sonné chez eux, je n'ai pas revu Anne, je n'avais pas le courage, j'avais mal au crâne. Je suis rentré à Paris et j'ai reçu une copie de la lettre qu'elle avait envoyée à la juge en racontant que j'étais un père dénaturé, indigne et immature. Voilà la vérité.

Une vérité qui, sur le coup, avait laissé sa mère sans voix, incapable de condamner la décision de son ex-belle-fille comme de justifier l'inconséquence de son fils. Et pourtant, sourdement, instinctivement, comme toujours, elle sentait déjà enfler la plaidoirie de la défense. Le prétexte avait été trop beau, on s'était saisi là-bas de cette aventure sans gravité, au contraire pleine d'extravagance et de poésie – une vraie richesse pour la petite –, afin d'évacuer le père, on avait voulu se débarrasser du fâcheux pour vivre sa lune de miel sans témoins, parce que ce mariage, c'était quand même un peu rapide, non ? Un juge un peu scrupuleux aurait sans doute flairé l'adultère, la mère ne serait pas apparue si pure, le discours sur le retour d'Algérie de Paul qui avait tellement changé, il aurait pris du plomb dans l'aile, est-ce que ce n'était pas elle plutôt qui n'était plus la même parce qu'elle avait déjà mis l'autre dans son lit ? Si on ajoute à cela la rétention de soixante-huit lettres, son compte était bon, on la tenait, elle devrait ouvrir de nouveau sa porte et laisser Paul revoir sa fille. Le temps qu'elle mette la défense en ordre, celui-ci avait déjà filé, honteux de sa faiblesse, celle d'avoir renoncé à sa fille, celle de l'avoir raconté. Elle téléphona à René ; il avait avec ça tous les éléments pour dénouer la situation et tirer Paul au plus vite de ce mauvais pas.

Mai 70

L'espoir de sa mère fut sans lendemain. La confession de Paul raviva plutôt la douleur qu'elle ne la soulagea. La bouteille de scotch du soir devenait insuffisante pour effacer les mots d'Anne et sa propre connerie. Même de jour, il devenait difficile de le trouver sobre. René tenta bien plusieurs fois d'obtenir le même récit pour pouvoir ensuite attaquer France, entre autres sur les lettres jamais arrivées à leur destinataire. En en discutant avec quelques amis avocats, il semblait bien qu'il y ait là une carte à jouer pour permettre à Paul de revoir sa fille. Mais celui-ci ne racontait rien à René et montrait même les dents à chaque allusion au sujet, jusqu'au jour un peu plus clair qu'un autre où, las de résister, il se décida à passer à des aveux. Sans jamais regarder René dans les yeux, il revint sur cette dernière journée toulousaine. Elle ne datait plus de Noël

66 mais de janvier 69, il n'était plus sans nouvelles de sa fille depuis trente-quatre mois mais depuis dix-sept, elle n'avait plus cinq mais huit ans, alors même que le temps n'avait cessé de courir depuis le déjeuner avec sa mère. Il était passé prendre Anne chez sa mère alors qu'il faisait un froid de gueux, par une de ces journées d'hiver où la tramontane siffle dans les briques. Ils s'étaient réfugiés directement au cinéma, dès le début d'après-midi, pour se réchauffer. En sortant, ils mimaient Baloo et Mowgli, « il en faut peu pour être heureux, vraiment très peu… ». Mais de quoi tu me parles, Polar ? Tu ne connais pas *Le Livre de la jungle*, René ? « Il en faut peu pour être heureux, vraiment très peu pour être heureux… » Paul dansait dans les allées des Tuileries, où René l'avait emmené se promener pour faire d'une pierre deux coups, susciter la confession et pister les jolis minois. Il le regrettait maintenant, car ni les traits de son ami ni ses éclats de voix et ses pas de danse qui puaient l'alcool à cent lieues n'attireraient à eux les garçons fins aux yeux d'amande. Bon, tu es allé au cinéma, et après ? Après ? Après, on est allés manger une crêpe, la mienne était Suzette bien sûr. T'es chiant, Paul, je te parle sérieusement, moi. Mais moi aussi, je te parle sérieusement, double ration de Grand Marnier même. Mais je m'en fous, moi, de ta crêpe Suzette, je voudrais savoir pourquoi ensuite tu n'as plus revu Anne. A cause du Grand Marnier précisément. Ecoute, Polar, tu es incohérent, sois plus clair. C'est quand elle m'a raconté que sa mère s'était remariée avec son joueur

de polo, qu'elle devait l'appeler papa et qu'elle craignait que ça ne me fasse un peu de peine que j'ai demandé double ration de Grand Marnier. Et puis, un armagnac, c'était le pays, et puis deux, et puis je ne sais plus combien. Après, je l'ai emmenée voir les silures qui sortent le nez de la Garonne vers six heures quand le brouillard tombe. Elle avait un peu froid, mais je l'ai enroulée dans mon manteau, j'étais réchauffé par l'armagnac, moi. On n'a pas vu de silures, bien sûr – quoique, dans l'état où j'étais, j'aurais pu voir le monstre du Loch Ness –, mais, quand on est rentrés, j'ai vu une harpie, je peux te dire. France était hystérique, elle m'a agoni d'injures, que j'étais en retard, qu'elle était morte d'inquiétude, que je puais l'alcool, que j'étais un malade, un irresponsable, un dingue, elle a menacé d'appeler les flics et envoyé une lettre au juge comme quoi j'étais un père dénaturé… Indigne et immature, je sais. Comment tu sais ? Je sais, c'est tout. Après tout, je m'en fous. A partir de là, je me suis barré, je ne suis plus revenu, j'ai abandonné Anne, je suis un salaud. Tu ne t'es plus manifesté ? Plus jamais, j'ai voulu oublier, j'ai picolé. C'est tout ? Ben oui, c'est tout, qu'est-ce que tu veux que j'ajoute ? Je te dis que je ne les ai jamais revues. Tu ne leur as même jamais écrit ? Ecrit ? Non, je n'y ai jamais pensé.

René était défait : non seulement France avait épousé Saint-André près de trois ans après son divorce, délai de décence largement acceptable, mais en plus Paul n'avait écrit aucune des soixante-huit lettres jamais arrivées ! Heureusement qu'il ne s'était pas ridiculisé à lancer un avocat contre France ! Il ne voyait pas pour l'instant comment sortir son pote de l'impasse dans laquelle il s'était fourvoyé tout seul. Sauf si la version livrée à sa mère était la bonne, mais va savoir, son Polar, il avait toujours eu tendance à broder un peu…

Juin 70-décembre 73

Paul continua de ronronner comme un chat de ministère, se lovant le jour à la chaleur du radiateur, courant la nuit les gouttières parisiennes. Il déjeunait le mardi avec sa mère sans que celle-ci n'ose de nouveau le brusquer et voyait René chaque semaine en toute tranquillité. A force de cuites et de baratins, il avait brouillé les pistes et semé le doute chez les plus proches sur leur volonté même de l'aider. De temps à autre, il allait encore dîner chez Vincent. Moins souvent et moins longtemps. La petite était née et il n'était plus question d'enfumer leur soupente parisienne, Florence se posait en vigie devant le berceau et sonnait l'alerte dès qu'ils commençaient à chavirer. Vincent descendait alors avec Armand et marchait un moment avec lui, jusqu'à la première, puis la deuxième station de métro. Parfois, il longeait la ligne jusqu'au plus près de chez Armand. Ils revenaient alors sur leurs pas comme des adolescents qui se raccompagnent mutuellement tant qu'ils ne se sont pas tout dit. Vincent avait réussi l'internat, il ne partageait plus ses nuits entre Florence et l'écorché, caressant l'une et bûchant l'autre. Désormais, il attendait le biberon de l'aube et, pourvu qu'il soit revenu aux premiers piaillements de Ségolène, il pouvait bien traverser la nuit et Paris en refaisant le monde comme autrefois avec Armand. Pour lui, tout rentrait dans l'ordre. Avec l'internat, il avait retrouvé l'estime de son père, envisageait de se marier et installerait son cabinet à Versailles. A l'aller, en cheminant vers les Fossés-Saint-Jacques, il marchait droit vers son avenir, inscrivant ses pas dans ceux de la lignée de professeurs de médecine qui l'avait engendré. Au retour, après plusieurs haltes dans les bars à vins du VIe, titubant un peu, il se remettait à croire aux hasards de la vie et à ses coquetteries, espérant un peu que la ligne toute tracée connaîtrait quelques ruptures. Il n'était pas enfant de 68 pour rien et rêvait de détours, d'aventures et de contrées lointaines. Alors que le jour commençait à montrer son nez, il tentait de convaincre Armand de tout plaquer pour l'accompagner vacciner les enfants dans les cases. Mais Armand n'avait rien à plaquer, les méandres d'une vie plus sournoise s'en étaient chargés pour lui. Il n'aurait jamais l'internat, ni l'estime de son père, ni une lignée tutélaire ; lui n'aurait à suivre les brisées de personne. Le soleil se levait sur leurs différences dans un Paris impassible et ses rayons presque horizontaux accentuaient les traits chanceux de l'un et la gueule cassée de l'autre. Le premier filait donner le biberon à sa descendance, le second rentrait oublier la sienne dans un sommeil lourd.

En septembre, les Guichard acceptèrent de se marier, considérant que la naissance de Ségolène qui avait précédé cette concession faite à leurs parents les dédouanait de tout conformisme. Par ailleurs, il faut bien le dire, Vincent prenait pignon sur rue à Versailles et sa clientèle n'aurait pas compris que la poussette qui sortait de son cabinet ne soit pas celle de Mme Guichard. Il demanda à Armand d'être son témoin et ils passèrent ensemble sa dernière nuit de célibataire. Il n'était pas question d'enterrement de vie de garçon, amplement et depuis longtemps enterrée, mais simplement d'une sorte d'adieu à leurs vingt ans. Pour ne rien regretter, ils firent le tour des lieux qu'ils avaient hantés. On écoutait toujours les Pink Floyd en pantalon blanc, on imitait encore les derviches tourneurs en se passant un joint, les bras ouverts en croix et les yeux révulsés d'extase, on roucoulait sans cesse avec des tourterelles aux seins nus, mais eux n'y croyaient plus, la magie n'opérait plus. De whisky en vodka cependant, ils retrouvaient un peu de la légèreté qui leur manquait, de l'insouciance qu'ils avaient perdue, heureux de noyer femme et enfant dans l'ivre oubli, l'un redoutant d'en prendre pour vingt ans, l'autre de ne jamais les revoir. En sortant guetter à l'air libre les premières lueurs d'un matin de mariage, ils se lancèrent le défi. Qui des deux en eut l'idée, allez savoir, mais ils décidèrent d'aller une dernière fois poser leur cul sur les planches de Deauville pour regarder le lever de ce jour emphatique. Il faisait doux et, pour éviter de rester endormis, ou morts, dans un fossé, ils firent la route décapotés, beuglant des notes électriques à la nuit finissante, épuisant au goulot la bouteille de bourbon. Ils arrivèrent sur les planches avec l'aube et se couchèrent sur le sable en regardant les étoiles s'éteindre. L'alcool, l'heure et les circonstances étaient propices à la nostalgie, aux confessions grandiloquentes et aux indiscrétions machinales. Vincent osa alors la question qui le taraudait aussi. Et Anne ? Anne, mon pauvre Vincent, mon ami, Anne, je l'ai perdue. Et pourtant, Anne, c'était mon air, c'était ma vie. Au retour d'Algérie, elle m'avait rendu la parole, redonné une existence, je n'étais plus le troufion qui pisse dans son froc au clair de lune glacé, qui tire dans le tas d'innocents, j'étais redevenu un homme qui porte la confiance dans ses bras. Tu sais ce que c'est, toi aussi, maintenant, de sentir le poids d'un enfant que tu tiens contre toi. Tu le lâches et il meurt, tu le tiens, il vit. C'était unique après en avoir tellement lâché, des vies, là-bas. Alors déjà, j'ai cru y passer moi aussi quand elle m'a dit, cette salope, cette vraie salope…, quand elle m'a dit que je n'étais sans doute pas le père. Mets-toi à ma place, tu te vois apprenant que Ségolène n'est pas ta fille ? Première mort. Ensuite, quand je suis retourné la voir, dans cette ville étouffante, après le divorce, nouvelle gifle que m'avait flanquée cette garce de France, elle me balance avec sa petite tête de brunette sérieuse et sa voix d'ange que sa salope de mère s'est remariée, avec cette crevure de Saint-André, qu'elle doit l'appeler papa et que moi, je ne vais pas tarder à disparaître. Deuxième mort. Deux coups à bout portant. Exécution sommaire. Mais ce qu'ils avaient oublié, c'est que moi, j'en ai vu des mecs se traîner par terre, les entrailles à vif, en refusant de mourir. J'ai juste fait pareil, me suis mis les entrailles à vif à coups de Grand Marnier et me suis traîné à ses pieds en lui jouant Baloo. Mon Anne, elle était ravie, elle ne voulait plus rentrer, encore, encore, elle disait, elle serait partie au bout de la jungle avec moi, se pendre aux lianes de la fantaisie plutôt que de rentrer retrouver l'ennuyeux. Parce que c'est un ennuyeux, l'autre, avec sa gueule de Joe Dassin et son poitrail bronzé. Mais j'avais aussi appris que les ordres sont les ordres, moi, dans mon petit fortin encerclé, qu'il faut savoir mourir sous le feu pour sauver le régiment. Je l'ai ramenée, ma petite, un peu tard peut-être, après le couvre-feu d'accord. C'est qu'on était passés voir le coucher des silures dans la Garonne avant de rentrer, un poisson-chat, c'est rare, ça se rate pas. Bref, la salope, elle a écrit à la juge et m'a confisqué Anne. Aux arrêts, Delaunay, jusqu'à nouvel ordre. Au pain sec et à l'eau. J'ai juste changé l'eau en vin, mais je m'y suis tenu, à leur châtiment, espérant un jour sortir du cachot, revoir la lumière de ma petite fille. Et, tu vois, j'y suis toujours, dans ma prison, noir tous les soirs, triste tous les jours. Fais jamais une connerie pareille, Vincent. Plie devant les ordres d'une adjudante sadique, mais surtout ne cède pas. Si on te fout dehors par la porte, reviens par la fenêtre. Ta gamine, c'est ta gamine. C'est comme ton arme, tu dors avec, tu bouffes avec, tu pisses avec. Si on te l'enlève, t'es nu comme un ver, t'as plus de résistance et tu picoles pour avoir moins peur la nuit. Deux, trois matins, j'ai bien essayé d'appeler là-bas, j'ai entendu sa voix qui grandissait, mais je raccrochais quand elle allait me passer la salope. La trouille, Vincent, la trouille, comme la nuit dans le Djebel. Je te le dis, Vincent, mon frère – t'es mon frère, hein ? –, ne la laisse pas, la petite, sois bien à l'heure, toujours, quand on te dit neuf heures, c'est neuf heures, comme à l'armée. C'est ça, le mariage. C'est peut-être pas drôle, mais vaut mieux ça que le cachot, tu peux me croire.

Alors, ils avaient repris la voiture, pour être à l'heure, enfiler la jaquette et entrer dans l'église. Sur le trajet du retour, Vincent lui avait fait le serment de ne pas le laisser tomber maintenant qu'il serait marié et docteur à Versailles. Armand viendrait chez eux, et leur petite Ségolène, ce serait un peu sa nièce, ils étaient frères, non ? Ce serait pas pareil, mais ce serait déjà ça… Le divorcé avait continué à siroter ses regrets dans le secret de son cachot. Personne ne saurait vraiment comment les choses en étaient arrivées là et il faudrait encore la mort de sa mère pour qu'il retrouve sa fille.

V

1962-1966

Septembre-novembre 62

Il était rentré silencieux. Quand elle l'avait récupéré sur le quai de la gare, Anne dans les bras, il n'avait montré aucune émotion, aucune joie et n'avait pas dit un mot. Il découvrait pourtant sa fille, dont il n'avait vu que des photos dans des courriers erratiques. Il l'avait regardée, passant sa main dans les boucles sombres, sans l'embrasser. Elle non plus, il ne l'avait pas embrassée. Il était revenu comme un étranger. Il s'était installé dans l'appartement qu'il ne connaissait pas, loué par son beau-père pour installer sa femme et sa fille, sans montrer de curiosité, sans marquer de désirs particuliers. Il avait repris place dans leur vie sans évoquer le moindre souvenir, sans faire le moindre récit. Elle avait invité ses beaux-parents, ses parents, pour fêter le retour du sous-off. Il avait salué tout le monde en ne semblant reconnaître personne. Sauf sa mère. Celle-ci, il l'avait embrassée, presque tendrement. Il les regardait, les écoutait converser, commenter les *événements*, les accords d'Evian et le référendum comme s'ils parlaient d'une actualité lointaine, étrangère. Il fumait, buvait, raisonnablement mais tous les jours, comme s'il avait besoin d'irriguer son corps desséché, et se taisait, de peur s'il parlait de se laisser emporter par un torrent d'effroi, de colère, de ressentiment. C'est ce que les médecins militaires avaient expliqué à France. C'était une pathologie assez fréquente au retour, qui touchait certains soldats, les plus fragiles, ça s'atténuait ensuite. Dans le cas de Paul, ils avaient du mal à déterminer s'il s'agissait d'un blocage ou d'un caprice, d'aphasie ou d'amertume, mais ils étaient certains que, en reprenant pied dans une routine rassurante, il retrouverait la parole.

Ce silence inquiétait tout le monde, et France la première, glacée par ce retour muet. Il ne lui parlait pas, ne la touchait pas, la regardait à peine, comme une épouse de cristal. Elle était surtout choquée qu'il ne montre aucune tendresse pour Anne. La petite, au contraire d'elle, il la contemplait longuement en fumant, contemplation passive, oisive, qui occupait sa journée, mais il ne l'approchait pas, ne la prenait pas dans les bras, ne s'en occupait pas. Elle n'osait pas la lui laisser, même pour aller faire une course. Elle n'était pas sûre, si l'enfant pleurait, qu'il la consolerait, la distrairait, la rassurerait. Elle non plus n'était pas rassurée, d'ailleurs, de vivre avec ce malade. Le silence imperturbable, l'indifférence affichée, le désœuvrement de son mari finissaient par lui faire peur. Prisonnière de son mutisme et de l'appartement où elle n'osait pas le laisser, persuadée qu'il pouvait y mettre le feu sur un coup de tête ou par inadvertance, elle tournait en rond, étouffait, piaffait. Le retour du soldat neurasthénique était pire que ce qu'elle avait imaginé. Elle savait que ce ne serait pas facile et que la comparaison profiterait à l'autre. Elle savait aussi qu'elle choisirait vite, que, dans le fond, elle n'attendait que son retour pour le faire, préférant, avec un reste de respect, le lui dire en face ici plutôt que de l'écrire dans une lettre engloutie par le sable. Et voilà qu'en exhibant sa faiblesse, en accentuant son traumatisme, comme une mauviette qu'il était, il la condamnait à se taire elle aussi, alors qu'elle aurait voulu lui crier sa haine, son dégoût, lui avouer son erreur, reconnaître leur méprise, annuler ce mariage sans discernement, revenir en arrière, effacer la bénédiction prématurée, oublier les promesses trompeuses. Et partir, déjouer l'illusion d'une nuit, trahir le serment d'une vie. Au lieu de cela, il l'obligeait à feindre l'épouse dévouée, l'infirmière attentive. Personne n'aurait compris qu'elle fasse subir à ce pauvre rescapé, enfermé dans le silence de sa souffrance, l'assaut de sa cruauté après celle des fellagas. Tout cela n'était-il pas délibéré d'ailleurs ? Elle ne pouvait pas croire qu'il ignorait ce qu'elle avait sur le cœur, il n'était pas imbécile, il avait bien compris qu'elle ne pouvait pas l'aimer, pas elle, pas lui. Elle était si jolie, on le lui avait toujours dit, et lui si laid.

Ils avaient été mariés par erreur, les choses s'étaient emballées, sans même qu'elle puisse arrêter la course folle des bienséances, il en était conscient aussi, forcément. Et ce silence, ce mutisme, ce n'était rien d'autre qu'une nouvelle obligation, une nouvelle chaîne qu'il lui mettait autour des chevilles pour l'empêcher de fuir, de courir retrouver Ghislain. Que la vérité éclate, merde, elle en aimait un autre qui était sans doute le père de son enfant, et c'est avec lui qu'elle voulait passer ses nuits et ses jours, pas avec ce dangereux mytho, ce manipulateur qui lui faisait froid dans le dos, rien qu'en expirant la fumée de sa gitane.

Elle finit par appeler sa belle-mère à l'aide. Il fallait qu'elle vienne la libérer en passant quelques heures auprès de son fils et de sa petite-fille. Elle avait besoin de respirer, de souffler, elle allait craquer. Marie ne se fit pas prier et France courut chaque après-midi s'enivrer du parfum de Ghislain, de la beauté de Ghislain, de la frivolité de Ghislain. Ses échappées étaient de plus en plus longues, mais ni Marie, ni Paul, ni Anne ne s'en souciaient. Ils passaient l'après-midi tous les trois à mimer une existence normale. La mère parlait à son fils sans prêter attention à son silence. Elle construisait un long monologue qui lui donnait la parole sans qu'il la prenne, inventant ses réponses, imaginant ses répliques, improvisant ses questions. Au bout de quelque temps, Paul-Armand sourit et elle sentit même qu'il guettait ce qu'elle allait lui faire dire. Le soir, elle ne confiait rien à France des espoirs de guérison qu'elle entrevoyait, des améliorations ténues de l'état de son mari. D'abord parce que rien n'était objectivement acquis, ensuite parce qu'elle n'aurait pas voulu être privée de ces après-midi intimes. Ils ne se contentaient plus de rester dans l'appartement, ils sortaient eux aussi, allaient promener Anne au Luxembourg. La petite, qui faisait ses premiers pas, réclamait le parc. Dès qu'ils étaient dans les allées, elle partait d'un pas mal assuré mais conquérant. Paul-Armand laissait poindre son inquiétude et lui prit parfois la main pour marcher avec elle. Il ne parlait pas encore, mais les mains du père et de la fillette commençaient à dialoguer. D'autres fois, il la laissait s'essayer à courir sans la perdre des yeux ; leurs regards aussi devenaient bavards. Jusqu'au jour où, la voyant trébucher, il cria son nom, se précipita vers elle, la prit dans ses bras, souffla sur le genou égratigné et but ses larmes salées, la serrant à l'étouffer. Marie pleurait aussi. A partir de cette chute, il rompit son vœu de silence, s'offrant de longues récréations avec sa mère et sa fille, de longues conversations fluides, futiles et animées, ne revenant à la clôture qu'au retour de France. Marie n'avait encore rien dit à sa belle-fille de ce drôle de miracle, mais parla à son mari.

Décembre 62-janvier 63

Delaunay sauta sur l'occasion pour contraindre Marie à rendre sa place à sa belle-fille et à renoncer à ses après-midi de garde-malade. Comme autrefois, peu partageux, il voulait la récupérer pour lui. Son étrange fils allait mieux, il pouvait bien reprendre sa vie. Et, d'ailleurs, ce n'était pas de gaieté de cœur, mais il pensait proposer à Paul et à France de leur payer le voyage de noces qu'ils n'avaient jamais fait. Puisque l'animal semblait se remettre et retrouver l'usage de la parole et de ses facultés, il fallait les envoyer tous les deux au bout du monde. On garderait Anne et ils se remettraient à baiser. Tout rentrerait alors dans l'ordre. Les choses étaient souvent plus simples qu'elles n'en avaient l'air.

Marie demanda un peu de temps, on n'allait pas les envoyer au diable vauvert pour qu'ils se regardent en chiens de faïence. C'était une bonne idée, mais prématurée. France ne savait même pas encore que Paul-Armand reparlait. Pour l'instant, elle ne partageait ce secret qu'avec la petite et lui. Elle n'était pas sûre en plus que Paul soit prêt à partir en amoureux, et même à parler à sa femme. Bref, elle inventa mille arguments pour gagner quelques jours, voire quelques semaines, avant de le laisser échapper de nouveau. Mais l'avertissement était donné et le compte à rebours lancé. Il fallut deux mois pour convaincre les mariés de fêter trop tard un mariage qui battait déjà de l'aile. C'est France qui montra l'opposition la plus ferme. Soit, Paul commençait à lui adresser la parole, mais de là à s'exiler à deux ! Si c'était pour regarder la mer aux côtés d'une carpe et passer ses soirées à écouter le clapotis, merci. C'était vraiment une idée saugrenue. Elle résista obstinément plusieurs semaines jusqu'au jour où, sans raison, elle céda et montra même un certain enthousiasme pour le projet, confortant la conviction de Delaunay que souvent femme varie. Paul se laissa plus vite séduire. Une fois qu'il se fut mis à parler avec sa mère et sa fille, il ne put tenir longtemps le silence avec sa femme. Peu à peu, il sentait remonter en lui le frisson amoureux de leur rencontre, la surprise de lui avoir plu, puis la fierté de l'avoir ferrée, même si, aujourd'hui, il lui gardait quand même un chien de sa chienne. C'était à cause d'elle qu'il avait passé des nuits à crever de froid, de peur, dans le camp enneigé, sursautant à chaque frémissement de vent, à chaque bruissement de feuille, à chaque cri d'animal, se sentant lui-même traqué. Elle avait fait de lui une cible et il sentait confusément que ce n'était pas fini. Le plus grand danger venait d'elle, l'arme était chargée et elle n'attendait sans doute qu'une chose pour tirer : qu'il ait la force de l'affronter face à face, d'homme à homme. Se taire avait retardé le duel, mais la rémission marquait l'aube du jour fatal et Delaunay leur présentait les armes. Il ne pouvait plus reculer.

A leur arrivée à Fort-de-France, une chaleur, plus humide qu'à Alger mais aussi étouffante à la descente de l'avion qu'à la sortie du bateau, agressa Paul qui fut pris de nausées. Le poids des valises était moindre que celui du barda, mais les odeurs de transpiration, l'agitation des porteurs, les cris des retrouvailles entre Antillais et métropolitains lui donnaient le vertige autant que le port d'Alger. Ils furent conduits jusqu'à l'hôtel les pieds dans l'eau réservé par Delaunay et, à la sortie de leur bungalow, ils tombèrent par hasard sur un couple parisien connu de France, les Saint-André.

Martinique 63

Paul lui-même souffla de transformer l'amoureux tête-à-tête en amical quartette. L'air lourd des tropiques lui parut plus respirable. Le soir même, ils dînaient ensemble et décidaient de ne plus se quitter du séjour, multipliant les excursions, les balades, les visites, s'enivrant de paysages nouveaux et d'expériences originales pour éviter de creuser l'habitude, tester les liens et sonder les couples. Ils se noyaient dans la feinte insouciance de leurs vingt ans et l'excitation des antipodes, étouffant l'intuition que la découverte de l'île retardait celle de leur malheur.

Paul regardait de loin les trois autres profiter longuement de la plage, le simple contact du sable le révulsant. Sentir cette poussière blonde couler entre ses doigts, pénétrer dans ses vêtements, venir lui piquer les yeux le ramenait au fortin, à l'attente angoissante de l'ennemi sournois, aux corps ensanglantés.

Il ne put y poser son cul une fois. Au contraire des Saint-André qui entraînaient France sous les parasols. Il voyait le paon de mari se pavaner entre les deux femmes, redresser son torse hâlé et défier le soleil, courir jusqu'à l'eau et plonger en s'admirant, ressortir avec un sourire fat, taquiner l'une puis l'autre, mais surtout l'une. Sur sa chaise longue, sous un palmier, Paul percevait déjà les symptômes connus de l'abandon, de l'exclusion, et pressentait un peu plus chaque jour qu'il ne tirerait aucun bénéfice de cette convalescence imposée. Au fur et à mesure, il voyait Astrid de Saint-André elle aussi s'assombrir, s'isoler sous son parasol quand les deux autres nageaient de plus en plus loin, prenant le large. Les dîners partagés consacraient la complicité du couple diagonal, Astrid rejoignant Paul dans son mutisme contemplatif. Les mots redevenaient rares et les cauchemars fréquents. Ils prolongeaient le jour et écourtaient les nuits, chaque couple craignant de retrouver la frigidité d'une couche légitime. Il y eut bien quelques éclats de voix chez Astrid, encore assez innocente pour être méfiante alors que le mal était fait, pour être jalouse alors que l'adultère était triomphant. Paul était résigné à être le dindon de la farce, le cocu de service, c'était son rôle, il avait le physique. Il n'aurait jamais dû croire René. France ne l'aimait pas et ne l'avait jamais aimé. Elle l'avait épousé par hasard, avait compris son erreur tout de suite, l'avait envoyé au feu avec le secret espoir que, par une sorte de malédiction familiale, d'hérédité tragique, il y resterait. Elle aurait joué les veuves quelques mois avant de reprendre le cours d'une vie dont il n'aurait été qu'une digression accidentelle. Dansant le jerk et visitant la Madrague avant de ramasser chez Sénéquier un joli mari à fossettes et fortune. Au lieu de ça, il avait eu le mauvais goût de survivre, de revenir, de ramener sa gueule en biais et de reprendre sa place sans un mot. C'était un peu de sa faute, dans le fond, il aurait dû s'éclipser, s'effacer, montrer un peu d'élégance, d'éducation. Mais pouvait-on demander de l'éducation à un type qui n'en avait pas reçu ? Il n'avait pas su mourir par manque de courage, disparaître par esprit de chevalerie. La pauvre captive, elle, partait quelques jours au soleil, l'air des Antilles venait dénouer ses cheveux serrés, un vent chaud lui soufflait au creux de l'oreille un air de liberté, l'eau claire la berçait de promesses sensuelles, il lui tombait sous la main un Ghislain, beau, blond et con, l'affaire était faite, pas la peine de lutter. C'est évidemment avec lui au retour qu'elle s'évaderait pour visiter Saint-Tropez.

Il la laisserait. Il la laisserait descendre l'autoroute du soleil dans la décapotable de Saint-André, s'initier au rock avec lui dans les caves de Saint-Germain, se rouler des galoches en bas de chez eux, inventer des escapades à Honfleur, tromper Astrid. Lui, il garderait Anne, il lui raconterait l'histoire du vilain petit canard, lui chanterait le petit soldat de bois, lui dessinerait des châteaux, avec des princesses prisonnières libérées par des princes stupides. Il s'endormirait à côté d'elle pour la protéger des dragons algériens et des lutins des îles. Et, qui sait, s'il ne la tuait pas, France reviendrait peut-être un jour vieillir avec Barbe-Bleue.

1963-1964

Au retour, la princesse se mit au travail, elle avait besoin d'occuper ses mains de soie. Elle voulait surtout claquer la porte de l'appartement sur son mari reclus, réinstallé dans une confortable oisiveté et un patient demi-silence. Ils ne s'adressaient la parole qu'avec agacement et pour se partager Anne. La Martinique n'avait rien changé à leur couple fêlé ; il ne sonnait pas plus juste au retour. Paul ne laissait pas paraître ce qu'il avait compris, préférant vivre de faux-semblants plutôt qu'une vraie séparation. Les Saint-André, eux, se préparait à un divorce à l'amiable, rapide, sans enfants, après trois ans d'un mariage trompeur. France les enviait mais ne voulait pas prendre l'initiative d'une rupture, craignant de perdre sa fille.

Pendant plusieurs mois, le feu couva, tisonné par la haine croissante de France et l'amour contrarié de Paul, jusqu'au jour où l'appartement flamba d'exaspération et de ressentiment, l'épouse frustrée ayant ouvert trop brutalement la porte aux rancœurs.

— Tu vas rester longtemps à ne rien faire ? Il serait peut-être temps maintenant que tu reprennes une vie normale, non ? Des études, un job ?

— Ça t'arrangerait que je bosse, hein ? Ce serait plus facile pour organiser tes petites affaires…

— Je ne sais pas de quelles petites affaires tu veux parler, mais ça m'arrangerait que tu bosses, oui, juste pour retrouver une vie normale.

— Mais on ne peut pas retrouver une vie normale, France, on n'en a jamais eu. On s'est mariés alors que tu savais déjà que tu ne m'aimais pas, quelques mois après tu m'as envoyé faire le troufion dans le désert en espérant que je meure là-bas, comme un rat, et depuis que je suis revenu, je suis malade. Malade, ma vieille, en arrêt. Tu ne peux rien contre ça.

— Tu n'es pas malade, Paul, pas plus qu'un autre, pas plus que moi, et tu le sais très bien. Je ne crois pas deux secondes au traumatisme, à l'aphasie, au lent retour à la réalité, tout ça, c'est des conneries, et je n'en peux plus, moi, de cette comédie. Tu as monté ce cinéma parce que tu sais que je veux partir, te quitter, que je ne t'aime pas et que je ne t'aimerai jamais.

— Je sais ça, oui, il faudrait être idiot pour ne pas s'en être rendu compte, mais nous sommes mariés, France, pour le meilleur et pour le pire. Nous traversons un moment difficile, mais nous allons le surmonter ensemble. Tu seras contente, tu verras, d'avoir pris sur toi. Tu t'habitueras, tu oublieras ma laideur, tu te feras à notre enfer commun, tu finiras même par l'aimer. On deviendra experts ; on saura tous les deux comment rallumer la guerre, quel mot, quel geste met le feu aux poudres, mais on saura aussi à quel moment signer la trêve pour que la haine n'emporte pas tout sur son passage. Ce petit jeu nous occupera, puisque l'amour, lui, n'occupera aucune place dans notre quotidien et tu verras, on finira même par s'allier pour défendre notre mésentente. On lui trouvera du charme à notre petit conflit de tous les jours, il fera partie de nous, on ne saura plus faire autrement, ni sans. Déjà, je te manquerais, tu sais, si tu ne m'avais pas pour me détester.

— Tu es fou, Paul, vraiment fou, et pervers.

— Pas du tout, France, je t'aime, moi, c'est tout. Pas exactement comme l'autre, d'accord. Je nage moins bien, je suis moins bronzé, moins gentil, moins léger, mais je t'aime. Et un jour, pas si vieux, souviens-toi, nous nous sommes juré amour et fidélité pour toute notre vie, tu ne peux pas l'avoir oublié ? Moi non, en tout cas. Toi, je ne sais pas, mais tu as signé pourtant et personne ne te tenait la main, on ne t'a pas forcée.

— On n'était même pas majeurs, Paul.

— Pas majeurs mais émancipés. Tu savais ce que tu faisais, moi aussi.

— Bien sûr que non, je ne savais pas ce que je faisais ; je n'avais pas dix-neuf ans, qu'est-ce qu'on sait à dix-neuf ans ?

— Et moi, pas beaucoup plus. A peine vingt… Mais je n'avais pas besoin de plus pour savoir que je t'aimais comme un dingue. Est-ce que je serais parti sinon, tout tremblant sous mon barda ? Je ne suis allé là-bas que pour te mériter, pour t'éblouir, pour te conquérir, toi, juste toi. Comme si c'était encore possible…

— Arrête de jouer les martyrs. Je ne t'ai pas *envoyé* en Algérie, tu y es allé parce que tu croyais, comme moi, que c'était ta place, qu'il le fallait, que la France avait besoin de toi.

— C'est ça, pour mon pays, pour la France… Mais tu crois vraiment ce que tu dis ? La France, celle des autres, je m'en foutais, c'est la mienne que je voulais. Mais peu importe… Je suis là, de retour, et il va bien falloir faire avec parce qu'il ne s'agit plus seulement de nous deux maintenant, il y a Anne. Tu dois compter avec elle désormais.

— Anne est là, oui, et alors ? Cela ne nous empêche pas de vivre, de nous séparer si c'est mieux.

— Mieux pour toi, pas pour elle. Tu ne me feras pas croire qu'un divorce, ce n'est pas le pire pour un enfant. Je me battrai, je te le dis, jusqu'au bout pour lui éviter ça. Même si on doit toute notre vie souffrir tous les deux, elle, elle ne souffrira pas, je t'en fais le serment, et nous ne divorcerons pas. Nous ne sommes pas comme les Saint-André, deux égoïsmes vaguement unis qui jettent leur alliance dans la lagune à la première éraflure sur la barrière de corail. Nous, il va nous falloir être un peu plus tenaces, un peu plus costauds, juste pour le bonheur de notre fille.

— De ma fille, Paul, de ma fille. Rien ne certifie que ce soit la tienne.

— Alors là, laisse-moi rire, tu ne vas quand même pas donner dans le discours débile des féministes décérébrées. Trouve autre chose, s'il te plaît…

— La féministe décérébrée, elle t'emmerde, et elle te répète qu'Anne n'est très certainement pas ta fille.

— En voilà une connerie ! Et de qui donc veux-tu qu'elle soit ? Elle a été conçue du Saint-Esprit peut-être ? Je te rappelle qu'à l'époque, contrairement à aujourd'hui, tu acceptais que je te touche et on faisait l'amour, pas souvent, c'est vrai, mais quand même…

— Je pense que c'est la fille de Ghislain.

— La fille de Saint-André ? Ne me prends pas pour un con. Les plages de la Martinique n'ont pas deux ans !

— Les plages de la Martinique, non, mais ma liaison avec Ghislain, si. Et même plus. Tu n'étais pas parti encore, mon pauvre Paul, quand j'ai rencontré Ghislain, et à peine dans le bateau pour Alger que je couchais avec lui.

— Tu mens, France, c'est impossible.

— Non, je ne mens pas. Je ne dis que la stricte vérité. J'ai connu Ghislain juste après notre mariage, et le sien, pour notre malheur. Le coup de foudre a été réciproque et immédiat, je suis désolée.

— *Je suis désolée, je suis désolée*, ça veut dire quoi ? Quelle salope…

— Ça veut dire que je suis désolée de te dire les choses comme ça, que je ne pensais pas le faire, que tu m'as poussée à bout, que c'est peut-être le seul moyen pour te faire entendre raison. Pour qu'on ne foute pas toute notre vie en l'air, que tu acceptes le divorce…

— Les Saint-André en Martinique, ce n'était pas un hasard ?

— Non, c'était délibéré, organisé.

— Les salauds.

…

— Et Anne ? Anne, elle est née en juillet 61. Elle a été conçue en octobre 60. Juste avant que je parte.

— Mais je connaissais Ghislain depuis Pâques, quand j'étais partie à Megève, sans toi.

— Parce que en plus de nager il skie… Le salaud.

1964-1966

Paul ne lâcha pas prise tout de suite. Il fit mine de ne pas vouloir comprendre. Tout ça, c'était des conneries, une perfidie de France qui voulait se débarrasser de lui. Elle pensait que, en lui retirant Anne, elle allait pouvoir s'envoler, avec la petite, qu'il ne résisterait pas, qu'il les laisserait s'installer tous les trois, reconstituer leur nid, loin de lui, encore une fois éjecté, chassé, exclu. Mais ce n'était plus un enfant, cette fois-ci on ne le jetterait pas comme ça. C'est elle qui devrait le supporter dans son lit, dans sa vie, ou bien partir, mais partir sans Anne. Si elle le voulait, son joueur de polo, son nageur de compétition, son chamois d'or, elle l'aurait, mais tout seul. Elle devrait choisir, femme ou mère. Il était repoussant, pas baisable, indigne d'elle, très bien, il ne la retiendrait pas, elle irait s'envoyer en l'air ailleurs avec son cabri pendant que lui garderait le trésor, leur petite, leur fillette, leur souris.

Le bras de fer dura près d'un an. Dès que l'occasion se présentait, France réinstillait le doute, insinuait le mensonge, l'imposture. Paul n'approcha plus Anne sans qu'elle souligne d'un sarcasme la différence, raye d'une remarque la parenté. Elle était si jolie, leur petite, et Paul si laid, elle était brune autant qu'il était blond, volubile autant qu'il était muet, charmeuse autant qu'il était détestable. Et surtout, chaque fois qu'elle le pouvait, elle le renvoyait à sa propre incertitude. Quand on ne sait déjà pas soi-même qui est son père… La paternité, chez vous, ce n'est pas génétique… Curieusement, chez les Coutainville, on n'est pas né de père en fils… Et autres banderilles qui le faisaient voir rouge. Il soufflait, fonçait, ruait, se cabrait. Puis, la blessure se creusa, sa carapace se fissura, son sang de bâtard se figea. Il réagissait moins vite, moins violemment, ne courait plus, ne menaçait plus. L'incertitude distillait dans ses veines une honte qui remontait au cœur, le paralysait, lui interdisait d'aimer la petite et il s'affaissa sur ses pattes de devant, cracha une dernière fois sa détresse, son infortune et s'effondra dans le sable, crevant du renoncement, de l'injustice, du sacrifice.

Il quitta le domicile conjugal pour filer chez sa mère et France courut chez l'huissier pour qu'il vienne constater l'abandon. Pied de nez du destin, c'était lui qui abandonnait. Il avait perdu. France garderait Anne. Une juge partiale donnerait les pleins pouvoirs à la mère face à ce père incapable d'assumer ses responsabilités, de travailler pour subvenir aux besoins de la famille, en arrêt maladie depuis deux ans, face à cet homme méconnaissable à son retour d'Algérie, qui n'avait plus rien du jeune marié que sa femme avait aimé, face à ce déséquilibré qu'on voyait sombrer dans l'alcool, qui deviendrait violent sûrement, dangereux peut-être, et qui avait fui, fui chez sa mère pour se glisser sous ses jupes comme l'enfant qu'il était resté malgré les tentatives de son beau-père d'en faire un homme. La plaidoirie était prête et l'époque était à la défense des femmes.

IV

1961-1962

Janvier 61

Il montait directement dans la cale du *Ville-d'Oran* ; lui qui partait en héros pour maintenir l'ordre dans ce bout de France désertique, il embarquait dans une cohue de bestiaux, soufflant bossus sous leur paquetage, dans les grincements de poulies et les rires de mouettes, sous le soleil brûlant et la surveillance hautaine de quelques officiers de marine. Sale, fatiguée, déjà nauséeuse, après ses mois de classes, le train et la halte à Sainte-Marthe, la troupe n'osait lever les yeux vers ces uniformes immaculés, craignant l'éblouissement, l'étourdissement, le malaise. On multipliait les appels pour dissuader les fuyards, bousculait les files pour éviter les retards, tout à la hâte de cadenasser les soutes, que pas un ne se dérobe dans le dédale du Vieux Port. Les yeux fixés sur le château d'If, la clope au bec, ils étaient nombreux à se demander ce qu'ils faisaient dans cette galère. Paul, au contraire, quittait la France en pensant à la sienne, en osant croire encore qu'elle le regrettait, et il trouvait dans cette illusion la force de garder un allant de jeune bleu. Et pourtant la nuit fut longue sur son transat. Relégués à fond de cale, interdits de pont supérieur, les appelés partageaient les cartes, l'ennui, l'alcool et le mal de mer. Paul retrouvait la camaraderie de pension, la gouaille et la trouille en plus. Comme les autres, il vomissait la tambouille de la veille et les angoisses du lendemain. Il arriva à Alger la Blanche ; d'un bord à l'autre de la Méditerranée, les villes étaient jumelles. Ils étaient en France, les immeubles étaient haussmanniens, les rues Marengo et les boulevards de Verdun. La ville grouillait, la foule les attendait sur le port, confiante dans l'armée française venue gagner d'autres batailles, faire montre de nouveaux héroïsmes. Celle-ci bombait le torse, croyant alors en sa victoire, en son prestige, en son matériel qui défilait sur les quais, rutilant sous un ciel sans nuages. La lumière et les filles étaient belles. Paul retrouva un instant l'exaltation du départ et des adieux fanatiques de France, un peu douchée par la gadoue et le bizutage des classes à Frileuse. Par la route et par le rail, dans des camions bâchés ou des wagons ouverts, couvert de poussière, sous les ordres de lieutenants interchangeables, il a traversé l'Algérie, quittant les orangers de la côte pour rejoindre les montagnes du Djebel.

Arrivé au camp, il se souvient surtout qu'il faisait froid, un froid sec, transperçant. Sur les cartes Vidal

Lablache des pères jésuites, l'Algérie était pourtant un pays chaud. Ce n'était que le premier des mensonges. Un *jus* tiédasse réchauffa les bidasses, quelques consignes, puis la nuit. La première elle aussi. Au cœur d'un sommeil léger, Paul et les autres furent réveillés par les tirs, les traçantes, le bruit, la peur. Il sortit, serrant son ceinturon d'une main pour ne pas perdre son pantalon, le fusil dans l'autre pour ne pas perdre la vie. Il se planqua derrière un mur pour charger, visa dehors, loin, dans le noir et dans les larmes, il tira. Il allait avoir vingt ans en Algérie et ne le souhaitait à personne. Le lendemain, il apprit que c'était une tradition, le baptême du feu des petits bleus, un test, un défi, un bizutage, de fausses balles, une fausse alerte, une fausse attaque. Ça ne le fit pas rire, il ne fallait se fier à personne, il n'avait pourtant pas l'air d'un pervers, le petit lieutenant qui commandait le camp.

Hiver-printemps 61

Les nuits, ensuite, furent de vraies gardes. Il prenait son tour, ne lâchait pas son arme, tous les sens aiguisés. Assis à l'entrée du camp, le froid de la pierre pénétrant jusqu'à lui serrer le bide, il fumait ses gauloises sans en tirer l'intrépidité du nouvel Astérix. Derrière son poing crispé, il cachait le point rouge qui le dénoncerait aux felouses. Priant Dieu, invoquant sa mère pour habiter avec lui le silence menaçant. Il sursautait au premier hululement, incapable de distinguer la feinte humaine de la plainte animale. Il tremblait chaque fois qu'il entendait siffler les boîtes de conserves accrochées sur les barbelés du camp, persuadé de voir bientôt s'allonger l'ombre d'une djellaba. Mais on était en plein hiver et les nuits étaient calmes. Bientôt, il resterait quelques minutes à chuchoter avec la relève, rassuré d'être accompagné, la peur partagée semblant soudain légère, la nuit plus claire et l'ennemi plus loin. Il regagnait son lit en silence, protégé par celui qui, à son tour, prendrait chaque bruissement de feuille pour un glissement de pied et ne les laisserait pas surprendre dans leur sommeil. Il en courait des histoires d'appelés égorgés dans leur piaule pendant que la garde était allée pisser…

Les journées étaient longues et il apprit à boire. Pas trop pour être capable de se défendre, mais assez pour atténuer l'ennui et la crainte. Dans un coin du camp, il écrivait. A sa mère qui l'aimait. A France, il répétait toujours la même chose, qu'il avait hâte de la revoir, qu'il se battait avec courage, que ce n'était pas si dur, qu'il mangeait correctement, que ça n'allait plus durer, qu'ils tenaient la région. Autant de choses qui pourraient être relues, qui arriveraient à Paris, qui n'assombriraient pas la journée de sa femme. Même loin, il ne voulait pas être un poids pour elle. Chaque semaine, il attendait le courrier. C'était un des seuls jeunes mariés du camp, on le chambrait suffisamment d'avoir épousé sa France, mais il recevait bien moins de courrier que tous ceux qui avaient laissé une fiancée éperdue ou qui s'étaient trouvé une marraine dévouée. De Serge, le titi parisien qui avait tâté de la Santé, à Claude, le Jurassien silencieux qui avait laissé son cœur gravé dans la forêt, ils ouvraient tous régulièrement une lettre parfumée et, sous les rires bravaches qui les secouaient, se sentait la nostalgie d'une peau oubliée, d'un ventre accueillant. Ils avaient beau feindre l'indifférence, les lettres dormaient sur leur poitrine et les protégeaient d'une balle perdue. Paul n'avait sur lui qu'un mot depuis son arrivée, un mot bref, anodin, gentil : comment cela se passe-t-il ? N'as-tu ni trop faim ni trop froid ? Tu manques à ta mère, ici nous sommes sous la neige, Paris est triste, on attend le printemps avec impatience. Le printemps, pas son retour. Chaque semaine était une déception qu'il oubliait en partageant les colis envoyés aux Landais, aux Normands par des mères gavantes. Un coup de gnole et on repartait en opération.

Jusqu'à ce courrier de février où il apprit à vingt ans, en pleine guerre, qu'il serait père. Il pensa d'abord qu'il ne rentrerait pas. C'était un signe, son père aussi avait appris face à l'ennemi, au même âge, qu'un enfant l'attendait et il n'était pas revenu. Au lieu de la joie, il sentit la panique monter. Lors des opérations qui suivirent, crapahutant dans le Djebel gelé, fouillant les villages hostiles, il s'attendait à chaque instant à prendre le coup fatal, la balle précise, le coup de couteau adroit. Il n'avait jamais été le voltigeur de tête qui pénétrait le premier dans les cours, prêt à tirer, mais, sa paternité sur le cœur, il était encore plus prudent, plus peureux. Non qu'il y voie un devoir de survie, mais, au contraire, une peine de mort. L'appréhension montait et il redoutait cette naissance bien plus qu'il ne l'espérait. Serge avait beau le féliciter et l'envier : tu vas avoir une perm, veinard, pour le gniard, tu vas la revoir, ta douce, qu'est-ce que je donnerais, moi, pour faire un saut à Paname, et puis ce sera la quille, avant les autres, avant nous. Au contraire, Paul voyait la mort arriver comme faire-part de naissance. France Delaunay a la joie de vous annoncer la naissance de sa fille/son fils et la tristesse de vous annoncer le décès de son mari, à moins qu'elle n'ait la joie de vous annoncer la naissance de son fils/sa fille et la mort de son mari. Il marchait sur la pointe de ses rangers, convaincu de voir bondir hors des fourrés la face cuivrée du destin, évitait de monter dans l'half-track qui ouvrait la piste, persuadé de sauter sur la mine qui l'attendait. Et pourtant, c'est Serge qui sauta devant lui sous une pluie de balles. Les felouses étaient là, tout autour de la mine, en embuscade. Paul roula jusqu'au fossé et, planqué, il attendit que la riposte éloigne les rebelles. Il n'avait pas sorti son arme, voulant se faire oublier, avalé par le sable, invisible, imperceptible. En remontant sur la piste, il se précipita vers Serge qui gueulait comme un cochon qu'on saigne, la jambe déchiquetée. Le petit voyou qui pissait le sang allait crever à sa place, se vider au soleil d'une terre qui n'avait rien à voir avec la sienne. Il ne voulait pas, criait, pleurait, appelait à l'aide, l'implorait de l'emmener loin, loin de ce pays de merde, de cette guerre de merde. Le radio appelait les secours, Paul lui tenait la main sans un mot. C'était dégueulasse, c'est lui qui devait mourir, c'était écrit, prévu, ça arrangeait tout le monde. Mais Serge partait à sa place. Et, dans le fond, c'était peut-être mieux comme ça. Il aurait le droit de vivre, de revenir, de voir son fils/sa fille, de l'élever. Les secours furent trop longs, Serge creva comme un chien. On l'enterra comme un homme. Paul revint au camp, indemne et pourtant amputé. Il s'était réjoui de la mort de son pote, s'était béni d'être en vie, n'avait même pas saisi son arme pour pointer les felouses qui les visaient, juste attentif à ne pas bouger, à ne pas être une cible. Il vivrait, mais dans la peau d'un autre, que la peur rendrait insensible, cruel.

Juin-juillet 61

Il se rapprocha de Claude le Jurassien et, ensemble, ils s'entraînaient à se taire. Le lieutenant les envoya de garde dans l'un des fortins qui, sur le haut des pitons, tenaient le Djebel. Vingt-quatre heures, quelques boîtes de conserves, la chaleur. Torse nu, ils surveillaient, le regard fixé sur l'horizon. Seuls, ils partagèrent un peu de ce vin jaune qui était arrivé par colis, d'amitié qui leur restait de leur vie d'avant. Pour passer le temps, ils tiraient les pigeons qui survolaient la tour, les lièvres qui filaient au pied. En courant et couvert par son compère, celui qui avait fait mouche allait chercher la proie butée, espérant ne pas tomber sur un fell aux aguets. Ce fut une pause.

Revenu au camp, il reconnut la chaleur des cartes Vidal Lablache, la caillasse et les vipères. Chaque nuit, ils étaient harcelés et il en vint à tirer sur tout ce qui bougeait sans plus songer à la vie qui courait dans le noir. Les larmes de son baptême du feu étaient loin. Il refusa le dimanche d'assister à la messe de l'aumônier. Au début, il y allait, fidélité au passé, trace du rite, communion avec sa mère, comme si l'Algérie pourrait n'être qu'une parenthèse, qu'ils en reviendraient semblables à ce qu'ils étaient en partant. Depuis la mort de Serge, il savait que ce ne serait pas le cas, qu'il serait toujours un survivant, un type qui avait sauvé sa peau sans courage. Plus que la laideur dans le miroir. Il n'accompagnerait plus sa mère à Saint-Thomas-d'Aquin, ne croirait plus à leurs sornettes de fraternité et d'amour du prochain. Sous le feu des fells, il n'y avait plus de prochain, plus de frère, que des types de vingt ans, égarés, affolés, tout seuls devant la mort dans leur treillis trop grand. Il n'y avait plus de bon Dieu, plus de père, plus de protection. Doublement orphelin, tout petit dans sa piaule. Loin du héros attendu au retour par France.

Dans la journée, ils lançaient des pierres sur les vipères, faisant de la cruauté un jeu. Ils buvaient ensemble, retrouvant une solidarité à l'abri du danger, éclataient du rire de l'adolescence dont ils sortaient à peine. On les avait envoyés se battre en croyant que c'étaient des hommes parce qu'ils faisaient leur mètre quatre-vingts, parlaient fort et buvaient trop, mais, au fond d'eux-mêmes, c'était resté des gamins. Quand la zone paraissait sécurisée, que la guerre semblait lointaine, que les fellagas ne les harcelaient plus depuis plusieurs jours, certains sortaient chasser pour améliorer la tambouille. Ils partaient à deux sans demander l'autorisation au lieutenant qui, lui aussi, à peine plus âgé que les autres, savourant ces heures calmes, donnait une bénédiction implicite et inconsciente. Et pourtant, même quand il a su endormir la méfiance, le désert ne dort jamais. Ce jour-là, des types tiraient en l'air pour se faire une fricassée de pigeons pendant que d'autres nettoyaient leur fusil. La cour était blanche de soleil et tous étaient assis le long des murs, cherchant une ombre fuyante. Une radio diffusait les nouvelles et les tubes destinés à remonter le moral des troupes. L'après-midi traînait en longueur entre une partie de belote et un coup de gnole. Alors que le jour commençait à baisser et l'ombre à s'allonger, deux gus décidèrent d'aller chasser le gibier qui sort à la fraîche. Le régiment passablement éméché, sérieusement engourdi, les laissa partir, sans trop se soucier de savoir si le gibier portait la djellaba. Il ne devait pas être loin de dix-huit heures. Vers vingt heures, le lieutenant s'étonna de l'absence des deux hommes. La nuit était tombée, il devenait trop dangereux de sortir en reconnaissance, d'autant que, au loin, on entendait de nouveaux tirs. La nuit fut sèche comme la sanction du lieutenant, plus de sortie jusqu'à nouvel ordre et fouille demain à la première heure dans les villages voisins. Personne ne dormit vraiment, guettant le retour improbable des chasseurs. Au contraire des nuits habituelles, ils espéraient un mouvement, un bruit. Le jour se leva sans les absents. Personne ne protesta pour partir à leur recherche. Le lieutenant sortit du camp accompagné de quelques hommes. Paul en était, Claude aussi, et deux harkis pour la traduction. Ils avançaient la peur au ventre, sans illusions. La question était de savoir où et comment ils retrouveraient les corps. Ils entrèrent dans le premier village, désert ou endormi, dans une immobilité de mauvais aloi. Seul tremblait l'air des premières heures de ce sale jour. Ils remontaient la rue en file indienne jusqu'au cœur du village. Pas une âme. Juste deux corps sur leur passage, allongés sur le sable, émasculés, éventrés, saignés, égorgés, le sourire tranché jusqu'aux oreilles, les yeux ouverts vers le soleil levant. A côté, un lièvre dans leur besace. Ce fut un carnage, enragé, éperdu. Paul et les autres fouillaient les maisons, réveillaient les familles, cherchant les assassins. Les hommes avaient tous disparu, seuls étaient restés là quelques femmes, enfants et vieillards qui ne savaient rien, ne disaient rien, ne comprenaient rien. Ils les regroupèrent devant les deux corps, les enfants pleuraient, les femmes imploraient, les vieux priaient. Les soldats bousculaient, malmenaient, harcelaient, frappaient, hurlaient pour savoir et, dans ce tumulte, ils se mirent à tirer, tirer jusqu'au retour du silence assourdissant de l'aube. Les harkis n'avaient pas bougé. Les soldats lâchèrent leurs armes, vidés par la violence des dernières minutes. La haine laissait place à la honte. Quelques corneilles craillaient. Le petit lieutenant blanc comme un linceul s'éloigna avec le radio appeler le commandant.

Les harkis allongèrent décemment les morts, dénouèrent les mères et leurs enfants, couvrirent les visages. On n'entendit bientôt plus que les prières en arabe et les cris des corneilles. Paul était assis, la tête dans ses bras. Rien pourtant ne pourrait plus effacer le spectacle. Il se savait perdu, indigne, à jamais. Capable d'être un monstre, pas un héros. Il avait su tirer à bout portant, abattre ces enfants, ces femmes, ces vieillards comme des chiens. Il était pire que Delaunay. France ne l'attendrait pas, il serait exécuté. Il ne verrait pas son fils/sa fille, c'était mieux. Sa mère même ne lui pardonnerait pas.

Le crime fut pourtant estompé. Le régiment ne serait pas éclaboussé, l'armée française pas déshonorée. Le commandant Théophile convoqua les quelques hommes. Il faisait chaud dans le bureau ; de toute façon, Paul avait chaud depuis ce matin-là, rien ne l'avait rafraîchi, rien ne l'avait lavé. Souillé, poisseux, brisé, il entendit de très loin les propos du commandant, comprit simplement qu'il devait la vie à ce chef de guerre qui en avait vu d'autres. Il condamnait les hommes, mais laissait une chance aux gamins. Il savait que peut-être, sans doute, la plupart d'entre eux ne s'en remettraient jamais, ne se le pardonneraient jamais. Qu'ils ne s'endormiraient plus sans voir les corps pourrir sous le soleil, qu'ils n'aimeraient plus leur femme sans penser à celles qu'ils avaient mises en joue, n'embrasseraient plus leurs enfants sans penser à ceux dont ils avaient volé l'existence. Que certains en mourraient même, en se jetant ici sous les balles, en se détruisant au retour à petit feu. Le militaire qu'il était prendrait des sanctions. Elles seraient minimes au regard des faits, ne laisseraient pas de traces indélébiles dans leurs états de services, juste dans leur âme. L'homme, le croyant, les laissait face à leur conscience, face à son Dieu. Ils avaient désormais une vie pour se racheter.

Juillet 61-mars 62

Anne naquit le 4 alors que Paul était consigné. Il payait son crime et attendrait pour être père. Rien ne lui paraissait trop sévère. Le commandant Théophile leur avait laissé une vie en sursis. Alors cette petite qui lui tombait sur les bras, comme un semblant d'avenir, un mirage de plus dans ce désert de pierre… Pendant les mois qui suivirent, le Djebel fut d'ailleurs plus hostile que jamais, les opérations plus dangereuses, les représailles toujours possibles. La guerre durait malgré les pourparlers. La tension montait dans le camp, le lieutenant avait été remplacé et les hommes de ce matin d'été étaient isolés. Paul et Claude parlaient de moins en moins, mais ne se séparaient plus. Les harkis du régiment euxmêmes les regardaient avec méfiance, avec mépris. Le courrier se faisait plus rare encore et Paul ne reçut plus de nouvelles de sa fille avant novembre. Puis, enfin, un mot laconique et une photo. Depuis juillet, il avait eu le temps de l'imaginer laide, de la laideur sombre, indélébile, de son père. Et pourtant non, elle était belle comme le jour, comme l'innocence. Elle ne lui ressemblait pas. C'était rassurant, ça confirmait qu'il n'était rien, plus rien qu'une ombre, qu'un spectre. Parti crapahuter, il gardait la photo sur lui comme un talisman, ne sachant plus si elle devait le protéger de la mort ou de la vie, s'il était encore fait de chair ou déjà de poussière. Il n'écrivait plus lui-même, ni à France, ni à sa mère, s'imposant un silence de condamné, craignant de laisser les mots le surprendre, le trahir, épancher sa honte, sa culpabilité. Il attendait la mort sans avoir le courage de se la donner. S'il ne revenait pas, elles ne sauraient rien du monstre qu'il était devenu ; il gardait là une seule petite chance qu'en recevant sa plaque militaire France pleure son héros pour toujours, que sa fille chante un jour ses louanges. Mais les accords d'Evian le ramenèrent vivant, si ce n'est indemne, à Alger, chargé de pacifier la capitale quand lui-même ne le serait plus jamais.

Comme tous les autres, il sort en armes garder les rues de la ville, sous la menace des felouses autant que des pieds-noirs qui règlent leurs comptes entre eux. Comme tous les autres, il ne sait plus qui sont les ennemis. La France a choisi en janvier de laisser l'Algérie à ceux d'hier, a négocié, parlementé, puis signé la paix avec eux en mars, à Evian, à la fraîche, loin. Sans penser aux Français d'ici abandonnés à la vengeance sous la chaleur abrupte, pas plus qu'à ces appelés venus perdre la grâce sur cette terre ingrate. Paul, comme la majorité d'entre eux, ne comprend pas. Ils avaient perdu l'innocence, l'insouciance, mais ils l'avaient gagnée, cette guerre. Comme la majorité, pourtant, il ne rejoint pas l'OAS. Ce n'est plus leur combat, ils veulent rentrer, fuir ce merdier, la lumière trop crue, les oranges acides et les nuits de pleine lune. Ils veulent retrouver la grisaille du matin, les couloirs de métro, l'ennui quotidien. Paul veut partir avec un mince espoir. Loin, peut-être que le souvenir s'atténuera. Il devra patienter encore quelques semaines avant de savoir.

Le soir, après les patrouilles en béret, il rentrait dans l'école qui leur servait de piaule. Pas vraiment interdit de sortir, mais franchement déconseillé. Quelques-uns s'y essayaient malgré tout, l'attrait des femmes et de la nuit, l'instinct de chasse que le Djebel avait réveillé. Paul resta d'abord sur son lit de camp, incapable de dormir, retardant le moment où le sommeil le ramènerait dans le village tombeau, l'étoufferait dans le sable ensanglanté, les corneilles crevant ses yeux ouverts, le commandant Théophile vidant ses viscères fumants. Puis, pour éviter le rancard avec ses cauchemars, il se laissa entraîner dans les bars à entraîneuses. Avec Claude, ils se noyaient dans le whisky, baisaient parfois avec une fille au henné. Plus rien ne les atteignait, plus rien ne les salissait. Au petit jour, ils avaient évité la nuit, préférant la passer dans les bras d'une pute que dans ceux de la honte. Avec l'alcool, ils avaient oublié que d'autres bras, une autre honte les attendaient en France.

Enfin, en mai, on leur annonça la quille et on les entassa de nouveau dans la cale d'un bateau qui repartait. Ils quittèrent Alger sur qui flottait déjà le drapeau des fells, sans comprendre ce qu'ils étaient venus faire là. Ils traversèrent la grande bleue dans l'autre sens : la nuit dans le transat, le roulis, les vomissements, la peur en moins, mais la gravité en plus. Avec Claude, ils ne parlaient plus, les mots ne couvrant plus les cris qui résonnaient en eux. Et, en cette nuit de traversée, ils n'étaient pas seuls à se taire. Le silence s'installa vite dans la cale, se substituant à l'excitation du départ. Chacun s'arrangeait avec ses souvenirs, les classait, les triait, les rangeait, les refoulait, en faisait un paquetage qu'il déposerait avec le reste à la gendarmerie de son patelin, bien décidé à oublier tout ce merdier quand il aurait retrouvé son trou. Quelques-uns jetèrent au crépuscule leurs médailles qui s'enfoncèrent dans l'eau sombre pour ne plus remonter.

A Marseille, quand un moteur explosait en remontant la rue, Paul et Claude se jetaient à terre, les mains sur la tête, et se relevaient sous le regard attendri ou narquois des Marseillais habitués. Assis en terrasse, ils restaient sur le qui-vive, gardant l'habitude de guetter les passants et cherchant leur arme au moindre éclat de voix. Ils ne savaient plus à quoi ressemblait la paix et mettraient du temps à la reconnaître. Arrivés à Paris, ils se séparèrent, convaincus qu'ils ne se reverraient pas. Ils savaient tous les deux qui ils avaient été et quand ils chercheraient à l'oublier, si par hasard, avec le temps, ils parvenaient à se recomposer une figure humaine, ils ne voudraient pas de ce miroir piqué que serait l'autre. Loin des accolades de régiment et des promesses de commémoration, des serments de nostalgie, Paul retrouva seul sur le quai France et Anne. Seul et incapable d'aimer sa femme, d'embrasser sa fille. Douloureuse prémonition du commandant Théophile.

III

1952-1960

1952-1956

Ils étaient repartis dans une traînée de Shalimar qui lui donnait la nausée. Elle l'avait serré fort, en forçant sa voix, ne nous raccompagne pas à la voiture, mon Paul, finis de ranger tes affaires, installe-toi bien. Il avait voulu faire l'homme devant son beau-père qui s'impatientait, regardait sa montre, la fenêtre, le ciel, il faut qu'on y aille, Marie, si on veut être à Caen avant la nuit. Il leur avait tendu son front et les avait regardés traverser le long dortoir des sixièmes dans lequel il était le premier arrivé. La porte avait sourdement claqué sur la tendresse de sa mère. Il avait entendu décroître le bruit de la séparation, les souliers ferrés de Delaunay, le froufrou de sa mère. Alors que le silence était retombé sur l'internat, il s'était mordu la lèvre pour ne pas pleurer et s'était mis à courir, non, ne partez pas, je ne veux pas rester, ne me laissez pas, revenez, prenez mes affaires, emmenez-moi, un dernier baiser, maman. Au bout du dortoir, le couloir puis l'escalier étaient vides et, par la fenêtre, il les aperçut monter dans la Lancia. Delaunay, pressé, fermait la portière de sa mère et il ne pouvait plus apercevoir que le foulard de soie serré sur son brushing du matin pour qu'il résiste au vent de la route. Peut-être pleurait-elle aussi. Il préférait garder le doute et son propre chagrin pour lui, assis sur la plus haute marche de l'escalier, en les regardant disparaître derrière les arbres dorés du parc. C'est la fraîcheur de la pierre et la sécheresse d'un père jésuite qui le renvoyèrent vers son lit alors qu'il était resté, le front appuyé contre le dur fer forgé de la rampe, à suivre mentalement les premiers virages qui éloignaient sa mère.

Il ne la reverrait pas avant la Toussaint, septembre fut sinistre et octobre lugubre. Le vent de mer plissait les marais, balayait la lande et traversait les haies en sifflant un air martial. De sombres nuages stagnaient au-dessus de l'internat, annonçant des pluies quotidiennes, allongeant les nuits redoutées. Des jours, au début, il s'accommoda. Au petit matin, il descendait dans la chapelle, quittant son lit mouillé sans regret, et, au milieu de garçons hébétés, bâillant d'ennui et de sommeil, il implorait un Dieu lointain de lui rendre sa mère. Puis, assis au premier rang, il suivait avec attention la règle de trois, récitait avec application *rosa rosa rosam*, apprenait par cœur l'énigmatique « si votre ramage se rapporte à votre plumage ». Assez vite, il désespéra d'attirer l'attention de ses camarades indifférents, pas encore assez méchants pour moquer sa laideur, mais déjà bien assez conformistes pour l'isoler. Il chercha alors à attirer celle de ses maîtres, de vieux jésuites en soutane tachée qui, peu soucieux de l'apparence, recherchaient l'excellence. Il devint rapidement le fort en thème et peupla sa solitude des éléphants d'Hannibal, des légions de César et des roses de Malherbe. Ce cortège venait combler l'absence de sa mère dans la lumière marine de journées que l'automne écourtait. Et c'est la nuit, chaque jour un peu plus longue, que l'angoisse le prenait à la gorge. Seul au milieu des autres, il se refusait à dormir. Alors qu'autour de lui il entendait le souffle régulier de ses camarades tombés sans coup férir dans les bras de Morphée, il résistait. Il profitait de ces heures sombres à peine éclairées par une lune intermittente pour se réciter les leçons du lendemain, revoir ses tables, imaginer une prochaine rédaction, peaufiner une version. Non que cette assiduité de tous les instants lui plaise, mais c'était le seul moyen de retarder l'inconscience. Quand vraiment plus rien n'occupait son jeune esprit de collégien zélé, il appelait à l'aide cafard et nostalgie. Il évoquait le dernier regard humide de Brindame, son halètement final sur la digue pluvieuse. Il se remémorait les comptines de sa mère, convoquait l'image de sa silhouette serrée dans un tailleur à basques, cherchait à respirer le Shalimar qui venait le border le soir avant de ressortir, à sentir la douceur de sa main manucurée sur son front anxieux. L'évocation de celle qui lui manquait douloureusement lui faisait encore gagner un bout d'éternité, jusqu'au moment où il finissait par céder dans les larmes au sommeil d'enfant. Et là il savait que, le lendemain, son oreiller aurait séché des pleurs du soir mais qu'invariablement le drap serait trempé des pisses de la nuit. Il se détestait, haïssait cette faiblesse. Et la maudit plus encore quand ses camarades, qui avaient perdu en quelques semaines leur timidité de sixièmes et adoptaient les airs de caïds de leurs aînés endurcis à l'airain des jésuites, repérèrent l'odeur âcre de son lit. Sa gueule en biais, ses bonnes notes et ses débordements nocturnes firent alors de lui la tête de Turc du dortoir, puis du collège. De Paul-Armand, il devint Polar. C'est un grand gars de la Manche qui menait l'offensive, Tanquerel, un troisième à cheveu ras qui fumait en cachette et déguenillait l'uniforme. Il multipliait les allusions plus ou moins évidentes. Tiens, v'là Polar qui pisse de la copie/dis, Polar, t'as préparé ton antisèche/Polar, pas de fuite ce matin sur le sujet de compo ? s'esclaffaient des disciples un peu lâches, la voix trop haute et la moustache à peine ombrée. Cela dura quatre ans où, isolé, il fut l'objet de tous les quolibets. Pas un matin sans remarques narquoises sur cette odeur d'urine qui le réveillait. Toute la journée, elle l'accompagnait sans qu'il ne parvienne plus à savoir si elle le poursuivait ou s'il la pressentait, si c'était celle de la veille ou celle du lendemain. Elle était là, sur lui, en lui, avec lui. Il était le pisseur du dortoir. Les autres, qui ne savaient pas jongler avec l'ablatif mais savaient se retenir, étaient trop heureux de moquer cette puérilité quand ils montraient leur immaturité en version. Tellement que, malgré les encouragements du père Martin, il délaissa peu à peu le Gaffiot et le premier rang pour tenter de se fondre dans la cohorte des cancres. Mais le mal était fait, il n'était pas des leurs et ne le serait pas. Il conjugua désormais les sales notes avec les draps souillés sans regagner l'estime de Tanquerel et de ses émules ânonnants.

1956-1959

Le retour à la maison était toujours décevant. Là-bas, au creux du Cotentin, il pouvait rêver que sa mère le prenait dans ses bras, le serrait trop fort et lui promettait, les lèvres perdues dans ses cheveux, qu'il ne repartirait plus jamais, qu'elle ne pouvait se passer de lui, qu'ils ne se quitteraient plus jamais, qu'elle en mourrait. Il s'enivrerait de Shalimar, n'écouterait que la musique de ses mots, ce refrain de l'amour, jamais, jamais, jamais. Il serait le fils prodige, prodigue, il ne savait plus, pcu importe, celui de l'Evangile du père Martin, et ce serait sa mère qui demanderait à tuer le veau gras, à laisser couler le vin à flots, à réunir tous les serviteurs, toute la famille, tous les amis pour fêter son retour. Le beau-père n'aurait pas son mot à dire, il serait éclipsé, comme l'autre dans la parabole, celui qui était resté, fidèlement, qui n'avait pas disparu, il y en avait bien un de frère comme ça dans l'histoire, un frère jaloux, aigri, qui ne comprenait pas qu'on fête le retour du préféré alors qu'il avait tout fait pour satisfaire ses vieux parents, eh bien, ce frère-là, mal aimé, à peine regardé, ce serait son beau-père dans leur histoire à eux trois, celui que sa mère mal-aimerait, ne regarderait pas. Mais, à Caen, ça ne se passait pas comme ça.

Le beau-père était là, omniprésent, tout-puissant, et lui n'était que le petit serviteur au seul talent qui n'avait pas su le faire fructifier et se faisait sermonner, tancer, punir au retour. Comment as-tu pu te laisser aller ainsi, Paul, alors que tes premiers résultats étaient prometteurs ? Crois-tu donc que ta mère et moi te mettons chez les frères pour que tu n'y apprennes rien, que tu n'y foutes rien ? Tu penses peut-être que la vie est facile, qu'elle ne demande pas d'efforts ? Que tout va te tomber tout cuit ? Tu n'es pas né avec une cuillère en argent dans la bouche, mon vieux, et je suis bien bon de donner sans compter pour t'élever comme je le ferais pour mon propre fils. Parce que si tu espères quelque chose des Coutainville… Alors, arrête de te réfugier dans les jupes de ta mère, tu ne vas pas tarder à être un homme, il va falloir apprendre à te battre. Il faut bien te le dire, Paul, tu n'as pas que des atouts dans ton jeu, regarde-toi. Il vaut mieux que tu t'habitues à la cruauté, que tu apprennes à t'en défendre, plutôt que de pleurnicher et de pisser au lit. Le père Martin avait cafté : les draps mouillés, la tête de Turc, Polar, Delaunay savait tout et, au lieu de le retirer de cet enfer, il le renvoyait au front avec son petit paquetage de leçons, de conseils et de consignes. Mais le plus douloureux, c'était que sa mère aussi savait tout. Savait que son fils était laid, faible, seul, triste et malheureux et elle laissait faire, sans le serrer trop fort, sans le retenir en lui murmurant plus jamais, jamais, jamais.

Alors il repartait, en bon petit soldat. En se disant surtout que c'était pire ici, à Caen, chez lui, chez eux, de se sentir seul. Quitte à être malheureux, autant être loin. Au fur et à mesure, il s'était habitué à cette solitude au milieu des autres, s'y était presque résigné. Ses maîtres, après avoir mis leurs espoirs en lui, l'avaient délaissé pour d'autres plus jolis quand ils récitaient du Cicéron, mais pour autant la sévérité n'avait pas succédé au désamour. Il pouvait rêvasser sans être inquiété. Ses camarades l'avaient peu à peu ignoré, cessant de le charrier et revenant à l'indifférence de l'arrivée. Il s'était tellement accoutumé à cette transparence pour les autres qu'il en était devenu sans intérêt pour lui-même. Son lit avait fini par sécher comme il avait fini par s'endurcir. Privé de la lumière de sa mère, dans la froideur du pensionnat, il poussait tout seul. Il grandit et baissa d'une octave, sans qu'elle s'émeuve de voir son fils devenir un homme. Il voyait donc passer les années sans curiosité, sans excitation, lisant dans le regard des autres peu d'amour et peu d'avenir.

Il entra en seconde sans plus de motivation après un dernier été à Caen, plus maussade que jamais. Delaunay transférait ses affaires à Paris et l'excitation de ce changement de vie avait rendu la présence de Paul encore plus anodine que d'ordinaire. Le couple quitta la Normandie avec les grandes marées, dans un coup de vent définitif, et il renvoya le beau-fils plus tôt chez les frères afin de s'installer rue de Prony dans le calme de la fin août parisienne. Celui-ci foulait aux pieds son amertume et les premières feuilles mortes quand arriva à l'internat un Normand de la côte, exilé lui aussi au cœur des marais et de celui de sa famille. Ils traînèrent ensemble leur désœuvrement, partageant vite au soleil tombant, devant le petit salé aux lentilles, dans le réfectoire humide, leur manque d'appétit pour la vie. Sans une explication, on est entre hommes ou presque, ils assaisonnèrent leur solitude du soir avec une ironie acide. Aucun des deux n'eut le courage ou l'indécence de confier les raisons de cet abandon automnal, de cette distance parentale, cela viendrait plus tard ou ne viendrait pas. Chacun profitait déjà de ne plus être seul.

Et, à deux, ils affrontèrent les autres. René, dont rien ne trahissait la souffrance intérieure, s'imposa vite comme chef de bande. Beau gosse, grand et élégant, il défia vite le gars de la Manche. Insolent et cynique, rapide, il mit au pas Tanquerel qui n'avait d'envergure que par la taille. Il adopta lui aussi le surnom de Polar pour s'adresser à son alter ego – complicité d'internat –, mais il ne laissa plus le pataud multiplier les blagues vaseuses. Paul retrouva au contact de René, à force de traits d'esprit et de remarques caustiques, le tranchant qu'il avait en arrivant.

Agile quand il s'était agi de traduire du latin tout seul, il le redevenait quand, à deux, il s'agissait de divertir la classe. Le père Martin, qui avait d'abord encensé le bon élève puis oublié le paresseux derrière un coin de radiateur, consigna le jouteur. René et lui passaient le week-end au pensionnat, préférant être punis que de ne pas être attendus. L'un puis l'autre appelait du téléphone du hall pour prévenir de leur retenue. L'un puis l'autre entendait une voix distraite ne pas simuler la déception. L'un puis l'autre raccrochait avec un pincement avant de trouver dans leur complicité le baume apaisant. Dans le dortoir vide ou dans le parc effeuillé, ils se prenaient pour des hommes en abusant du tabac blond pour oublier leur mère. Pourtant, ni l'un ni l'autre ne fantasmaient sur leurs conquêtes à venir, ne gorgeaient de formes féminines leur imaginaire viril. Pour nourrir celui-ci, ils se contentaient, par pudeur ou par inquiétude, de commenter les exploits militaires de leurs aînés partis maintenir l'ordre dans le désert des cartes algériennes qui, pour eux, se balançaient pleines de poussière aux murs du cabinet de géographie. Ils admiraient ces héros qu'on voyait sourire torse nu dans les journaux en illustration des *événements* et enviaient leur panache. De loin, ils n'imaginaient pas la guerre et traitaient de petites fiottes ces intellectuels parisiens qui voulaient laisser l'Algérie aux Algériens. Paul, qui aurait eu instinctivement de la compassion pour la laideur d'un Sartre, était le plus virulent, lui en voulant de marier cette laideur avec ce qu'il considérait comme de la lâcheté. Que leur restait-il à eux, les sales gueules, pour plaire aux femmes si ce n'était la témérité des têtes brûlées ?

Chez les frères, de toute façon, ne régnait pas l'effervescence d'un Paris partagé. Ici, tous étaient d'un seul bord : on conspuait Pflimlin prêt à brader l'Algérie et on avait la plus grande indulgence pour le Comité de salut public. Il y eut néanmoins un frémissement méfiant à l'arrivée du Général ; on préférait Salan, Massu à de Gaulle, ses saints à Dieu le père. En effet, à l'exception de deux ou trois indignes descendants de compagnons de la Libération, il n'y avait là que des fils de famille ayant répondu un peu tard à l'Appel. A la messe du matin, on priait pour que le Seigneur, dans Sa très grande sagesse, éclaire nos dirigeants et protège notre armée courageuse, mais on ne célébra pas la naissance de la cinquième en faisant résonner les cuivres d'un *Te deum*. Il fallait attendre de voir et ne pas donner un blanc-seing à celui qui, par une forme d'indiscipline tout de même, avait humilié une bonne partie de la bourgeoisie de ce pays, obéissante par nature et pétainiste de tradition. Néanmoins, le président de la nouvelle république sut rapidement convaincre ces gamins qui n'attendaient que d'avoir le bac pour exister et vingt ans pour s'engager. Il lui suffit de deux formules pour faire croire à ces enfants comme au pays que l'Algérie resterait française. Ils trépignaient tous dans leur dortoir exilé, rêvant de combats et de débats, de guerre et de politique. L'unanimité du pensionnat manquait d'intérêt, et même Paul et René se firent plus prudents, plus discrets en classe, pour pouvoir rejoindre Paris le week-end et, putschistes aux petits pieds, castagner sur les boulevards les porteurs de valises, plutôt que de regarder tomber les feuilles et ramasser les châtaignes. C'était la fin du repli adolescent.

1959

Paul et René sautaient avec les autres dans le train du vendredi soir et débarquaient à Saint-Lazare, prêts à en découdre. Ils ne regagnaient la rue de Prony que tard dans la nuit, toujours un peu éméchés, parfois un peu amochés. Paul hébergeait René pour lui éviter le week-end à Rubercy, sur la côte battue par les vents, cognée par le Débarquement, mais loin de l'agitation parisienne. Ils ne voyaient les Delaunay qu'au déjeuner. Dans la grande salle à manger, les deux garçons charmaient la mère et agaçaient le beau-père. La beauté et l'aisance de René rejaillissaient sur Polar et, comme dans la classe du père Martin, ils faisaient assaut d'humour et d'intelligence. Marie était séduite par ces gamins de vingt ans, ardents et rieurs, charmants et baratineurs. Elle en oubliait les traits ingrats de son fils qui lui-même noyait dans la gaieté de l'âge et l'entrain d'une génération ses complexes de mal-aimé. La mère et le fils retrouvaient même une tendresse reléguée sur ordre de Delaunay quand il avait fait irruption dans leur vie. Paul-Armand était d'autant plus comblé que ces effusions du samedi irritaient le beau-père. Il se prit à croire alors que, par le truchement de René, il allait retrouver la grâce. Et le bonheur d'être aimé. C'était sans doute excessif, mais une parenthèse s'ouvrait pendant laquelle il fut heureux.

La semaine, ils repartaient au fond du Cotentin bachoter leur entrée dans la vie. Le week-end, ils revenaient pour tenter d'y prendre part. Cela ne dura plus qu'une courte année, puis, le bac en poche, ils restèrent à Paris, vaguement inscrits en droit au Panthéon. Paul s'installa rue de Prony tout en y passant le moins de temps possible, en évitant les repas trop longs avec son beau-père, les discussions oiseuses sur le sort de l'Algérie et les réprimandes sévères sur sa vie nocturne. Il rejoignait René dans les caves de Saint-Germain, où ils buvaient, faisaient le coup de poing avec les pacifistes et écoutaient l'écume du jazz. Il est un point sur lequel ils restaient tous les deux discrets, c'est sur les robes à fleurs qui tournaient sur la piste aux bras d'autres gars. Paul ne se faisait pas d'illusions sur le sujet et savait que son physique le condamnait à les regarder tourner, mais René, René avec son sourire à la Clark Gable et son art du baratin, qui les piégeait au bar pendant des heures, qui les faisait rire, minauder, espérer, soupirer, ne les entraînait pas plus à danser. Il partait, les plantait là et retournait partager une sèche sur le trottoir avec les gaullistes en blouson. Paul ne comprenait rien à l'indifférence apparente de son ami et voyait là une tactique qui le dépassait. Sans doute René retrouvait-il ensuite l'une de ses admiratrices dans une rue adjacente pour l'emmener dans sa chambre de bonne. Lui rentrait invariablement seul, même quand il avait essayé de se joindre au groupe, de s'accouder au bar et de boire l'aura pétillante de René. Il laissait le plus souvent celui-ci prolonger encore un peu la nuit, exempt de vigilance parentale. Paul, lui, avait été privé de bienveillance paternelle mais pas de sévérité beau-paternelle. Le lendemain matin, les rideaux de sa chambre seraient tirés aux aurores, le petit déjeuner le mettrait dehors à l'heure dite pour rejoindre les amphis.

Un matin qu'il avait été jeté à la rue pour aller suivre un cours de droit administratif, il imagina passer prendre René chez lui pour l'obliger au même pensum. Comme souvent quand il venait le chercher le soir, il se planta rue de Grenelle au pied de son immeuble, sur le trottoir d'en face, et siffla pour qu'il descende. Mais, contrairement à leurs habitudes, la lucarne du sixième ne s'ouvrit pas et il n'entendit pas le juron normand lui demandant de l'attendre. Agacé d'imaginer l'autre roulé dans la chaleur des draps alors qu'il relevait son col d'imperméable sous une pluie fine de novembre, il monta les six étages et sonna. Il entendit du bruit derrière la porte, mais René ne répondit pas. Il frappa et se fit connaître : René, ouvre, je sais que tu es là, si tu crois que je vais te laisser roupiller alors qu'il faut que je me tape d'aller écouter le vieux Robillard, tu vas venir avec moi, mon vieux, tu ne te défileras pas. Il frappait d'une main et sonnait de l'autre, faisant un tel vacarme que les autres chambres de bonne qui n'avaient pas droit administratif à neuf heures se mirent à gueuler. René finit par ouvrir, l'air pas bonhomme. Tu te casses, Polar, s'il te plaît, tu fous le camp, tu ne restes pas là et tu laisses les gens dormir, salut. Paul redescendit sonné, il n'avait jamais entendu René lui parler sur ce ton. Il s'en voulait de son insistance, de son indiscrétion. Quel con il était. Pas son jour. Avant de rejoindre la fac, il entra dans le café du coin et demanda un petit noir pour se remettre. Soudain, il comprit pourquoi il était sonné, ce n'était pas le ton de René, c'était le blouson. Le blouson qu'il n'avait pas voulu apercevoir jeté sur une chaise dans l'entrebâillement de la porte et qu'il voyait maintenant sortir du porche, sur les épaules d'un joli gaulliste blond qui s'arrêtait pour allumer une sèche en protégeant la flamme de son Zippo avec sa main gauche. La cigarette d'après l'amour. René, lui aussi, les regarderait tourner, les robes à fleurs des caves de Saint-Germain.

Fin 59

Paul ne vit pas René de quelques jours, ni à la fac ni dans les caves. Il craignit d'avoir perdu celui qu'il avait découvert. Dire que cela ne lui faisait ni chaud ni froid de savoir son ami de la jaquette serait sans doute abusif; il devait bien avoir un peu de mal à digérer le blondinet en blouson. En même temps, cela lui paraissait beaucoup moins indigeste que la solitude qu'il voyait revenir avec la disparition du pédé honteux. Celui-ci réapparut dans l'amphi de droit administratif la semaine suivante. Entré par le haut, il descendait l'air crâne, habillé du blouson des gaullistes comme le signe d'un ralliement qui n'avait rien de politique, comme la déclaration d'un amour interdit, comme une confession publique que seul Paul pouvait entendre. Il vint s'asseoir à côté de lui et n'eut pas un mot. René ne chercherait ni à justifier ce qu'il n'avait pas choisi ni à entendre ce que Polar pourrait avoir à lui dire. Cela resterait tacite entre eux toute leur vie. Il ne se cacherait pas, mais ne s'exposerait pas non plus. Paul ne demanderait rien et limiterait les allusions blessantes. Ils confortèrent leur amitié dans un non-dit rassurant, la préservant de toute confidence qui la menacerait, l'emporterait. Sauf une fois, bientôt, pour France.

Car ce qui changea radicalement, c'est leur rapport aux robes à fleurs. Sans mettre explicitement en place une stratégie nouvelle, ils partagèrent autrement le bar. René rabattait et Paul essayait de tirer. Ce qu'il n'avait jamais osé tenter de faire jusque-là, persuadé que René remontait le filet pour lui. Or celui-ci s'amusa aussi à ce jeu sans danger, vérifiant son pouvoir de séduction avant de s'effacer devant les risques du métier. Au contraire, Paul profita du charme, de l'art du beau parleur, en espérant récupérer la jeune fille émoustillée, et parfois ça marchait, le temps d'une soirée, faute de grives, on mange des merles. Le lendemain, à la lumière du jour, dégrisée, elle renvoyait le merle, trop noir, trop de bec.

C'est ainsi qu'ils firent la connaissance puis le siège de France. Elle était belle comme une pin-up, mais élevée comme une duchesse. Quand ils l'avaient vue entrer pour la première fois dans la cave, ils avaient pris tous les deux un coup dans le ventre. René en vint même à espérer pouvoir renverser la vapeur. Elle semblait glisser sur ses escarpins, cintrée dans sa robe en vichy, les cheveux sauvages camouflant une moue boudeuse à la Bardot. Tous les garçons présents en oubliaient leurs différends politiques pour se retrouver aux pieds de cette fille sublime, tout droit sortie d'une crique de Saint-Tropez. Le plus brillant, c'était sans conteste René et il parvint assez vite à écarter les dragueurs sans lendemain. Le bar n'était pas digne de sa nouvelle conquête et, sans lésiner, il fit couler le champagne à flots sur une table en retrait. Paul était là, assistant stupéfait à la parade de celui qui ne pouvait espérer qu'un jour elle soit nuptiale. Le jeu était si parfait qu'il se prit à douter de ce qu'il avait compris rue de Grenelle, à imaginer que le paon se convertirait en coq, le phoque en étalon. Pendant plusieurs semaines, René fit ainsi le beau devant France, comme pour tenter le diable ou pour éprouver ses démons. Il draguait, et draguait la seule fille que Paul aurait épousée demain matin si seulement il n'était pas si laid et pouvait oser. Au lieu de cela, il accompagnait un pas en arrière le couple beau comme la une d'un *Jours de France*, servait de chaperon sans savoir à qui, de René ou de France, et marchait dans l'ombre de ces deux êtres qui prenaient la lumière et semblaient faits l'un pour l'autre. Ils l'aimaient bien, l'un et l'autre, et ne souffraient pas de sa présence. Au contraire, il les protégeait, les retenait, faisait diversion. France, cependant, finit par montrer chaque jour un peu plus son impatience et son désir. René faisait mine de ne pas comprendre, sans pour autant la repousser. Jusqu'au soir où, ayant déposé la jeune fille chez elle, assis sur le quai, les jambes ballantes au-dessus de la Seine, ils eurent la seule conversation dont Paul se souviendrait comme du pacte de leur amitié. Ce soir-là, dans un chuchotement, ils avaient échangé leur vie comme gamins ils auraient échangé leur sang.

— Polar, il faut que tu épouses France.

— Qu'est-ce qui te prend ? Tu es dingue, elle est folle de toi.

— Justement.

— Quoi, justement ?

— Je ne peux pas continuer à jouer avec elle, à la faire espérer, à lui faire croire que je pourrais être un jour le mari idéal. Justement parce qu'elle m'aime. Peut-être parce que je l'aime bien, moi aussi. Sans doute plus même. Mais pas assez pour renoncer, pour simuler, pour feindre une vie qui ne peut pas être la mienne. Et trop pour la rendre malheureuse.

— Es-tu sûr, René ? Si tu l'aimes, même un peu, pourquoi ne pas essayer ? Ce serait tellement plus facile. Tu sais ce que va être ta vie sinon, notre milieu n'est pas prêt, pas encore. Tu t'es peut-être trompé.

— J'ai déjà essayé, Polar, ça a été un fiasco.

— Tu ne peux pas te contenter d'une expérience, tu ne l'aimais peut-être pas assez, la fille…

— Je ne recommencerai pas, j'ai compris et je sais que ce n'est pas pour moi. Je connais ce qui me fait bander, malheureusement. Et même France, qui est belle comme un cœur, ne me fait pas bander… Il faut que tu l'épouses, je te dis.

— Attends, René, il y a un pas entre le fait que tu ne veuilles pas l'épouser et le fait qu'elle veuille m'épouser, moi. Je ne vois pas bien le lien logique.

— Il n'y en a pas, de lien logique. Mais tu es mon frère, Polar, et puis tu l'aimes, ça se voit comme le nez au milieu de la figure. Chaque fois qu'elle te regarde, tu en deviens beau. Elle sera heureuse avec toi, et c'est un peu comme si c'était moi qui l'épousais. Je viendrai chez vous, je serai le vieil oncle – ou la vieille tante –, le parrain. Vos enfants seront un peu les miens. Je vivrai tout ça à travers vous deux, Paul, vous deux que j'aime. Et que j'envie.

— Tu n'as rien à envier, va. Tu as vu ma gueule ? Ne rêve pas, elle ne m'épousera jamais, je suis un repoussoir, un épouvantail, un bon copain, mais pas un mari. Pas un type à côté de qui on se réveille le matin, pas un type dont on voudrait des enfants, pour qu'ils soient aussi laids, merci. Non, elle m'aime bien, France, parce qu'elle pense que ce sera moi le vieil oncle célibataire, le parrain. Mais elle n'imagine pas un instant autre chose. Je ne suis pas imaginable autrement.

— Ce n'est pas parce que tu ne t'aimes pas, Paul, que personne ne peut t'aimer. Je vais t'aider à la séduire, tu vas voir, à nous deux, on va le faire, ce mariage. Je lui parlerai, je lui montrerai qui tu es, quel type bien tu es dans le fond, je lui dessinerai votre avenir, j'écrirai les serments que tu lui prêteras…

— C'est de la littérature, tout ça, te voilà qui réinvente *Cyrano* à l'envers. Ça ne marchera jamais, René, tu oublies que Christian avait pour lui d'être beau.

— C'est la seule chance que tu sois heureux et que je ne sois pas trop malheureux. J'aurai fait votre bonheur, à défaut de pouvoir faire le mien. Ça vaut la peine d'essayer. Sinon, je saute, là, tout de suite, dans cette eau dégueulasse.

— Dis pas de conneries, tu as trop bu. Rentrons. Demain, tu penseras à autre chose et ce sera très bien comme ça.

— Demain, j'attaque ta conquête. Tu verras, elle t'épousera.

Novembre 59-novembre 60

René parvint à ses fins, France tomba amoureuse de Paul. Et vraiment amoureuse, du moins le crut-elle, le crurent-ils tous les trois. Qu'avait fait René pour céder la place, et surtout pour la laisser à Paul ? Que fit le second pour faire oublier sa laideur, pour devenir premier ? Comment le crapaud supplanta-t-il le prince, décrochant la préséance dans le cœur de la poupée ? Aucun ne le sut sans doute vraiment, une sorte d'alchimie étrange confondit les trois êtres en un seul sentiment flottant, éthéré, irréel. René se détacha, se mit en retrait imperceptiblement, faisant rejaillir sur Polar la magie de son charme. Paul, galvanisé par l'offrande inattendue qui lui était faite, inspiré par la beauté de l'une et l'amitié de l'autre, en devint aimable. Il sut en tout cas masquer l'ingratitude de ses traits sous la grâce de ceux de l'esprit. France, envoûtée par le sacrifice de l'un, transportée par l'exaltation de l'autre, se donna à Paul.

Avec l'éducation qu'ils avaient reçue, ils expièrent leur empressement par des fiançailles en bonne et due forme. Après quelques nuits qui firent de lui un homme, Paul enfila ses gants beurre frais pour aller faire sa demande au comte. Marie en eut les larmes aux yeux, Delaunay poussa un soupir de soulagement, René eut un léger pincement et les parents de France trouvèrent qu'ils étaient trop jeunes, que sa mère avait un peu l'air d'une brodeuse enrichie. Le fiancé, lui, connut là quelques mois dont il n'aurait jamais espéré rêver. Où qu'il arrive au bras de France, il rayonnait des regards envieux qui le suivaient. Gonflé d'orgueil, il parlait plus fort, riait aux éclats et toisait la valetaille. Il prit du champ par rapport aux gaullistes, avec ou sans blouson, quitte à s'éloigner un peu de René. Le Général n'avait pas de couilles, lâchait du lest, s'acheminait vers l'autodétermination, cédant face aux communistes et aux mères qui s'allongeaient sur les rails pour retenir leur fils. Agitation de dégonflés, lamentations de femmelettes. Même si les *événements* duraient, se durcissaient, lui restait *Algérie française* et lisait dans les yeux de France une admiration qui lui donnait de l'audace. Ses vingt ans lui paraissaient trop longs à venir. Il en vint à imaginer devancer l'appel, juste pour la sentir fière de lui. Il s'apprêtait à lui en parler ; qu'ils partagent tous les deux la fièvre d'un engagement héroïque. Le retenait une seule arrière-pensée, sans oser se l'avouer, celle de rencontrer chez France un enthousiasme un peu trop vif. Il voulait bien s'engager, qu'elle soit fière de lui, mais il aurait voulu aussi qu'elle le retienne, qu'elle préfère le garder en civil plutôt que de le voir partir en treillis. Or, il n'en était pas du tout certain. Bien au contraire, il pressentait qu'elle se réjouirait d'un départ. Il lui semblait percevoir des signes de lassitude à peine visibles, sauf pour lui, habitué à décrypter le désamour. Si, au début, elle s'était amusée à jouer les fiancées avant toutes ses amies, s'était vantée d'avoir jeté son bonnet par-dessus les moulins avant les autres, s'était trouvée grandie de la désapprobation de son père, aujourd'hui il sentait une pointe d'inquiétude, de regret, d'écœurement. Pour être fixé, un soir de janvier, alors qu'à Alger les insurgés dressaient des barricades, il lui confia son projet et eut confirmation de ses doutes. L'enthousiasme de France fut bien à la hauteur de ses soupçons ; elle trouva l'idée généreuse, l'engagement noble et son fiancé épique. Il vit de nouveau étinceler son regard qu'un voile d'ennui avait commencé à ternir. Elle répandait la nouvelle le soir au milieu des pacifistes convaincus ou des gaullistes refroidis, habillant déjà son mari de la vaillance des chasseurs alpins ou de l'intrépidité des paras, gommant sa laideur, sa fadeur, son insignifiance rendues patentes par l'éloignement de René, parti braconner sur d'autres terres, plus près des grands boulevards qu'au cœur de Saint-Germain.

Celle qui ne se réjouit pas de l'annonce de ce nouveau départ, ce fut Marie. Elle avait récupéré son fils depuis quelques mois, réussissant à réconcilier Delaunay avec l'idée qu'elle était mère. Elle espérait bien le garder et ne pas le voir repartir sous la mitraille du FLN pour défendre un bout de désert qui n'avait rien de commun avec sa grasse Normandie. Elle n'était pas prête à le sacrifier sur l'autel de la patrie, à pleurer au pied de la croix de Lorraine. Elle ne parvint pourtant pas à le faire revenir à la raison, il était décidé et sa gourde de fiancée, au lieu de le retenir par les sentiments, l'aiguillonnait sans relâche, comme si elle craignait que la bête de trait n'oublie de tracer son sillon de héros. Elle n'allait pas s'allonger sur les rails, mais elle obtint de les marier, espérant que cet engagement empêcherait l'autre, retarderait au moins le départ ou au pire avancerait le retour. On organisa un joli mariage d'hiver, dans un cercle parisien ouvert pour le comte, au milieu de femmes en chapeau et d'hommes en képi, de jeunes cyrards et de filles à marier. Delaunay n'avait pas regardé à la dépense, il fallait que ce soit bien, pas tant pour son beau-fils que pour ses clients. On dansa tard dans la nuit, on but beaucoup et on trinqua à la France des colonies. Tout aurait dû être pour le mieux, mais le marié était anxieux, le témoin fuyant, la mariée trop blanche et la nuit de noces fut calamiteuse. Paul n'en garderait que le souvenir des larmes de sa femme, à peine cachées par la pénombre de la chambre, à peine couvertes par son silence.

Il avait compris. France ne l'avait sans doute jamais aimé et ne l'aimerait plus. Elle avait cédé à une excitation artificielle, s'était trompée d'homme, avait cru à un mirage. L'amour s'était déjà estompé, tremblait en s'évaporant dans l'air et disparaîtrait définitivement dans les sables du désert. Il maintint son engagement ; puisque c'était comme ça, lui aussi disparaîtrait dans les sables du désert. En attendant, ils s'éloignèrent l'un de l'autre, comme par inadvertance. Lui se préoccupait de son départ, elle l'espérait. Il multipliait les démarches, passait entre les mains des médecins, sous le regard des officiers, dans les bureaux des ministères, sur les estrades des réunions politiques. Il se réduisait à son engagement, bel acte de patriotisme pour les autres, pour lui dernière tentative d'être aimé. France, au contraire, vivait une première esquisse de liberté. Femme mariée, elle ne rendait plus de compte à son comte de père ; épouse indifférente, elle ne se sentait aucune obligation envers son mari déjà parti. Elle rejoignit quelques amis à Megève, revint souriante, emballée et tournoyante. Elle se remit même à l'accompagner parfois le soir dans les caves, pour partager avec lui les regards admiratifs et les commentaires transportés de ceux qui restaient, qui se gardaient bien de devancer l'appel, d'aller courir des risques pour pacifier de la caillasse. Elle baisa même avec lui, sans tousser, sans fermer les yeux, comme si elle était heureuse. Il n'était pas dupe ; elle lui offrait l'amour du condamné. Elle jetait ses bras autour de son cou de pendu, embrassait ses lèvres de décapité, recevait son sperme de banni. L'été fut un cachot triste et sec, l'automne une lente marche vers l'échafaud. En montant sur la *Ville-d'Oran*, il ne voulut garder de ces derniers mois, de son existence de jeune marié, que l'image de son départ où France avait su jouer – feindre ? – la peur et l'exaltation de l'épouse attendrie. Il nourrit son mal de mer de ces quelques restes d'illusions.

II

1949-1952

1949-février 1950

Les journées d'hiver étaient longues à Carentan. La nuit tombait avant que Marie ne soit rentrée et Paul-Armand l'attendait, le nez écrasé contre la fenêtre embuée de la salle, essayant de percer les ténèbres sans lune pour voir apparaître son jupon, son châle et son sourire. Elle était partie alors que le jour n'était pas plus levé que lui. Il ne la voyait pas le matin et attendait le soir de sentir la fraîcheur salée de sa joue contre la sienne, ses mains piquées le serrer contre lui et son visage radieux éclairer la pièce sombre et triste. Toute la soirée, il respirait sa mère. Toute la soirée, elle l'embrassait, le caressait, le chérissait, son petit, la trace de son amour perdu. Alors qu'elle aurait dû en vouloir au destin, elle était gaie comme personne ne l'était autour de lui et, malgré des heures à se tuer les yeux sur la broderie manchote, elle rentrait pleine de vie qu'elle venait déverser, à grand renfort d'anecdotes, de potins, de refrains, dans la cuisine de la rue Corneille. L'odeur du potage aux légumes se mêlait aux questions trop nombreuses qu'elle laissait sans réponse jusqu'à donner le tournis, la nausée à Paul-Armand. Le vertige du soir après la journée compassée auprès de sa grand-mère.

Celle-ci l'avait réveillé le matin en ouvrant les volets de sa chambre sans même approcher son lit. Le petit déjeuner était prêt et l'école l'attendait. Il se levait pour aller voir si, dans la rue, les passants avaient le nez en l'air ou la tête sous le parapluie. A son tour, il regardait le ciel pour évaluer, à la vitesse des nuages, le temps que durerait l'éclaircie ou le grain. Il s'habillait en conséquence et descendait boire un bol de lait qu'un coup de chaud avait couvert d'une couche écœurante de peau. Il l'accompagnait de tartines déjà prêtes, recouvertes d'un beurre souvent rance. Celui-ci n'était frais que les deux jours qui suivaient la visite de sa grand-mère chez la mère Morel. Le reste de la semaine, il avait pris les odeurs du garde-manger et une teinte jaune foncé. Rien qu'à le voir, Paul-Armand avait déjà sous le palais le goût âcre qu'il garderait jusqu'au samedi suivant. Il sortait dans une semi-obscurité et remontait la rue Corneille pour rejoindre l'école. Il n'était pas mauvais élève, préférant encore la rigueur d'un maître à la raideur de sa grand-mère. Il avait su lire vite, trouvant dans les livres la lande où échapper à l'odieux ennui. Il rentrait déjeuner, enviant ses camarades en sabots qui venaient avec leur gamelle des alentours de Carentan par le car du matin et ne repartiraient que le soir. Ils joueraient dans la cour pendant que lui écouterait l'horloge égrener les minutes dans la salle en avalant en silence un repas juste chaud. Il repartait dès que possible, tendant le dos aux quolibets que ses camarades commençaient à lancer à sa laideur d'enfant, toujours moins douloureux que le rejet de ses grand-mères. La campagne, faite aux difformités d'une race qui s'éteint, n'a pas la même cruauté envers l'irrégularité d'un visage, la longueur d'un nez, l'eczéma d'une peau, qu'une grand-mère déçue par un lignage suspect. Or, la mère Bonnaud se demandait ce qu'elle faisait à couver ce Coutainville rapporté un jour par sa fille alors même que les gens du château qui lui avaient pourtant donné son nom n'en voulaient pas plus qu'elle.

Paul-Armand se rendait malgré tout chez eux avec sa mère une fois l'an, à l'approche de Noël. Marie prenait quelques jours et vérifiait qu'il était propre, que son costume n'était pas trop court, rallongeait un peu son ourlet, reprisait les quelques trous de mite qu'il avait aux manches. La mère Bonnaud levait les yeux au ciel, on n'en faisait pas autant pour elle, pour lui montrer son petit-fils sous son meilleur jour, faut reconnaître que… Elle était tout juste bonne à lui servir la soupe, à lui faire réciter des leçons qu'elle ne comprenait pas, à supporter les niaiseries qu'il écoutait à la radio en attendant sa mère. Ils partaient tous les deux, sous une grêle de reproches. Paul-Armand aimait ces quelques jours parce qu'il avait Marie pour lui, parce que son amour maternel n'était plus restreint par les contraintes de la vie, parce qu'ils seraient tous les deux, victimes solidaires du mépris des Coutainville, liés par le souvenir d'un père qui continuait d'obliger la baronne à tendre une main dégoûtée à la brodeuse et à son ingrat de fils. Celui-ci savait quel soupçon habitait la hoberelle et, du jour où il l'avait entendue cracher son indignité, sa bâtardise, il ne s'était plus forcé à aucune affection. Il montrait indifférence et inattention dans les salons et attendait le soir de partager avec sa mère la tendre intimité de la chambre d'amis. Rien ne l'intéressait de ce que son grand-père, faisant contre mauvaise fortune bon cœur, essayait de lui inculquer de savoir-vivre et de culture. Paul-Armand le suivait, distrait, quand il lui faisait l'inventaire de ce qui, un jour, lui reviendrait. La dissipation était telle que le grand-père lui-même finit par convenir devant sa femme que c'était des perles aux cochons. Le gamin n'en avait rien à faire et n'en ferait jamais rien, il n'avait pas le goût des belles choses, pas leur goût tout simplement. Rien ne servait de flatter le coucou ; il valait mieux tout laisser au cadet. Paul-Armand, en réalité, s'imprégnait d'une identité qu'un jour il revendiquerait peut-être, mais, pour l'instant, il se contentait de s'incliner chaque année sur la tombe d'un père inconnu dans la chapelle ruisselante, de dîner sous l'œil humide d'ancêtres conquérants sans les reconnaître, de geler dans le grand salon malgré le feu d'hiver. Il n'écoutait pas, ne retenait rien et attendait que ça passe. Quand il repartait, il n'avait pas un regard pour cette bâtisse sans charme, sans chaleur, qui le renvoyait avec le sentiment du devoir accompli vers son destin douteux. Il l'oublierait et elle ne lui manquerait pas.

Il regrettait juste de perdre ces nuits où il entendait sa mère respirer, se retourner sous l'édredon, le coton propre et cassant de sa chemise de nuit neuve frottant celui, usé, des draps qu'on lui avait mis. Il regrettait ces réveils partagés qu'il convoquait trop tôt, profitant des premières lueurs de l'aube pour se glisser dans le lit de Marie sous prétexte de bruits terrifiants dans cette maison inhospitalière. Il se rendormait, bercé, étourdi par le parfum, la chaleur, la tendresse, le babillage de sa mère et c'est elle qui, plus tard, devait le secouer pour être prêt à descendre à l'heure. Rue Corneille, il dormait seul et se réveillait sans sa mère. La maison était plus familière, les bruits du matin ne l'inquiétaient pas, mais la solitude partagée avec la mère Bonnaud était plus glaçante qu'un regard d'ancêtre figé. Il n'était pas plus aimé qu'à Coutainville, mais, en plus, il était privé de la présence de Marie.

En février 50, on proposa à celle-ci de devenir demoiselle de magasin à Caen. Elle partit toute la semaine, sans un mot d'explication ou presque pour le gamin qui, le nez écrasé contre la fenêtre, espérait toujours son retour le soir. Non qu'elle se désintéresse de son chagrin d'enfant, elle l'aimait plus que tout, son petit, mais, justement, elle craignait, en lui parlant, de ne plus trouver la force de s'éloigner. Or, c'était la vie. Et, après lui avoir fait le coup de salaud de lui avoir pris Armand, voilà que celle-ci lui offrait une nouvelle opportunité, il fallait qu'elle la saisisse. Elle cesserait de se tuer les yeux, de se piquer les mains. Elle irait là-bas, elle laisserait Paul-Armand à sa mère et reviendrait le dimanche. Et puis, un jour, quand elle serait installée, quand il serait plus grand, elle viendrait le chercher. La mère Bonnaud acquiesçait, bien entendu, et ne voyait pas la nécessité de rassurer le petit, ce serait de l'enfantillage, elle serait là samedi soir, qu'est-ce que c'était qu'une semaine… Aucune des deux n'imagina l'obscurité glaciale de ce tunnel infini que représentaient six jours et six nuits pour un enfant de huit ans, l'impossible résignation du soir qu'il noyait dans les larmes, le sentiment d'abandon qu'il masquait en reniflant dans sa manche. Et pourtant, la marque était indélébile, large balafre sur son visage d'orphelin. Pas de père ; peu de mère.

Février-juillet 50

Il pensa que rien ne pourrait jamais être pire que cet hiver d'enfance où le jour semblait ne pas se lever jusqu'au dimanche qui passait en quelques heures. La nuit retombait sur le quai de la gare de Carentan quand le train disparaissait dans le virage. Le silence venait occuper la semaine, guindé dans son uniforme de pluie, sous les rafales d'un vent autoritaire. Avec le printemps, il vit arriver le moment de rejoindre Caen, de grimper dans le train, enfin, au nez et à la barbe de la mère Bonnaud. Au contraire, sans plus d'explication, ils n'allèrent plus à la gare chercher Marie pour le dimanche. Les semaines passaient entre sa grand-mère et lui. Il n'osait pas poser de questions de peur d'entendre la disparition irrémédiable, l'absence irréversible, préférant garder l'illusion d'un retour, l'espoir des retrouvailles. Il imagina tout, du plus anodin au plus grave, du surplus de travail à la maladie. Son cœur penchait pour le plus grave, source d'angoisse mais seule façon acceptable d'envisager la séparation. Sa mère qui l'aimait tant, elle ne pouvait renoncer à lui que sous une contrainte absolue.

Le printemps fut plus sinistre encore que l'hiver. Paul-Armand traînait ses bottes dans la gadoue d'une vie sans tendresse, attendait une éclaircie derrière le rideau gris de la tristesse, fuyait le marais désert dans des lectures de cape et d'épée où l'on perdait la vie dans des serments éperdus, où le sang coulait à gros bouillons d'amour, où l'on retrouvait au pied d'un calvaire en granit un père disparu dans la tempête de l'enfance. Il chevauchait ses rêves d'une vie meilleure, oubliait dans la réverbération de la page le brouillard qui l'entourait, s'imaginait en chevalier beau comme un astre au milieu d'une poussière d'étoiles paysannes. Mais, le livre fermé, il retrouvait dans le miroir l'enfant laid, seul, orphelin, unique frère d'armes de sa retraite forcée.

Un jour de juillet, pourtant, elle réapparut comme le soleil normand, inattendu et éclatant. Ils n'avaient pas eu besoin d'aller la chercher à la gare. Elle était là, devant la maison, dans une voiture luisant rue Corneille comme un vers dans l'herbe grasse. Il s'en frottait les yeux, incrédule, ébloui. Elle était plus belle encore que dans son imagination, plus chic, plus soignée, plus distinguée. Presque un air de Milady. Il en était tout intimidé, n'osait pas se jeter dans ses bras, restait sur le seuil, bêta, gauche dans son amour de grand dadais, empoté avec ses centimètres pris dans l'hiver, gêné avec sa rhinite de début de moisson. Il mouchait, avait les yeux qui pleuraient, le nez gercé, rien de bien séduisant, mais au moins pouvait-il mettre sur le compte du rhume des foins l'émotion honteuse qui envahissait ce début de grand garçon. C'est elle qui vint le serrer contre son cœur. Mon Paul-Armand, comme tu as grandi, forci ! Fais-toi voir… Tu es méconnaissable, presque un homme. Avec quoi elle t'a nourri, ta grand-mère ? Que je suis heureuse d'être là ! Et alors, tu ne m'embrasses pas ? Tu n'embrasses pas ta maman ? Tu ne la reconnais pas ? Approche donc, mon Paul. Tu n'es pas content de me voir ? Si tu savais comme je suis heureuse, moi. Tu m'as tellement manqué. Mais tu as déjà bruni ? C'est la campagne, ça. Vous avez eu beau temps ? Nous, on a eu tellement de pluie ce printemps. Ben, tu pleures, mon ange ? Ah, non, c'est le rhume, tu m'as fait peur. Il ne faut pas pleurer, mon grand, je suis là, tout va être plus facile maintenant, tu vas voir, notre vie va changer. Tu vas venir vivre à Caen avec nous, je te l'avais promis, c'est fait, je suis là. Je vais t'expliquer. Viens, rentrons. Je t'aime tant. Regarde où tu m'arrives, à l'épaule, tu vas bientôt me dépasser. Et la classe ? Il paraît que tu as encore fini premier, c'est bien, tu sais que je suis fière de toi, tu feras de belles choses dans la vie. A Caen, tout sera possible, tu vas tout apprendre, tout savoir, tu pourras choisir, tu feras une grande carrière, tu verras. Mais pas tout de suite, hein, mon Paul-Armand ? D'abord tu resteras avec ta maman, tu es encore son petit. Tu me promets que tu resteras un peu avec moi, hein ? Le temps de grandir, de souffler, d'être ensemble. Hein, Bernard, qu'il va s'installer avec nous ? Dis bonjour à Bernard, mon petit Paul, ça va être ton nouveau papa, on va se marier.

Paul-Armand remarqua alors le grand type, debout contre la voiture, qui attendait la fin de la scène, pensif devant cette gravure de retrouvailles paysannes. Il le trouva bien, dans son costume fluide, la cigarette à la main, les cheveux en arrière, bonne affiche de père. Pas très souriant. Mais l'enfant était prêt, prêt à tout pour rejoindre sa mère, pour quitter Carentan, sa grand-mère, l'école communale, l'ennui de village. La présence de l'intrus n'était pas un obstacle, il allait faire son sac, prendre trois bricoles, ses livres, ses chemises, un chandail, jeter la besace dans la voiture, et vogue la galère. Attends, mon Paul, ne te précipite pas. Nous sommes venus t'embrasser, nous allons manger un morceau avec vous, je voulais t'annoncer la bonne nouvelle, mais nous partons. Nous partons dans le Sud, Bernard m'emmène sur la Côte d'Azur, nous descendrons même peut-être jusqu'à la Riviera. Un peu un voyage de noces, hein, Bernard ? Avant notre mariage. Nous ne serons pas là de l'été. Tu vas le passer ici avec ta grand-mère, mais nous serons revenus pour la rentrée. Nous repasserons te chercher, nous t'inscrirons à l'école à Caen. Tu verras, on va être très heureux. Bernard a un grand appartement là-bas, du côté de l'Abbaye aux Dames, mais je suis bête, ça ne te dit rien, on ira ensemble, je te montrerai, ça te plaira. Tu auras ta chambre, tu pourras mettre tes livres. Et puis il a un chien aussi, Brindame, depuis le temps que tu en voulais un, tu vas l'aimer. Et moi, je serai là pour toi le soir, j'ai donné ma démission, je ne suis pas en congé, imagine-toi, je suis libre, libre comme une femme qui ne travaille pas. Une vraie bourgeoise, hein, Bernard ?

Pendant le déjeuner, Marie ne cessa de tourbillonner, de parler, de rire. Elle savourait son bonheur en picorant dans le ragoût de la mère Bonnaud. Paul-Armand se nourrissait de l'euphorie de sa mère, l'engrangeant pour l'été, et observait l'homme en retrait, qui semblait toujours attendre, attendre le dessert, la fin des annonces, la retombée de l'excitation. Il participait peu, répondait à peine aux interjections de sa femme qu'il dévorait pourtant du regard, semblant tout à la hâte de retrouver le tête-à-tête et pas vraiment curieux de découvrir la mère, le fils et le Saint-Esprit des lieux. Carentan était un trou et les grappes de Manchots qui venaient entourer sa voiture, l'approcher, la toucher, la caresser en étaient la preuve. Il se levait à intervalles réguliers pour vérifier qu'on ne la lui abîmait pas, qu'on ne la lui enlevait pas. Avec le même instinct de possession, la même jalousie virile que pour Marie. Paul-Armand se souviendrait de cette première impression ; son beau-père ne partagerait ni son goût pour les grosses bagnoles ni son amour pour sa petite femme, écartant tout le monde et lui en particulier. Il s'en souviendrait quand il trouverait l'une encastrée dans l'autre et lui en voudrait jusqu'à la mort.

L'été fut long à son tour. Les journées n'en finissaient pas, la lumière traînait le soir jusqu'à pas d'heure, avec une paresse d'estivant. Cette année, Paul-Armand aurait préféré les voir raccourcir avant même que les blés soient coupés. Au lieu de ça, ils pointaient fièrement leurs épis vers un ciel toujours clair, et septembre, ses grandes marées, ses nuages sombres, ses terres au repos, ses mouettes repues de grains oubliés semblaient ne jamais arriver. Il reçut une cartelette de sa mère, la promenade des Anglais, *Tout va bien, voyage magnifique, temps superbe, le Midi, ça change de la Normandie, prends soin de toi, je t'aime tant*. Il l'accrocha dans sa chambre. L'été prochain, il partirait avec eux ; lui aussi découvrirait la mer azur, les lauriers-roses et les mimosas jaunes, les yachts blancs, un monde de couleurs. Il parcourrait des kilomètres dans la Lancia décapotable de Bernard, la peau séchée par l'air brûlant, le short et la chemisette accordés, les pieds nus dans ses sandales, la main dans celle de sa mère. Au lieu de ça, il enfilait un chandail effilé vers seize heures quand le temps se renversait avec la marée et gardait ses chaussettes comme un plouc. Mais c'étaient les dernières semaines près de sa grand-mère à attendre que la vie s'ébroue, se réveille et l'emporte enfin. La fin de l'enfance exilée, oubliée, rejetée.

Automne 50

La Lancia était revenue, la veille de la rentrée des classes, alors que Paul-Armand s'apprêtait à désespérer, et si, encore une fois, on lui avait menti ? Son sac était prêt, ils ne s'arrêtèrent pas pour déjeuner, pas le temps, ils reprirent la route. Dans une grosse heure, ils seraient à Caen, il n'en espérait pas tant. Arrivés dans l'appartement, Bernard repartit et les laissa tous les deux. Il retournait à ses affaires et reviendrait le soir. L'enfant était au comble du bonheur ; la vie et l'homme lui rendaient sa mère, il ne pouvait que leur être reconnaissant.

Aussi ne fit-il pas la grimace quand il fut déguisé en garçon d'honneur pour le remariage de sa mère. Au contraire, il masqua sa laideur sous un sourire qui n'était pas seulement de circonstance. Il voulait enchanter sa mère, elle-même rayonnante, séduire son beau-père, fier comme Artaban. Tout juste s'il tordit un peu le nez quand, d'un geste brusque, celui-ci l'écarta des photos sur le perron de la mairie, devant l'Abbaye aux Hommes. On photographia le couple, seul longuement, puis avec le maire que connaissait bien Delaunay, avec sa mère, avec leurs témoins, mais pas avec le fils de Marie. Le déjeuner qui suivit fut gai, ponctué de discours ; Guillou, le maire, reprit la parole, félicitant Delaunay d'avoir trouvé femme si charmante, comme quoi on pouvait être doué en affaires et en amour, comme quoi la Normandie recelait des trésors. Il y eut bien quelques apartés aussi, s'étonnant qu'une femme aussi jolie ait accouché d'un enfant aussi laid. Paul-Armand ne voulut rien entendre, trempa ses lèvres dans le calva qui servait de trou normand, perdit la tête et la raison, s'enivra de la joie du moment, des promesses de bonheur, de celui de sa mère. Le soir, il retrouva Brindame, le vieux bâtard à poil ras qui suivait tous ces changements avec son brave air de chien, le nez écrasé sur son panier, le regard fidèle. A eux deux, ils feraient une portée dévouée et aimée.

Peu de temps après, il fut amené chez le notaire. Désormais, il s'appellerait Delaunay. Son beau-père avait accepté de l'adopter, de lui donner son nom et de le venger des Coutainville qui ne voulaient pas de lui. Il resta interdit de la générosité de l'homme qui, pourtant, ne lui manifestait pas une grande tendresse. Peu importe, il s'habituerait, c'était sans doute pudeur d'homme, réserve masculine. Non seulement il s'y ferait, mais en plus il l'imiterait, trouverait dans ce nouveau père le modèle qui lui manquait. Quand celui-ci lui annonça qu'avec Delaunay on écourterait son prénom, que Paul suffisait bien et qu'Armand n'était pas nécessaire, il se plia à la décision avec la même bonne volonté. En quelques jours, il était devenu Paul Delaunay, avait effacé de son état civil toute trace d'un passé incertain pour inscrire un présent plein de certitudes. Marie et lui s'épargneraient désormais la visite annuelle à la chapelle sanglotante, à la grand-mère repoussante. Il oublierait Coutainville comme Marie oublierait Armand. Delaunay assurerait l'avenir d'une famille qu'il ne partagerait pas plus que le reste. Il n'était pas partageux, on l'a vu, et Paul en fit vite les frais.

Unique vestige de Coutainville, Paul venait se glisser dans le lit de sa mère le matin quand Delaunay était parti. Ses affaires appelaient celui-ci tôt dehors et l'enfant profitait de son lever matinal pour retrouver l'intimité que seule la bâtisse pourtant inhospitalière lui avait accordée jusque-là. Marie n'avait pas le cœur de le jeter hors du lit, mais Paul sentait bien que leur tendresse avait désormais un arrière-goût d'interdit et que le châtiment n'était pas loin. Brindame lui-même, qui devait avoir pris quelques coups de pied dans la vie, s'étonnait de cette hardiesse et faisait le gros dos, le poil hérissé, la queue entre les pattes, rien qu'à la vue du coucou qui osait s'installer dans la couche des maîtres, tremblant pour lui, avec la solidarité des dominés. Un jour de novembre, alors que Paul était venu une nouvelle fois se coller contre sa mère, il sentit celle-ci se raidir et, avant qu'elle n'ait eu le temps de le renvoyer, qu'il n'ait eu le temps de prendre conscience du danger imminent, il fut saisi, giflé, jeté hors du lit, chassé dans sa chambre. Delaunay n'était pas parti ce matin-là et brisa, d'une gifle, le rêve de Paul. Il ne serait pas plus à sa place ici qu'ailleurs. Il serait à jamais l'enfant de trop.

1951

Il avait suffi de six petits mois pour que Paul perde toute illusion et comprenne qu'il ne serait pas plus aimé du beau-père que des grand-mères, pas plus le fils adopté que le fils légitime, pas plus Delaunay que Coutainville, mais bien toujours le vilain petit canard. Parenté animale, puisque c'est la seule qui lui était acquise, il fraternisa avec Brindame. Plus jamais il n'osa entrer dans la chambre de sa mère. Plus jamais il n'osa l'embrasser quand Delaunay était là. Après la gifle, Marie elle aussi prit ses distances, sans doute sermonnée par son mari. Le fait est que l'un et l'autre perdirent l'habitude de s'approcher, de se toucher, de s'aimer. Ils apprirent la réserve, le détachement. Delaunay trouvait cela tellement plus distingué. La tendresse et les cajoleries, sensiblerie de petites gens tout ça, ce n'est pas ainsi qu'on ferait de Paul un homme. Il avait dix ans, il était temps qu'il s'endurcisse, ce n'était pas un service à lui rendre que de le câliner comme un nouveau-né. Paul sentit la fatalité humide de Coutainville étreindre de nouveau ses os maudits. La figure du beau-père ne serait pas plus tutélaire que le fantôme du père. Paul Delaunay ne serait pas plus heureux que Paul-Armand de Coutainville. Supercherie de la vie.

Le seul qu'il caressa désormais sans jamais craindre une morsure sournoise, c'est Brindame. C'est auprès de lui qu'il trouva la chaleur et la tendresse. Sa mère était bien là quand il rentrait le soir de l'école, mais il ne la voyait pas beaucoup plus tôt qu'à Carentan quand elle rentrait de l'atelier. Femme enfin adulée, elle se devait d'être tout entière consacrée à son nouveau rôle et cela imposait quelques obligations, quelques préparatifs. Son fils fit les frais des uns, leurs fins d'après-midi succombèrent aux autres. Il trouvait sa mère au salon autour d'une tasse de thé avec la femme du maire ou celle du préfet, au téléphone parfois pour accepter une chasse ou un dîner, aux mains d'une couturière pour un essayage et les dernières retouches. Il lui présentait une joue à peine plus affectueuse que la main qu'il tendait aux visites. Elle lui rendait un baiser distrait quand elle ne l'éloignait pas d'un revers de main parce que, seule, elle se faisait les ongles et ne voulait pas qu'il l'approche. Il retournait goûter dans la cuisine et racontait sa journée à Brindame assis tout droit à ses côtés, avide de ses paroles autant que des miettes éventuelles qui tombaient. Au dîner, il retrouvait le couple qui construisait sa légende bourgeoise, faisant mine d'oublier que l'un avait commencé comme manœuvre à Cherbourg et l'autre comme brodeuse à Carentan avant de devenir des notables caennais grâce à l'après-guerre. Paul entendit prospérer les transports Delaunay, suivit les camions vers Ouistreham et l'Angleterre, redouta les grèves des *ferries* qui rendaient indigeste le poulet vallée d'Auge, craignit la diversification, bénit la reconstruction. Son beau-père faisait fortune, sa mère embellissait pendant que lui se résignait à être la cinquième roue, à regarder passer les trains, à rester sur le quai. Après le dîner, il était envoyé dans sa chambre qu'il avait obtenu de partager avec Brindame. Les deux bâtards se tenaient chaud et les semaines passaient dans un clair-obscur un peu fade où Paul regardait la vie se dérouler sans lui. Le week-end, les Delaunay prenaient la Lancia et allaient marcher sur la plage de Graye ou dans la forêt de Balleroy, accompagnés de leur bande du tout nouveau Lions Clubs. Quand les enfants étaient tolérés, Paul les accompagnait et courait sur la plage ou dans les sous-bois avec Brindame. A la saison de la chasse, il était lâché à Carentan et retrouvait la mère Bonnaud pendant que les Delaunay partaient courir le lièvre. Le plus dur était de voir Brindame les suivre, trottinant la queue en l'air, la truffe au sol, déjà émoustillée par le fumet du gibier quand lui pénétrait dans la maison sinistre qui sentait le renfermé et la soupe aux poireaux.

Au printemps, on commença à réfléchir à son entrée en sixième. Delaunay voulait tout à la fois un bon établissement et une institution huppée. Ils prirent les avis de la notabilité, chacun y alla de son conseil. Marie avait la tête qui tournait et ne savait plus que choisir, du lycée public au bataillon d'agrégés, de l'établissement privé au règlement sévère, de l'internat lointain pour fils de bonne famille. Dans le secret de ses envies qu'il s'habituait à taire, Paul se fichait de tout sauf d'être loin. A Caen, ce n'était pas la vie rêvée des anges, mais c'était mieux que l'enfer de l'exil. Il fallut pourtant se plier aux désirs de Delaunay qui, lui, ne manquait pas de les imposer, et les jésuites l'emportèrent. Blanchelande, une heure de train, les villages tout neufs qui sentaient la reconstruction, le cafard sous le morne crépuscule. La perspective n'était pas réjouissante, mais il ne croyait plus aux miracles et son trousseau était marqué.

Fin août, alors que les estivants avaient fui les plages devant l'automne menaçant qui enflait au large, Paul profitait de ses dernières heures familiales et courait sur la plage avec Brindame, laissant Marie et Delaunay loin derrière. Il s'enivrait de sel, de vent et d'espace, cocktail normand qui pouvait sembler la source des larmes coulant sur ses pommettes fouettées. Et pourtant, ce n'était pas l'air mais bien le déchirement qui lui piquait les yeux. Il aurait voulu avoir l'insouciance d'un Brindame qui n'envisageait pas son avenir au-delà de cette course après les mouettes. Le chien courait, essoufflé, désordonné, givré, allant et venant, faisant des cercles autour de

Paul, aboyant après le vent, pataugeant dans les mares, reniflant les éponges et vieilles arêtes déposées par la marée, s'imprégnant de l'odeur de poisson décomposé, bouffant la vie sans arrière-pensées. L'après-midi tomba en même temps qu'une averse et Delaunay les appela pour rejoindre la voiture où s'était réfugiée Marie, pressée de rentrer. Brindame traversa la plage plus vite que Paul et déboula sur la digue à fond de train. Alors qu'il fonçait vers son maître, qu'un nuage sombre obscurcissait le rivage, que la pluie tombait dru et que l'enfant arrivait trop tard pour crier, une voiture le cogna et l'éjecta plusieurs mètres plus loin. Paul arriva devant le chien pour le trouver agonisant, râlant, un filet de sang s'écoulant de son oreille, la respiration faible, le regard perdu. Il se jeta contre lui. Le conducteur descendit de la voiture, embêté, gêné mais paysan : pov' bête, va pas s'en remettre, mais fallait le tenir en laisse aussi, mon bonhomme, un chien, faut pas le laisser courir comme ça sur la route, allez, t'en fais pas, *fi d'toto*, un chien, c't un chien, ça s'remplace, passe donc à la ferme tantôt, j't'en trouverai un autre. Paul n'entendait rien ; couché sur Brindame, trempé, il sentait juste le souffle de l'animal freiner, ralentir, comme aurait dû le faire le paysan. Delaunay approcha, suivi de Marie, constata les dégâts, repartit vers la voiture et revint armé de son fusil. Un chien, faut pas que ça souffre. Paul hurla quand son beau-père l'écarta et se précipita dans les jupes de sa mère pour ne pas voir. Il entendit la détonation. Qui résonnerait loin pour lui comme de la cruauté, de l'indifférence. Il resta prostré, reniflant l'étoffe parfumée au Shalimar, y cherchant l'étourdissement, l'évanouissement, refusant de tourner la tête vers l'animal achevé. Delaunay avait tiré sur son enfance sans scrupule, sans hésitation.

Ils rentrèrent à Caen en silence. Les larmes coulaient le long des pommettes de Paul et l'air piquant n'y était plus pour rien. Il se vidait de son chagrin et Delaunay déversa sa colère sur lui pendant tout le trajet. Arrête donc de pleurer, tu voulais quoi ? Qu'il souffre des heures ? Tu préférais le voir agoniser sous nos yeux ? Tu crois que ça me fait plaisir d'avoir eu à tirer ? Tu crois que c'était facile de le tuer ? Eh bien, détrompe-toi, c'est pas simple d'appuyer sur la gâchette, à moins d'être un monstre. Et je te souhaite de n'avoir jamais à le faire. Mais là, on n'avait pas le choix. C'était pour lui. J'aurais préféré que tu le tiennes en laisse, tiens, qu'il ne déboule pas comme ça de la plage. Comment je vais faire maintenant pour la chasse ? Tu peux geindre, tiens, tu n'es pas le plus emmerdé. Tu vas partir, toi, chez les frères, il ne te manquera pas, tu l'oublieras. Et puis, on le remplacera, mais, en attendant, d'ici un mois, la chasse va ouvrir et je n'aurai pas de chien. Alors, tu es gentil, tu arrêtes de pleurnicher, s'il te plaît. Paul étouffa ses larmes mais continuerait de subir l'écoulement incontrôlé de sa peine. D'accidentels, les draps mouillés devinrent récurrents quand il partit une semaine plus tard. L'enfant blessé pisserait longtemps la nuit et la honte mettrait le mal-aimé en quarantaine en pension comme dans la vie.

I

1940-1949

Le 10 mai 1940, la guerre fut déclarée et Armand de Coutainville partit sur le front de l'Est. Il laissait Marie, petite brodeuse à Carentan, jolie, fraîche, aimante, avec qui il venait de perdre son pucelage. En août, au chaud de cette drôle de guerre, alors qu'il attendait sans rire un ennemi qui ne se montrait pas, il reçut une lettre de Marie. Elle était enceinte de leurs adieux. Il obtint en décembre une permission pour épouser celle qui portait le fruit de ses entrailles. Le 20 décembre, la mésalliance fut officialisée, sans la présence ni la bénédiction des Coutainville. Le 21 janvier, il tomba sous les balles allemandes, donnant à son père, Antoine, hobereau normand et légitimiste, l'occasion de porter double deuil. Le 2 février, Marie accoucha seule. Elle appela son fils Paul parce que c'était joli, Armand en mémoire de son père, et il fut baptisé sans cérémonie dans la chapelle des Coutainville. Ils y revinrent chaque année quelques jours, pour Noël. C'est l'histoire officielle racontée par Marie, la première naissance de Paul-Armand.

Mais il naquit en réalité plus tard, à l'âge où l'on se couche de bonne heure et où l'on se relève furtivement pour obtenir un baiser maternel, satisfaire une soif soudaine ou une envie pressante. Un soir, à Coutainville, il descendait ainsi le grand escalier dans l'obscurité pour gagner la cuisine en silence, glissant sur ses chaussons de feutre. La porte du grand salon était entrouverte et laissait passer un rai de lumière qui traversait le vestibule comme une frontière, celle où était mort son père. Il pila devant, entendant approcher la voix de sa grand-mère. « … Et puis cet enfant est vraiment trop laid pour être le fils de notre Armand, reconnais-le, c'est encore plus flagrant cette année, non ? Rien ne prouve que la petite brodeuse n'a pas menti, ces filles n'ont pas de scrupule au moment de se faire épouser et mon pauvre Armand, là-bas, seul sur le front, il était désarmé face à l'intérêt d'une cocotte. Lui si bon, si naïf… Non, franchement, Paul-Armand, aîné de la branche aînée, c'est impossible ! Mon instinct maternel ne peut pas me tromper, je le sais, cet enfant n'est pas de chez nous. La discussion est close, fais ce que nous avons dit, lègue la maison à Georges, ce n'est pas la première fois qu'un cadet héritera. Ensuite, ça passera à ses enfants et, au moins, on est sûr du sang qui coule dans leurs veines. L'autre, on verra bien ce qu'il deviendra. Il sera toujours temps de le dédommager s'il finit par devenir quelqu'un, si jamais on s'y attache, mais, au risque de me répéter, il est tellement laid qu'à mon sens il ne pourra jamais être aimé que de sa mère et du bon Dieu. A propos, mon missel, j'allais monter sans… » Les pas reculaient et Paul-Armand en profita pour remonter l'escalier en courant et se jeter sur son lit le cœur battant. Il venait de naître une seconde fois, à la vie qui l'attendait, trop laid pour être aimé, trop moche pour être légitime.

Table

Cet ouvrage a été composé par
CPI Firmin-Didot à Mesnil-sur-l'Estrée
et achevé d'imprimer sur Roto-Page
par l'Imprimerie Floch à Mayenne
pour le compte des Éditions Plon
76, rue Bonaparte
Paris 6e
en décembre 2012

Imprimé en France
Dépôt légal : janvier 2013
N° d'édition : 14893 – N° d'impression : 83748